U0936177

意大利近代文学史

王焕宝 编著

外语教学与研究出版社
北京

图书在版编目(CIP)数据

意大利近代文学史：17世纪至19世纪/王焕宝编著.—北京：外语教学与研究出版社，1996
ISBN 7-5600-1042-3

Ⅰ.意… Ⅱ.王… Ⅲ.文学史—意大利—近代 Ⅳ.I546.09

中国版本图书馆CIP数据核字(95)第22008号

出 版 人：李朋义
出版发行：外语教学与研究出版社
社　　址：北京市西三环北路19号(100089)
网　　址：http://www.fltrp.com
印　　刷：北京外国语大学印刷厂
开　　本：850×1168 1/32
印　　张：7.5
版　　次：1997年4月第1版 2006年11月第2次印刷
书　　号：ISBN 7-5600-1042-3
定　　价：13.90元

* * *

目 录

绪论

本书内容的时限是自17世纪至19世纪。在我国，对于这段历史，除对19世纪的某些作家和作品有些介绍和研究外，其余的可以说还是个空白，很少有人涉足。本书的目的就是引导有志于这段历史的研究者进入这个领域的大门。

文艺复兴之后，欧洲文化艺术开始走向衰败。意大利亦是如此，自塔索以后的17世纪，被著名的文学史学家德·桑克蒂斯称为“没落的世纪”。意大利处于西班牙的奴役之下，国内四分五裂，社会经济停滞不前，频繁的自然灾害(曼佐尼在《约婚夫妇》中所描绘的瘟疫之灾)如同雪上加霜，使工商业一蹶不振，人民生活水平急剧下降，意大利早已失去了往日的光辉。作为上层建筑的意大利文学自然也随之走向不景气和后退，出现了严重脱离现实，内容贫乏，单纯追求形式美、富丽堂皇、华而不实的“巴洛克风格”，反映在意大利文学上就是“马里诺主义”，它迎合贵族阶级的趣味和需要，为追求“新奇”的效果，不惜夸张失实，矫柔造作，美丑不分，胡乱堆砌。“马里诺主义”成为17世纪文学的主要特点。

进入18世纪，意大利文学又重新发展起来。欧洲现代学说的成就对意大利的文学、哲学、美学诸领域都产生了重大影响，促进了它们的振兴与发展。意大利文化在接受现代学说和新思想的同时，没有忘记自己的传统和成就，维柯表现出的深刻而新颖的史学和美学见解，显示了意大利新文化的新特点。1690年10月15日在罗马成立的“阿卡迪亚学院”所代表的诗派这时已日趋成熟，他们要“铲除恶坏风格……不管它隐藏在何处，必须跟踪消灭之”，反对“马里诺主义”的华丽怪诞风格，主张恢复“在上几个世纪被野蛮扰乱了的伟大的意大利诗歌”。他们写作手法细腻严谨、刚柔结合，创作的诗歌富有韵律，可以吟唱，主要表现18世纪社会生活中最美好的事物和风土人情。“阿卡迪亚学院派”成为意大利文学史中最重要的流派之一。

18 世纪又被称为“启蒙世纪”。法国启蒙主义思想在欧洲广泛传播，像一股清流冲开了闭塞的意大利文化的一潭死水，将意大利推入欧洲新文化的潮流之中。意大利启蒙运动的中心是那不勒斯和米兰。启蒙主义作家反对专制制度，主张“为国民提供保护与安宁”（菲兰杰里语），确立民族尊严的观念，为即将到来的民族复兴运动做了思想准备。

18 世纪末 19 世纪初，拿破仑入侵意大利，意大利人民又处于水深火热之中，他们认识到国破任人欺，必须建立一个统一的意大利。洛莫纳科 1800 年写了一篇声讨波旁王朝的檄文，肯定了意大利统一的思想。库欧科明确指出“没有人民参加，是不能进行革命的。人民不是为了情理，而是基于需要才奋起革命的”。这一思想指导了后来的民族复兴运动。

法国资产阶级革命失败后，欧洲出现了黑暗的封建君主复辟时期。人民对资产阶级革命宣扬的“自由、平等、博爱”已失去希望，从而对社会不满，怨声载道，向往理想的浪漫主义。在这种背景下，产生了在文学史中盛行多年的浪漫主义文学。

意大利出现了许多著名的浪漫主义作家，其中最重要的当推曼佐尼，他的诗歌和剧作造诣极高，抒情诗《五月五日》和悲剧《阿德尔齐》都是感人肺腑、催人泪下的传世佳作；他的历史小说《约婚夫妇》更是脍炙人口的不朽名篇，这是一部文艺作品，但又不完全是虚构的，因为书中有真实的历史事件（战争、瘟疫等）和人物（博罗麦奥枢机主教等），成为 17 世纪意大利社会的真实写照。曼佐尼一反以前作品都以国王、贵族、名流等“大人物”为主人公的特点，在《约婚夫妇》中，以缫丝工人和民女为主人公。作者认为，历史是由“大人物”和“小人物”共同创造的，缺一不可。还应提到的是，《约婚夫妇》中充满浓厚的宗教思想，宣扬谋事在人，成事在天，上帝是人类历史的主宰。这反映出作者思想的局限性。

莱奥帕尔迪是另一位浪漫主义杰出代表，他将自己坎坷的一生与祖国的苦难联系在一起，借古喻今，教育人民，鼓舞人民。他的政治抒情诗洋溢着崇高的爱国情操，雄浑悲壮，具有巨大的感染力；他的哲理抒情诗充满争取民族独立和自由的思想，与他的经历有关，一些诗中也带有颓废绝望的情调。他的晚期作品讽刺社会的弊端，揭露资本主义国家的种种罪恶，号召人民起来扫除民族复兴运动的障碍。

继曼佐尼和莱奥帕尔迪之后，卡尔杜齐又成为意大利文学的一面旗帜。他主张恢复古典主义传统，戏称自己是"古典主义的掌马官"，但他的古典主义不是僵死的、消极的，而是积极的，富有生命力的，是与历史使命联系在一起的。他力主意大利文学民族化，推崇诗歌，把诗歌当作表达人民心声、促进社会进步的工具。在70年代写的诗歌里，他向为意大利统一而献身的英雄们表示敬意，对窃取胜利果实的资产阶级政客进行辛辣的讽刺，同时也揭露贫富对立，人民受难的社会现实。卡尔杜齐的散文庄重、简洁，语言技巧颇具特色，散文中追求诗的神韵。

意大利人民终于取得民族复兴运动的胜利，实现了祖国的统一。但是，革命不彻底，统一不稳固，资产阶级政客窃取了革命胜利果实，并与封建地主阶级妥协勾结。北方的资本主义日益发展，南方仍处在贫困落后的苦难之中，南北差别更加扩大，矛盾更加激烈，意大利文学也要表现这一现实，出现了以西西里人卡普安纳和维尔加为代表的真实主义。

顾名思义，真实主义就是要直接描写现实生活中的真人真事，像画家"写生"一样，真实地描述和严肃地批判社会的阴暗面。卡普安纳主张作家应像新闻报道那样描写确实发生的故事，文艺作品应成为"人类文献"，不仅在艺术上有美学价值，在科学上也应是真实的文献资料。他的主张奠定了真实主义的理论基础。

真实主义的代表人物是生于西西里的维尔加，他着重描写西西里农村的生活现实，表达对劳动人民的爱与同情，对地主官吏和新兴资产阶级的憎恨，深刻地揭露了19世纪末意大利的社会矛盾。真实主义的历史不长，到20世纪20年代宣告结束。

意大利文学在世界文坛上占有重要地位，许多意大利文学家也都是“世界级”大师，我们应该虚心地向他们学习，但是，每个国家和民族在文化发展上都有其自己的长处与特点，我们在与国际文化交流中，既不能夜郎自大，也不可妄自菲薄，正确的态度应该是互相学习，取长补短，以利共同发展。

我衷心地希望本书能对读者了解和研究意大利文学有所裨益。因本人能力有限，书中难免有疏漏和不妥之处，希望读者指正。

王焕宝

第一章 17世纪文学

17世纪，欧洲进入了一个新时期。自从1492年哥伦布发现新大陆、新航路以来，欧洲的海运枢纽从地中海移到了大西洋。于是，尼德兰（包括现在的荷兰、比利时、卢森堡以及法国东北部的部分地区）和英国的资本主义经济迅速地发展起来，它们日益强大，取代了以前意大利的重要地位。意大利的经济因此逐步走向衰落，其国际地位日益下降。

17世纪欧洲的文学艺术也进入了一个新时期，即巴洛克时期。关于“巴洛克”一词的起源，公认的看法是源于葡萄牙语barroco，意为“不合常规”，特指各种外形有瑕疵的珍珠。17世纪末叶以前最初用于艺术批评，泛指各种不合常规的、稀奇古怪的，因而也是离经叛道的事物。到18世纪用作贬义，一般指违反自然规律和古典艺术标准的做法。在19世纪中叶之前依然用作贬义而非艺术风格名称，直到海因里希·韦耳夫林发表《文艺复兴与巴洛克》一书（1888），对巴洛克风格这个问题才作了系统的明确的表述。巴洛克风格最早的表现，在意大利为16世纪后期，而在某些地区，主要是在德国和南美殖民地，则直到18世纪才在某些方面达到顶盛。巴洛克时期的作品在风格上极为复杂，但一般来说，反映了力图寓感情于具有感性吸引力的形式之中的愿望。最常见的特点是气势雄伟，生气勃勃，有动态感，气氛紧张，注重光和光的效果，擅长于表现各种强烈的感情色彩和无穷感，颇有打破各种艺术界限的趋势。具体地讲，巴洛克风格是在当时强大的专制君主和贵族势力统治下而产生的一种具有威严和怪异感的艺术风格。反映在建筑上追求富丽堂皇、雄伟宏大，柱子又粗又大，家具又笨又重；反映在雕塑上追求动态夸张、富有生气；反映在绘画上追求题材庄严、色彩华丽；反映在文学上则是追求怪诞新奇，哗众取宠，注重形式的华美而忽视内在的真实，以外表形式美来满足人对美的要求。朴实的灵感越是贫乏无力，讲究修饰的手法就越是暴露无遗，有时为追求技巧，精雕细刻，不惜夸张失实，甚至造成难易不辨，美丑不分。

巴洛克时期出现的艺术形形色色，欲探索它们的统一特性决非易事。就对艺术的影响来说，当时有三种文化倾向最为重要。第一种是反宗教改革运动的出现。这股势力不论在地理方面还是在思想方面都在日益扩大。巴洛克艺术中的许多不朽之作，特别是意大利绘画和建筑中的许多作品，可能同教会所采取的新的宣传态度有关。第二种是君主专制政体的巩固，随之产生了强大的中产阶级，都对艺术的发展起到促进作用。第三种是在科学发展和对地球进行探索的影响下，对大自然产生了新的兴趣。这两方面的活动促使人类对自己有了新的看法，一方面觉得自己微不足道(特别是受了哥白尼关于地球不是宇宙中心这一论点的影响)，另一方面又因为在知识方面有了重大突破，而感到自己神圣伟大。

巴洛克风格的代表人物有雕塑家和建筑师贝尔尼尼(Pietro Bernini，1598—1680)、油画家鲁本斯(Peter Paul Rubens，1577—1640)和委拉斯开兹(Diego Velázquez，1599—1660)等人。文学方面的巴洛克代表人物有意大利的马里诺(Giambattista Marino，1569—1625)和西班牙的贡戈拉(Lui de Argote y Gongola，1561—1627)等人。

但是，17 世纪总归是 16 世纪的继续，前者不可避免地要受到后者的影响，甚至还保留后者的思想和特点，例如在科学领域中仍遵循伽里略的模式。文艺上的情况亦是如此。简言之，17 世纪的文学艺术既继承和保留了 16 世纪的特点，同时又表现出本世纪特有的豪华、奔放、浮夸、怪巧的巴洛克风格。

17 世纪意大利处于外国侵略者的奴役之下。法国和西班牙入侵者勾结各地封建贵族，实行残暴统治。威尼斯陷于同土耳其的战争。这使意大利政治动荡，工商业一蹶不振，城市萧条，人口减少，丧失了在欧洲经济和文化中的重要地位。整个社会精神低落，感情淡泊，斗志消沉，世风日下。从塔索到麦塔斯塔齐奥这一时期，意大利文学处于不景气阶段，这时期有一些文学作品，但诗歌极为贫乏，也没出现有影响的大诗人，可以说这是意大利诗歌的衰败时期。但是，总的看来，在文艺领域，意大利在欧洲乃至世界仍起着领导和大师的作用。意大利的一些文学家、艺术家、史学家、音乐家和剧作家周游世界，到处都受到欢迎和崇拜，许多人以他们为楷模，学习和模仿他们。16 世纪到 17 世纪，法国、英国、西班牙等国的文化都渗透着意大利文化的影响，崇尚马里诺诗派和奇特派的运动在各地蓬勃发展起来。在法国，有以维奥(Théophile de Viau，1596—1626)和瓦蒂尔(Vincent Voiture，1598—1648)为首的矫饰主义；在英国，有以黎里(John Lyly，1554—1606)为代表的绮丽体，以多恩(John Donne，1573—1631)、赫伯特(George Herbert，1593—1633)、克拉肖(Richard Crashaw，1612—1649)等人为首的玄学派；在西班牙，有以贡戈拉命名的贡戈拉派。意大利的影响在一些国家(比如法国)可以说是自觉接受的，笛卡儿(René Descartës，1596—1650)布瓦洛(Nicolas Boileau，1636—1711)在法国宣传意大利文化。而在英国和西班牙这种影响则是不自觉接受的。影响当然也是相互的，意大利文化影响了其它国家的文化，反过来，别国的文化也影响，有时能促进意大利文化。

第一节　17 世纪诗学思想

17 世纪，在法国逐渐盛行古典主义文学思潮，布瓦洛(Nicolas Boileau，1636—1711)撰写的《诗艺》(1674)奠定了古典主义的文学理论。古典主义的基本精神是“理性”至上，注重正常情理，要求作家正常地理解世界，并用明确的方式加以表现；它不着重于抒写个人的思想感情，而着重于写一般性的类型；它描写的主要对象是人性，而对于物质世界古典主义作家几乎是视而不见。古典主义不要求写真实，因为真实的事物有时并不使人赏心悦目，当然，它也要求作品中所描写的事物必须使大家看起来都顺眼，而不致引起反感。古典主义认为文学的任务在于道德说教、在于劝善。他们崇尚古希腊和古罗马的大作家。主张各种文学作品的体裁应有严格的界限和规则，例如悲剧和喜剧不可混同，反对写喜剧，悲剧必须遵守情节、时间、地点的“三一律”。要求文风应简洁、洗炼、明朗、精确，反对烦琐、含糊、晦涩。

上述古典主义观点，17 世纪在意大利受到有力的冲击，比如，对悲喜剧的看法，对诗歌功能的理解，意大利人都有与此截然不同的观点，人们说的诗歌享乐主义就是其中之一。这一论点是杰出文艺理论家卡斯特尔韦特罗(Ludovico Castelvetro，1505—1571)在《亚里士多德〈诗学〉诠释》(1570)这一著名文艺理论著作中提出来的。他在书中广泛探讨了文艺理论问题，认为诗歌以使人们心灵欢悦为目的，主张诗歌只能作为消遣的工具，反对以前认为诗歌不仅是消遣工具而且还是教育工具的思想。

卡斯特尔韦特罗就是以翻译亚里士多德的《诗学》及由此创造性地得出的结论而遐迩闻名的。他先后在博洛尼亚、帕多瓦、费拉拉大学攻读法律，后去锡耶纳研究文学，同人文主义者、诗人来往密切。1529 年在摩德纳大学教授法学。1555 年因异端罪被宗教裁判所缺席审判，被迫流亡国外。他对但丁的《神曲》，彼特拉克的《歌集》和意大利语言都有深入的研究，撰写了有关的评注和论著。他对亚里士多德的《伦理学》、《修辞学》、《诗学》等所作的诠释，被认为是当时研究亚里士多德的权威著作。他虽然在传播亚里士多德的思想方面存在着一定的错误，但在戏剧史和评论史上影响巨大。他强调戏剧的现实主义，澄清诗歌同修辞学、哲学和历史的区别，指出诗人不是被动地反映现实，而是按照逼真的原则，借助想像、虚构来描述可能发生的有代表性的事件；历史学家则是记叙已经发生的个别事件。在论及戏剧时，维护情节、时间和地点的一致性，为后来的“三一律”理论的形式打下一定基础，为文艺复兴和法国新古典主义时期确定了评论戏剧的准则。

阐述和发展诗歌享乐主义观点的还有17世纪初期的宫廷诗人瓜里尼(Battista Guarini，1538—1612)和后来的亚里士多德派教授保罗·贝尼(Paolo Beni，1552—1625)。

瓜里尼出身费拉拉的书香门弟，青年时期在帕多瓦学习人文科学，1557年回到费拉拉担任诗学和修辞学教授。1567年任费拉拉大公阿方索二世的廷臣和外交官，1579年被起用为宫廷诗人以取代塔索，但发现这个职位与他志趣不合，遂于1582年辞职，回到祖传庄园瓜里尼别墅，在那里写下著名的田园剧《忠实的牧羊人》(1590)。这个田园悲喜剧于1595年在克雷马举行的狂欢节上首次演出，成为当时最受欢迎的作品之一，并被译成多种文字，为许多人模仿。作者在这个剧里描写牧人米尔蒂洛和山林女神阿玛丽莉历经曲折，冲破神明预言的束缚，战胜狡猾恶女的阻挠，终于结成美满的姻缘。剧本的戏剧性较强，诗句韵律丰富多变，富有音乐感，是悲剧和喜剧相结合的优秀作品。但是，保守力量激烈批评这个田园剧，说他塑造了一个诗的妖怪，不伦不类、粗俗低下。瓜里尼奋起反击，撰写了《悲喜混杂剧体诗的纲领》(1601)，指出悲喜混杂剧丝毫不违背艺术常规，它兼有悲剧和喜剧的长处，而摒弃了它们的短处；在悲喜混杂剧中，伟大人物和卑贱人物可以同时出现；这是一种形式和结构都新颖、完美的诗体。瓜里尼又强调诗歌“不是教育人的，而是使人消遣的”，读者的“普遍赞许”“给作品的威力和作用做了最终判决”。瓜里尼的《忠实的牧羊人》的问世及围绕它而产生的论战，给18世纪严肃戏剧奠定了基础。

保罗·贝尼是塔索的崇拜者和辩护士，尖锐地批评佛罗伦萨的语言理论和克鲁斯卡学会(克鲁斯卡学会又译秕糠学会，是意大利著名学会之一，1582年创建于佛罗伦萨，目的是纯洁意大利文艺复兴时期的文学语言——托斯卡纳语。其宗旨是从语言中筛去不纯洁的部分使之变得纯正完美。学会成立后即成为当时文学界的权威。学会成员们撰写了许多对彼特拉克和薄伽丘著作的诠释，列举这些大师使用语言的范例，从他们的作品中找出可以接受的习惯用语和形象化比喻；把许多作品翻译成他们认为是纯洁语言的托斯卡纳语；他们还编纂词典。克鲁斯卡学会成员后来以语言上的保守派而闻名。）。保罗·贝尼认为诗歌是华丽的装饰，不同于其它平淡的表现方式，诗歌"像一位媚人的姑娘，需要梳妆打扮来增加自己的魅力"。

16 世纪意大利文艺界曾围绕但丁的《神曲》展开了一场大辩论。有人指责《神曲》违背亚里士多德提出的原则。文艺理论家、比萨大学人文学科教授马佐尼(Jacopo Mazzoni，1548—1598)为此于 1572 年写了《但丁〈神曲〉的辩护》一书，共 7 卷，从多方面论证《神曲》作为叙事诗歌，符合亚里士多德的原则，也符合情节逼真的原则。说明但丁写诗是为了对人进行哲学和伦理教育。马佐尼主张诗应该引起读者的惊奇感，进而达到娱乐和教诲的目的。

上述观点受到了贝尔加里尼(Belisario Belgarini)的猛烈攻击。贝尔加里尼撰写《论但丁〈神曲〉的辩护的第一部分》(Considerazione sopra la prima parte della Difesa di Dante，1608)、《反论》(Antidiscorso，1611)等著作，指出诗歌"决不能披着实践哲学的外衣"，因为写诗"是为了消遣，所以描写的事物最好是笼统的、但却是美好的，能取悦于普通民众"。

阿里奥斯托和塔索的追随者们虽然都深受古典主义的影响，但仍捍卫《疯狂的罗兰》和《被解放的耶路撒冷》等名篇，推崇这些诗作的威力和作用，因为它们满足了普通读者的口味与需要。马里诺的长篇诗作《阿多尼斯》(Adone)在辩论中也被人攻击，但它的捍卫者们反驳说，马里诺的诗是作者应得的自由，它满足了人们普遍的兴趣。称赞马里诺是"以史诗的新颖形式，摆脱了陈腐旧习，用这部诗作取悦于世界并获得荣誉"。

关于诗歌理论的这些论战实际上并没有完全脱离 16 世纪亚里士多德诗学的范畴。在论战中逐渐形成这样一个双重概念：认为诗歌是一种天赋的才华，是一种不同于推理的能力；而对诗的评论则属于另外一种平行的能力——鉴赏力或感情，它同样有别于推理，而要顺从读者的普遍要求和赞许。正因为17世纪的一些理论家把诗歌当作消遣和娱乐的工具，所以他们欣赏和重视过去的和本世纪的多种诗作，包括一些娇柔造作、微不足道的平庸之作。在这些观点的影响下，强加在诗歌上的一些"规则"越来越失去作用，从而解除了文学作品中的一些"禁令"，人们愈来愈重视作者本人的文体风格。马斯卡尔迪（Agostino Mascardi，1590—1640）在《论历史艺术》（Dell'arte istorica，1636）一书中指出，文体"是由每个作者本人的才华而产生的一种特有的推理和写作方法"。

综上所述，17世纪意大利的诗学观点有力地抨击了盛行于法国的古典主义传统，诗歌享乐主义的影响日益扩大，遂使一些诗歌逐渐脱离现实，变得荒诞无稽，标新立异，失去生命力，成为消遣取乐的工具。

第二节　厚今薄古的文艺思想家

17世纪文化的另一特点是反对和贬低古代诗人和哲学家，反对古代文化传统，这在当时成为最令人感兴趣的常见主题之一，出现不少厚今薄古的作家和思想家，代表人物有：

博卡利尼（Traiano Boccalini，1556—1613），著名讽刺散文家，生于洛莱托，在帕多瓦和罗马学习并在罗马生活多年，1584—1612年在教皇政府中任职。他极力反对西班牙君主，强烈谴责西班牙对欧洲的统治，拒绝担任西班牙的史官，1613年被西班牙刺客害死在威尼斯。博卡利尼于1612年发表的《帕尔纳索斯文坛报道》（Ragguali di Parnaso）在当时的欧洲广为流传，他因此也成为一位颇有影响的人物。《帕尔纳索斯文坛报道》以201篇讽刺性新闻报道的形式写成，想像自己是“记者”，报道在帕尔纳索斯王国阿波罗政府中所发生的事件，“记者”接待各国不同时期的作家，利用这些机会，在诙谐的幌子下，宣传自己的文学观点和政治见解，进行影射和讽刺。从这里可以看出，17 世纪的文学家处事较为谨慎，表现手法细腻新颖、富于想像。作者善于独立思考、思想活跃，尤其在政治方面含沙射影、辛辣讽刺。这是博卡利尼的一大特点，在当时是罕见的，另一方面，博卡利尼的思想表达不明确，尤其没有独特有力的个性印记。博卡利尼反对并嘲弄学院派，宣称“亚里士多德没有写过关于诗学的规则，都是一些无知者后来加给他的”，批评一些评论家对伟大作家的作品吹毛求疵，企图以骂别人来抬高自己。然而，他的这些观点只停留在一般看法上，没有形成自己的思想体系。博卡利尼在文体上，喜欢快乐怪异的风格。他的其他作品还有《政治试金石》(Pietra del paragone politico，身后出版，1614)，书中强烈谴责西班牙君主对欧洲的统治。

模仿博卡利尼描写帕尔纳索斯王国故事的作家有埃里科(Scipione Errico，1592—1670)，他写了小说《帕尔纳索斯之战》(Guerre di Parnaso，1642)、讽刺喜剧《帕尔纳索斯叛乱》(Rivolte di Parnaso，1625)、《品都斯山的争吵》(liti di Pindo，1634)等书，这些作品都被认为是诗歌新学派的宣言书。

还有些作家既反对古典主义的传统和风格，也不满意当代文风的夸张与造作。如著名评论家菲奥雷蒂(Benedetto Fioretti，1579—1651)，生于佛罗伦萨附近的皮斯托亚市，也是一位知识渊博、通情达理的诗人，他写了 5 卷本的《诗歌习作》(Proginnasmi poetici，1620—1639)，署的笔名是用希腊文、拉丁文和希伯莱文混合而成的“乌德诺·尼菲埃里”(Udeno Nisiely)，意思是“除上帝外，不属于任何人”，当时，任何人都属于某个贵族或效劳于某个君主，他用这个笔名来说明自己是不属于任何人的“自由人”，在书中他不带任何框框，对古希腊、拉丁和意大利的大诗人大加评论。当代作家中，他喜欢阿里奥斯托，更喜欢塔索，但又讨厌阿里奥斯托的“小说”。他也批评瓜里尼，抨击《忠实的牧羊人》中的色情倾向，指责悲喜剧体诗是完全脱离艺术的诗歌形式，甚至是“反艺术的”。他不受别人影响，对古典文学也横加评论，他说：“许多古希腊和拉丁作家到处受人推崇，难道他们的所有作品都完美无缺吗？否！”他认为如果古人因为有天才而超过今人，那么今人也会因为博学而超过古人。他公开声明反对荷马的作品，讨厌荷马那种“庸俗乏味、令人生厌”的风格，认为《奥德修记》（又译《奥德赛》）远不如维吉尔对狄多的描写。他赞赏但丁的广泛而深刻的思想，但又批评其演说术和风格中的缺点。

反对古代批评当代的评论家还有维拉尼（Nicola Villani，1590—1636），也是皮斯托亚人，他的作品《文琴佐·福莱菲戏弄斯蒂里亚尼骑士的眼镜》（Uccellatura di Vincenzo Foresi all'Occhiale del cav. Stigtiani，1630）和《法吉亚诺先生对〈眼镜〉第二部分的论述》（Considerazione di messer Fogiano sopra la seconda parte dell'Occhiale，1631）一方面装出捍卫马里诺的样子，另一方面又对马里诺和其他巴洛克派诗人进行指谪，说他们作品缺乏感情，冗长乏味。又以历史的眼光指出塔索和瓜里尼的作品中已经有诗歌堕落的迹象。维拉尼也批评卡萨，说他“写作时稳重，修改时耐心”，但缺乏诗的天赋。维拉尼对但丁、彼特拉克、阿里奥斯托等人有褒有贬。他宣称“迄今为止，在使用托斯卡纳语方面，谁也称不上是最伟大最完美的诗人”。他对维吉尔和荷马的声望提出异议。

这种反对古代诗人和哲学家，反对古代文化传统的观点在17世纪文艺家中相当普遍。比较有名的还可以举出塔索尼、朗切洛蒂、帕拉维奇诺等人。

塔索尼（Alessandro Tassoni，1565—1635）是政论家、文学评论家和诗人，生于摩德纳，曾在博洛尼亚、比萨和费拉拉等地的大学中攻读民法和宗教法规，1589年参加过语言保守主义者主办的克鲁斯卡学会，先后在罗马和西班牙为阿斯卡尼奥·科隆那枢机主教服务，后又效力于毛里齐奥枢机主教，后来在都灵担任卡尔洛·

埃马努埃莱一世公爵的秘书。1622年因写了(但没有发表)攻击萨沃依王朝的文章被迫离开都灵到罗马,最后又回到摩德纳,晚年供事于费朗切斯科一世公爵,直到逝世。

塔索尼著有十卷本的《各种思想论文集》(Pensieri diversi,1608—1620),论述物理学、心理学、伦理道德、文学、哲学、政治等各种问题。他反对亚里士多德派,认为亚里士多德被人捧得"几乎不是凡人了";也反对特勒肖(Bernardino Telesio,1509—1588)的理论和哥白尼学说。他具有厚今薄古思想,在论文集的第十卷,系统地研究了哲学、神学、科学、政治、战争、文学、艺术、风尚诸方面所取得的进步,认为新时代文明应与古典文明齐名,甚至超过它,由此得出的结论是"人的判断力不是越来越差,而是越来越细腻、越来越敏锐……,今人发明创造了古人认为是不可能的事物"。他将这种理论也运用于文学方面,指出今人创造了优于古人的新的文学形式,如悲喜剧、英雄喜剧诗和英雄讽刺诗等;在抒情诗方面,意大利达到了尽善尽美的顶峰,将所有外国文学和古典文学远远地抛到后边;在史诗方面,阿里奥斯托和塔索绝不逊色于荷马和维吉尔。对于荷马,他认为就语言和文体而论可算是一位诗人,但是"《伊利昂记》(又译《伊利亚特》)的故事没有根据"。塔索尼对意大利诗歌也持刻薄态度,批评阿里奥斯托的诗统一性不完美,错误地把罗兰的疯狂行为当作诗的中心。他还说薄伽丘不配称作诗人,薄伽丘的故事"主要是以语言和表述方式的特长来支撑门面"。1609年他发表了《论彼特拉克的诗》(Considerazione sopra le rime del Petrarca)抨击彼特拉克及其追随者。

塔索尼的著名作品《吊桶的被劫》(1622),取材于14世纪初期意大利博洛尼亚市和摩德纳市之间的战争。在这次战争中,摩德纳人抢走博洛尼亚市的吊桶作为战利品。这只吊桶至今仍陈列在摩德纳教堂。

塔索尼的特点是喜好论战,随时随地批评和反对权威,有时没有论战对手,就虚设一个论战对手,来锻炼自己论战的本领和技巧，论战越激烈，他的文笔就越显得简炼有力、足智多谋，生动活泼。

朗切洛蒂修士(Secondo lancellotti，1583—1643)生于佩鲁贾，1611 年失去上司的宠爱后，云游四方，最后客死巴黎。他积极参加反对诋毁现代的论战。1623 年发表《今日世界，即不比过去更坏更多灾多难的世界》(L'oggidi，ovvero il mondo non peggiore né più calamitoso del passato)猛烈攻击厚古薄今者，极力颂扬新时代在哲学、文学、伦理、风俗习惯诸方面所取得的进步。又在另一篇名作《古代史学家的谬误》(I farfalloni degli antichi istorici，1636)中揭露古代史学中的错误和欺诈，说明对诸如罗马起源一类神话传统的批评原则。1640 年又撰写《猜中者即贤者》(Chi L'indovina ē savio)，攻击的目标是谨慎和品德概念，声称"遐迩闻名的罗马人不是因为他们有什么高尚品德，而是因为他们猜中了，才得以达到高人一头的境地"。

帕拉维奇诺(Pietro Sforza Pallavicino，1607—1667)，罗马人，毕业于法律和神学专业。先后在耶齐、奥尔维也托和卡梅利诺市政府中任职。1637 年加入耶稣会，在罗马教会大学讲授神学和修辞学。他的著作有对话体的专著《论善》(Del bene，1644)，《关于对话的艺术和风格》(Considerazioni sopra l'arte e lo stile del dialogo，1645，1662 年发行增订版)，诗集《天主教吉日》(Fasti cristiani，1636)，悲剧《埃尔梅内吉尔多》(Ermenegildo，1644)以及《特兰托主教会议史》(Istoria del concilio di Trento，1656—1657)等，他反对贬低现时事物，盲目地过分赞扬古人的观点。

持厚今薄古观点的人认为，历史在前进，世界在发展，今天当然比昨天进步、美好。佩雷格利尼(Matteo Pellegrini)认为"人间事物随着时间的推移而消失，只有知识除外，在不断地征服人"。布鲁诺宣称由于积累了新知识和新经验，"我们才比前人更老练、更长寿"。圭杜齐(Mario Guiducci)也说："随着年龄的增长，世界变得更加完美、更加博学、更富有经验"。

17 世纪意大利文化思想(文化、哲学、科学等领域)适应了当时欧洲文化的发展趋势。笛卡儿(René Descartes,1596—1650)在他第一部哲学专著《方法论》(Discours de la méthode,1637)中指出:整个过去连同它最高的学说和智慧都遭到批评与反驳,目的是为了追溯人类摆脱权威影响之理性力量的起源。菲奥雷蒂和塔索尼反对荷马的态度,对现时诗歌的肯定与颂扬,对但丁和彼特拉克诗歌的不甚礼貌的批评,成为 17 世纪末 18 世纪初法国文坛上出现的"古今之争"的前奏。

17 世纪文学对过去的否定与批判,厚今薄古,大大动摇了古典主义在文学中的地位,贬低了模仿他人的理论,从而赞扬了新派诗人的技巧和自由写作的手法。在这种思潮的影响下,一些人就忽视作品的内容,刻意追求怪巧的文体,形式的完美,语言上追求优雅华丽,怪诞刺激。最后,形成了风靡一时的"马里诺诗派"(或称"马里诺主义")。

第三节　马里诺主义

马里诺主义(或称马里诺诗派)统治了 17 世纪意大利诗坛。这是诗人马里诺在其作品《七弦琴》(Lira,1614)第三部中首次运用的一种风格,其特点是用过分的隐喻、怪诞和夸张的文字游戏以及独特的神话刺激感官,而且读起来铿锵有力,目的在于使人感到惊异。这种风格出现在十四行诗、情诗和叙事诗中。他的模仿者对他模仿得有过之而无不及,以比喻、对偶及夸张等手法,雕琢词藻,追求华丽的形式和出人意料的情节,来刺激读者。马里诺主义反对古典主义传统,但却华而不实,空洞无物,成为内容贫乏的形式主义文学,到 17 世纪末,终于受到非议,随着它所从属的巴洛克时代的结束而消亡。

一些学者认为，马里诺主义是一种“世纪病”，是17世纪意大利政治动荡，经济衰退的产物，适应了当时贵族阶级的庸俗趣味，文学价值有限。第二次世界大战后，对巴洛克风格的兴趣又普遍复活，也导致对马里诺和马里诺主义重新发生兴趣和重新估价。

马里诺(Giambattista Marino，1569—1625)，出生在那不勒斯的一个法学家的家庭，因不遵从父命学习法律，被逐出家门。青年时代结识了塔索等许多著名文人，他尤其喜爱塔索并竭力模仿他，继而要超过他。1596年马里诺以神话和田园生活为题材写出一组牧歌集《风笛》(Sampogna)。他擅长诗歌，许多早期作品以手稿形式广为流传并赢得高度评价。曾担任那不勒斯君主的秘书，因行为不轨于1598年和1600年两次被捕，均借助于赏识他的权贵帮助而获释。1600年他来到罗马效劳于阿尔多布朗迪尼枢机主教，1605年枢机主教将他带到拉文纳。1608年至1613年他在都灵期间，卡尔洛·埃玛努埃莱一世公爵庇护这位业已出名的诗人，并给予他很高的荣誉，先是授予圣毛里齐奥十字勋章，后又授予骑士称号，马里诺以此到处炫耀。后来他与公爵的秘书、热那亚诗人穆尔托拉(Gasparo Murtola)发生争执，俩人写文章互相攻击，穆尔托拉气愤之极，竟向他开了一枪，但未击中，穆尔托拉因此被判处死刑，马里诺表现出宽宏大量，出面说情将死刑改为流放，但穆尔托拉不领此情，逃到罗马后继续攻击马里诺，说他年轻时曾写诗《安乐乡》(Cuccagna)影射攻击埃玛努埃莱一世公爵，公爵得知后大光其火，将马里诺投入监狱(1611—1612)，经友人帮助他被保释出狱。1615年他离开都灵前往巴黎，先后受到玛利娅·戴·梅迪契王后和路易十三国王的庇护和赏识。1623年他发表了经过20年辛勤努力写成的一部卷帙浩繁的诗作《阿多尼斯》(Adone)，叙述女神维纳斯和美男子阿多尼斯的爱情故事。马里诺在法国获得极大成功，名利双收，成为“沙龙”和宫廷的宠儿。但他思念祖国故乡，1624年回到意大利，在都灵、罗马受到热烈欢迎，他被视为胜利者、伟大诗人和意大利的光荣。《阿多尼斯》一书在意大利引起激烈争论，褒贬不一,结果使他名声大噪,蜚声文坛。1625 年 3 月 25 日马里诺在那不勒斯逝世。

马里诺博学广识、活跃而富有魅力,作品很受欢迎,但后来的评论家对他持否定态度,使他的影响越来越小,他的流派也受到非议,到 17 世纪末,随着它所从属的整个巴洛克时代一起消亡。

我们对马里诺应该有个全面了解和公正评价,他一方面受了 16 世纪文化的影响,另一方面也尽力适应 17 世纪的风格要求,他的诗作和艺术风格都自成一体,成为公认的"马里诺诗派"的代表。

马里诺有意识地拆掉了当代文化与古代文化传统相联系的"桥梁",主张让活人喜欢,用不着让死人和学究们满意。他追求田园风格和低级趣味,以奇怪的编撰、亲切的形象、刁钻的技巧区别于他人的表现手法,用过分的隐喻、夸张和怪诞的文字游戏,以及独特的神话来取悦读者,征服读者。他认为诗歌是一种智慧游戏,由一些确定的模式加上写作技巧汇合而成。马里诺的诗使人耳目一新,值得学习和研究。

马里诺的主要作品有《颂诗》(Panegirici)、《新婚诗》(Epitalami, 1616)、《画廊》(Galleria, 1620)、《无辜受戮》(Strage degli innocenti, 身后出版, 1632)、《神圣的流言》(Dicerie sacre, 1614)、《韵诗》(Rime, 1602)、《七弦琴》(Lira, 1614)等。

最能体现马里诺和"马里诺诗派"特点的当然是传世之作《阿多尼斯》(Adone)。全诗有 25000 行,共 20 歌。这是一部童话诗,毫无事实可循,故事梗概是这样的:有一次,爱神维纳斯打了讨人嫌的阿穆尔,后者为了报复,让她爱上了被风暴吹到塞浦路斯岛上的美男子阿多尼斯。维纳斯将美男子带到自己宫中,在宫里阿穆尔向阿多尼斯讲述自己喜欢的波西凯遭受维纳斯的迫害。宫中酒色齐全,供人尽情享乐,阿多尼斯满足了自己的各种欲望。阿多尼斯和维纳斯来到美丽的花园中,在阿波罗喷泉边,菲莱诺(暗指作者本人)向这对情侣叙述自己的经历。喷泉的大理石边沿上刻着意大利名门望族的盾形纹章,如萨沃依家族、埃斯坦西家族、贡扎加家族、梅迪契家族等，作者对他们大加赞扬。在另外一些大理石上刻着法国著名家族的纹章，还有，天鹅代表托斯卡纳的杰出诗人、雕鹗和喜鹊代表作者的敌对诗人。阿多尼斯和维纳斯在墨丘利的引导下飞升到三重天，在飞行中墨丘利向他们介绍了17世纪的几乎所有知识：哲学、天文学、星占学，称赞伽里略及其发明的天文望远镜，还谈到了法国的战争，谈话内容极其广泛。在三重天上这对情人听到了意大利国内外美人对他们的赞美声，特别是听到了法国王后玛利娅·戴·梅迪契的赞美声，他们兴奋至极，沉迷在幸福之中。突然，维纳斯的正式情人、战神马尔斯出现在他俩面前，阿多尼斯仓慌逃走。按照维纳斯的指点，他来到法尔西雷娜的美丽国家，法尔西雷娜也疯狂地爱上了这位美男子，但阿尔尼斯拒绝了她的爱情，并离开了她，她恼羞成怒，派人追捕阿多尼斯并将他投入监狱，墨丘利放他逃走，阿多尼斯化作一只鸟，经过许多曲折最后又回到维纳斯身旁。在一次选美赛中，阿多尼斯摘取桂冠，被选为塞浦路斯国王。有一次他去打猎，被情敌马尔斯陷害，结果被野猪咬死。维纳斯闻讯赶来，在阿多尼斯尸体旁放声痛哭，众多女神都来安慰她。阿多尼斯被隆重安葬，许多武将来参加葬礼，其中隐含一些作者时代的名人贵族。诗歌最后，通过阿波罗之口，还赞扬了屠杀胡格诺派（16世纪至17世纪法国天主教徒对加尔文教徒的称呼）教徒的罪恶行为。

《阿多尼斯》洋洋数万行，其中没有心理描写，也没有真实可言，纯属作者编撰的故事。全诗的情节不连贯，更缺少基本的思想脉络；诗中的事件、场面不少，但组织得不好，杂乱无章；诗中充满低级趣味。这样的作品我们不喜欢，可是，在当时，这种新奇的诗歌却非常走红，因为那个时代就是追求外表形式，喜好夸张怪诞的巴洛克时代。

马里诺声称《阿多尼斯》中的每首诗歌都含有一个寓意，以说明该诗是有思想意义的。但社会反映并非如此，没有人相信《阿多尼斯》具有思想意义，有的只是稀奇古怪、寻欢作乐、放荡纵欲。诗中有反西班牙的某些描写，但这不能说明该诗有民族思想，因为这些描写是用来赞扬法国和路易十三国王的。

《阿多尼斯》发表后，在意大利文坛立即引起轩然大波，褒贬观点针锋相对、激烈之极。有的人称赞这部诗作堪称艺术上的奇迹，如威尼斯的布泽内罗(Giamfrancesco Busenello)在一封信中褒扬《阿多尼斯》观点新颖内容丰富，涉及到“每个房间的每个角落”，“韵律轻巧，吟咏起来自然流畅，……如果稿纸也有人类感情的话，也会感到它的温柔亲切”。另外一些人则竭尽全力猛烈抨击这部作品。斯蒂里亚尼(Tommaso Stigliani，1573—1651)就是其中一个代表人物，他原先是马里诺的朋友，后来却变成不共戴天的仇敌。他生于马切塔，先后在那不勒斯和米兰生活过，后来在都灵服务于卡尔洛·埃马努埃莱一世宫廷，最后到了帕尔马，1605 年在这里发表《歌集》(Canzoniere)。他发表长诗《新世界》(Il mondo nuovo，1617—1618)与马里诺决裂，随之与他展开了激烈论战。在1627 年写的《眼镜》(Occhiale)一书中说《阿多尼斯》结构松散，杂乱无章，内容是“庸俗事物的堆砌”。他的攻击立即受到马里诺追随者们的反击。墨西拿抒情诗人埃利科(Scipione Errico，1592—1670)针锋相对，发表《模糊不清的眼镜》(Occhiale appanato，1629)为马里诺辩护。埃利科涉猎各种文学形式，从喜剧到英雄史诗，从音乐剧到神学作品，都是一把好手，著作有《银河》(La via lattea，1611)、《诗集》(Rime，1619)、《抒情诗集》(Poesie liriche，1624)。长住罗马的神职人员阿莱昂德罗(Girolamo Aleandro，1574—1629)直截了当地写了《为〈阿多尼斯〉辩护》(Difesa dell' Adone，1629，死后不久出版)。朗普尼亚尼(Agostino Lampugnani)写了《反对眼镜》(Antiocchiale)，阿普罗乔(Angelico Aprosio)不无讽刺地写了《批评的筛子》(Vaglio critico，1637)、《破碎的眼镜》(Occhiale stritolato，1641)、《筛子》(Buratto，1642)、《诗的冲击》(Sferza poetica，1643)，纷纷起来为马里诺，为马里诺诗派，为《阿多尼斯》辨护。两种意见互不相让，针锋相对。在这场论战中，只有以评论家和博学家著名的维拉尼是好心的、公允的，他劝说争论不休的人们应该“用不受他人影响的鼻子，不戴眼镜的眼睛来评论《阿多尼斯》”，“攻击者不要心怀太多的恶意”，“拥护者也不要过分地吹捧”。然而，这种善意的、不偏不倚的态度，在这样激烈的争论中处境也是不妙的。因为，马里诺已成为一个象征、一面旗帜，一个流派的代表人物，对一些人是朋友，对另外一些人则成为敌人，“脚踏两只船”谁也不得罪是做不到的。

当时也确实有些人想摆脱马里诺的影响，另辟新路，比如，泰斯蒂(Fulvio Testi，1593—1646)和基亚布雷拉(Gabriello Chiabrera，1552—1638)，但结果还是力不从心，仍然摆脱不了他的影响，因为马里诺标新立异，独树一帜，对人对文坛对社会的影响太深刻了。有的人有自知之明，明确声称自叹弗如，比如塔索尼感叹道“上帝喜欢我的诗像马里诺的诗那样漂亮，希望我在别的地方超过他。”可见，马里诺影响了新的文学一代(尽管时间不长)。马里诺在与穆尔托拉打笔墨官司的文章中，曾提出了新诗的标准：“诗的宗旨是惊人(我指的是好的惊人，而不是坏的惊人)，谁不能使人感到惊奇，那就去梳马吧”。他于是创造了一种新语言、新技巧，以极大的魔力吸引了热情的天才和读者。

马里诺诗派的诗人有封塔内拉(Girolamo Fontanella)、普雷蒂(Girolamo Preti)、阿基利尼(Claudio Achillini)、焦瓦内蒂(Marcello Giovannetti)、萨罗莫尼(Giuseppe Salomoni)、莫朗多(Bernardo Morando)等人，他们的名声并不好，在文学史上，常是颓废荒诞风格的代表，他们的一些拙劣诗句，也成为败笔的典型，他们的作品给人的印象是单调乏味，形式雷同，乐于文字游戏，空洞无物。这些马里诺的追随者对他模仿得有过之而无不及，终于引起了人们的反感，马里诺主义失去生命力，逐渐走向消亡。

第四节　其他文学流派

17 世纪，在意大利诗坛上，除了占统治地位的马里诺诗派外，还有与之相反的忠于传统风格的“正统派”，它们还是沿着文艺复兴前开辟的道路前进，思想和风格上一如既往，没有大的创新，要说区别的话，只是前者更为热情、豪放，后者更为谨慎、严肃。

在意大利南方，受科学自然主义和笛卡儿唯理主义的影响，产生了一个类似后来阿卡迪亚派的流派，代表人物有斯凯蒂尼（Pirro Schettini，1630—1678）、布拉尼亚（Carlo Buragna，1634—1679）、迪·卡普阿（Leonardo di Capua）等，他们原先都是马里诺主义者，后来观点改变，主张“将优美的、纯粹的写诗方式还给意大利”，从而脱离了马里诺主义。

在意大利北方，也有持这种观点的人，如米兰的马基（Carlo Maggi，1630—1699），以方言诗出名，以及莱麦内（Francesco de Lemene，1634—1704）等，后来这些人都加入了阿卡迪亚学院派。

这一时期，还有一个流派值得注意，他们在寻找一条新路，一方面要沿着阿拉马尼和塔索的足迹前进，重现品达罗斯体颂歌（公元前 5 世纪希腊职业竖琴师品达罗斯所写的或按照他的风格而写的仪节歌）和贺拉斯体颂歌（仿照公元前 1 世纪拉丁诗人贺拉斯的方式写出的抒情短诗）；另一方面要沿着龙萨（Pierre Ronsard，1524—1585）等法国诗人的道路前进，再现古希腊阿那克里翁式的抒情短诗。这一流派的代表人物是基亚布雷拉。

基亚布雷拉（Gabriello Chiarabrera，1552—1638）生于意大利北部城市萨沃纳，曾在耶稣会学习修辞学和文学，后在罗马服务于科尔那罗枢机主教门下（il cardinale Cornaro），因与一位神父不和，被迫离开罗马，回到故乡。他虽远离大城市，但仍与贵族达官保持联系，甚至为他们写作。从 1600 年起佛罗伦萨的梅迪奇家族给他丰厚的奉禄，他的社会声誉来自于辉煌的文学成就。他德高望重，学识渊博，对后世的影响很大，死后教皇乌尔班八世亲自为他拟写碑文，称赞他发现了诗歌的“新大陆”，可与哥伦布齐名。基亚布雷拉要求自己不鸣则已，一鸣惊人，宣称愿意“要么发现新大陆，要么葬身大海”。他和马里诺一样，主张“诗歌必须能使人蹙眉头”；但为了达到这一目的，他的作法又与马里诺不同，他用的是颂扬英雄业绩，而不是依赖使人惊奇的效果；他用的是严肃认真的雄辩，而不是靠放荡纵欲的想像。基亚布雷拉发现的一个诗歌“新大陆”是品达罗斯体颂歌，他模仿品达罗斯歌颂古希腊光荣的手法来歌颂意大利的王公贵族，作品热情洋溢，形象生动，词汇丰富，韵律流畅。他发现的另一个诗歌“新大陆”是矫饰式颂诗，模仿龙萨等法国诗人创作阿那克里翁体诗，主题大多是求爱、爱情，节奏多变明快，富有抒情性。但基亚布雷拉也有致命的缺点，即曲调与感情分离，在诗歌中感情奔放但缺乏内容；在短歌中声调激昂但主题不清。

基亚布雷拉是一位韵律诗人，他引进的新韵律和古希腊新风格扩大了后世抒情诗的范围。在诗中他尝试每一行诗句用 4.5.6.8.9 音节，并用多种音节重音，使得诗歌韵律不仅丰富多变，而且明快细腻，适合意大利语言和诗歌的特点。他撰写了 5 篇《关于诗歌艺术的对话》(Dialoghi dell'arte poetica)阐述了自己作为抒情诗人应遵循的技巧和韵律原则，探讨十一音节自由体诗、诗的结构和诗人的激情等问题。他在关于诗歌形式的研究方面倾注了大量心血，成绩卓著，表现出非凡的才能，为人称赞。由于他大胆的创新精神和成功的创作实践，使后世诗人得以有多种新抒情诗形式可以采用，从而大大地丰富了抒情诗，基亚布雷拉在文学史上的功绩正在于此。

基亚布雷拉在各种文学形式上都有建树，有英雄诗《高蒂亚德》(Gotiade)、《佛罗伦萨》、《阿迈代伊德》(Amedeide)；悲剧《埃布达的安杰利卡》(Angelica in Ebuda)、《埃尔米尼亚》(Erminia)；田园和音乐剧《绑架切法洛》(Rapimento di Cefalo)、《阿尔其波》(Arcippo)、《奥菲欧哭歌》(Pianto d'Orfeo)等。他还写了《自传》(Autobiografia)、《名人的颂词》(Elogi di uomini illustri)、《信札》(lettere)和30首《布道诗》(Sermoni);《爱情短诗集》(Canzonette amorose)和《帕尔纳索斯的葡萄收获季节》(Vendemmie di Parnaso)更使他名声大噪。

泰斯蒂(Fulvio Testi,1593—1646)是基亚布雷拉的模仿者和崇拜者,具有强烈的反西班牙思想。生于费拉拉,差不多终生都服务于摩德纳的埃斯特家族(13—16世纪末统治费拉拉,中世纪后期至18世纪末统治雷焦和摩德纳的意大利王公世家),曾出使马德里和罗马。1617年为纪念萨沃依王朝的卡尔洛·埃马努埃莱一世国王发表了写于1613年的马里诺体诗《韵律诗》(Rime)引起了埃斯特家族的不悦。后来又因企图与法国驻罗马大使加紧秘密来往而被投进监牢,最后死在狱中。他生前飞黄腾达,富有财产和荣誉,但思想空虚,所以,在他的许多诗里流露出蔑视宫廷和强权,向往平常安静生活的情调。他的成名之作是《颂诗》(Odi),因模仿基亚布雷拉,受品达罗斯和贺拉斯的影响,诗中大多是描写伦理道德和歌颂英雄业绩的内容。泰斯蒂还被称为17、18世纪格言诗的始祖和大师。他提出了常规道德的一般表现,并用普通的事例和格言来论述这些道德。认为现今意大利的政治和道德都在衰败。

泰斯蒂长期在家族政府中工作,有一定的政治头脑,所以在诗中反映出政治内容。在八行诗《意大利的哭泣》(Pianto d'Italia)中表达了对西班牙统治的仇恨,希望萨沃依王朝的国王能奋起反抗,干出一番事业来。他的作品还有《诗歌总集》(Raccolta generale delle poesie)。在作品中,他为自己祖国的腐败无能而悲伤,劝告人们要鼓起勇气,充满信心,为自由而斗争。他反对过多描写爱情童话的现代诗,号召作家应将自己的思想和手中的笔转移到更高尚的题材上去。

反对马里诺诗派的著名人物还有门兹尼(Benedetto Menzini,

1646—1704)，生于佛罗伦萨。在家乡生活困难，还倍受歧视，毅然来到罗马，幸运地受到才华出众、学识渊博、酷爱艺术、主动逊位的瑞典女王克里斯蒂娜和教皇克雷门特十一世的庇护，直到逝世。是阿卡迪亚派成员，还是佛罗伦萨学会和克鲁斯卡学会的成员。艺术上他崇尚和模仿品达罗斯风格，用三行连环韵法(aba，bcb，cdc，……yzy，z)创作了五卷本的《诗歌艺术》(Arte poetica)阐述自己的观点：反对17世纪的无聊诗歌，推崇古典主义传统诗歌。宣称自己更喜欢“普通身高的人”的诗歌，而非英雄巨人的诗歌。他还写了颇为有名的13首《讽刺诗》(Satire)，讽刺抨击伪君子、吝啬鬼和嫉妒者一类人物，其中除了几首比较慷慨激昂外，大都比较晦涩。《讽刺诗》的发表标志着意大利的讽刺诗继承阿里奥斯托莱16世纪诗人的传统，进入了新的繁荣时期。

门兹尼还是一位伦理主义者，用自由体写了《品德描述》(Etopeia)，探讨道德品质和个人感情等问题。他反对巴洛克风格，反对马里诺诗体，崇拜托斯卡纳传统，主张恢复以前的朴实无华，情真意切的创作风格。他的观点得到响应，他本人也被誉为意大利诗坛的“救星”。

第五节　其他文学形式及作家

17世纪(巴洛克时期)，尤其是17世纪后半叶，意大利又出现了反对巴洛克风格的讽刺诗人，他们对当时的文学风尚日趋堕落表示厌恶与愤慨，遂对社会上出现的各种丑恶现象进行讽刺与抨击。令人惋惜的是，他们的作品总的来说水平不高，不能吸引读者。另外，还应指出的是，他们经常把讽刺诗当作攻击某人的个人工具或武器，因而削弱了讽刺诗的社会作用。

17世纪上半叶较为有名的讽刺诗人有：索尔达尼(Jacopo Soldani,1579—1641)生于佛罗伦萨,宫廷绅士,先后加入佛罗伦萨学院和阿尔特拉蒂学院(l'Accademia degli Alterati). 他是伽里略的信徒和卫士,创作 8 首讽刺诗猛烈攻击新科学的敌人,同时鞭笞宫廷权贵们的虚伪、野心和骄奢淫逸,讽刺亚里士多德派的卖弄手法,其中一首《反对逍遥学派信徒》(Contro i peripatetici)是为伽里略辩护的。

罗萨(Salvator Rosa,1615—1673),生于那不勒斯附近的小镇阿雷奈拉。是位多才多艺的文人,既是文学家、讽刺诗人,又是音乐家、画家。1640 年前往佛罗伦萨,来到梅迪奇家族门下,在这里写下 6 首讽刺诗:《音乐》(la musica)、《绘画》(la pittura)、《战争》(la guerra)、《嫉妒》(l'invidio)、《诗歌》(la poesia)和《巴比伦》(Babilonia)。他的作品攻击当时盛行的粗制滥造的文风和软弱无生气的风俗习惯,嘲笑稀奇古怪脱离现实的言行,深刻揭露社会上的腐化堕落和贫富差别,关心下层人民的疾苦,怜悯孤儿寡母,同情并支持被压迫人民的反抗行为。他的讽刺辛辣有力、击中要害,所以他的作品在意大利被列为禁书不得出版,只好在国外(如荷兰)出版。他逝世以后,才得以在意大利国内出版。

罗萨是位造诣很深的画家,创作了许多幅战斗画和海洋风景画,形成了自己独特的风景画风格:在令人心旷神怡的自然景色中,点缀有牧人、海员、士兵或强盗,整个画面充满浪漫主义情调。

17 世纪下半叶的比较重要的讽刺诗人是塞尔加尔迪(Ludovico Sergardi,1660—1726),锡耶纳人,他以拉丁文创作了不少生动讽刺诗,1694 年出版时自己又改写成三行押韵的诗节。他以“第五个塞塔诺”为笔名发表作品,主要攻击格拉维纳,有趣的是当时格拉维纳不知道“第五个塞塔诺”是谁,人们也不清楚他攻击格拉维纳的确切原因是什么。

其他讽刺诗人还有阿迪马里(Ludovico Adimari 1644—1708)、马里尼奥莱(Carzio Marignolle,1563—1606)、鲁斯波里(Francesco Ruspoli,1572—1625)、萨尔维蒂(Pier Salvetti,1609—1652)等人。

17 世纪(巴洛克时期)的另一种文学形式是根据塔索的理论和模式而创作的英雄诗,它集历史、童话、娱乐和教育于一身,在当时颇为流行。

英雄诗是叙述贵族武士和统治者业绩的叙事诗,据说在远古时代就已存在,这种诗在创作时并不形诸笔墨,而是在某种乐器的伴奏下歌唱或吟咏,由行吟诗人世代口述相传。英雄诗的成熟形式是长篇史诗,如《伊利昂记》和《奥德修记》,大部分英雄诗都回顾一个模糊的"英雄时代",那时有一代非凡人物显示无与伦比的本领和勇气。在不同国家的文学中,"英雄时代"也各不相同。公元前 8 世纪写出的荷马史诗,集中写同特洛伊人的战争(约公元前 1200 年);法国、英国人民的英雄诗,主要叙述 4 世纪至 6 世纪的事件。著名诗人塔索写的叙事长诗《被解放的耶路撒冷》就借鉴了荷马的《伊利昂记》英雄诗的某些特点。

意大利一些大作家也都写英雄诗。马里诺写了《被破坏的耶路撒冷》(Gerusalemme distrutta),与塔索的著名长诗相对应。塔索写了关于发现新大陆的《奥卡诺》(Occano)。泰斯蒂写了《君士坦丁》(Costantino)和《被征服的印度》(India conquistata)。斯蒂里亚尼也以发现新大陆为内容写了《新世界》(Mondo nuovo),从此与马里诺决裂。埃利科写了《被破坏的巴比伦》(Babilonia distrutta)和《特洛伊战争》(Guerra troiana)。维拉尼写了《设防的佛罗伦萨》(Firenze difesa)。基亚布雷拉也写了一些英雄诗。

布拉乔利尼(Francesco Bracciolini,1566—1645)除了写戏剧、音乐剧、童话和田园诗以外,也写了颇具影响的英雄诗,如《重新获得的十字架》(Croce riacquistatata,1611)、《选举乌尔班八世》(Elezione d'Urbano Ⅷ,1628)、《改变信仰的布尔盖丽娅》(Bulgheria Convertita,1637)。他思想活跃,创作自如,与塔索相似。

还有,格拉齐亚尼(Girolamo Graziani,1604—1675)写了《征服格拉那塔》(Conquista di Granata,1650)。威尼斯女诗人玛丽奈拉(Lucrezia Marinella,1571—1653)写了《恩里科》(Enrico)。农民诗人

佩里(Giandomenico Peri)写了《被破坏的菲埃佐莱》(Fiesole distrutta)。穆尔托拉模仿塔索的《创造的世界》(Mondo creato)写了《世界的创造》(Creazione del mondo)。上述这些英雄诗有的取材于古代和中世纪历史,有的取材于宗教,也有的取材于宫廷的节日活动。在盛行马里诺体诗歌的时代,英雄诗给人以新颖,不随波逐流的感觉,所以能受到作者和读者的欢迎。

在英雄诗的基础上,有人加进滑稽的模仿和幽默的玩笑,就又产生了一种新文学形式——英雄喜剧诗。

塔索尼的名篇《被劫的吊桶》(Secchia rapita)被公认为英雄喜剧诗的代表作。该诗第一次发表于1622年,但在此之前,其手抄本已广为流传。全诗包括12歌,以八行体诗(每节8行,每行11个音节,韵式是abababcc)形式写成,故事的梗概是:摩德纳市和博洛尼亚市为争夺一只吊桶而爆发战争。上帝、教皇及其他各种人物都参加了这场战争,费德利科二世皇帝派遣自己的儿子恩佐支援摩德纳人,结果王子被俘。这是根据一个真实的历史事件而写成的作品:摩德纳人1328年入侵博洛尼亚市时劫走了该城的一只吊桶作为战利品(这只吊桶现陈列在摩德纳教堂)。但作者在真实的历史事件中又加进了虚构的情节和幻想色彩,将不同历史时期的事件混杂在一起(如福沙尔塔战役、攻陷佛朗科古堡等),使内容更加丰富饱满。诗中体现了塔索尼反对当时的文学倾向和风俗习惯的论战思想,以及他个人的爱憎情绪(他是站在博洛尼亚一边反对摩德纳)。诗的格调富于变化,既有田园式的爱情描写(如恩迪米奥内与卢娜之间的爱情),又有对诸神会议的挖苦讽刺。在对荷马神话的讽刺中又加进了对教廷人士的幻想。还模仿英雄文学的结构和特点,描写各个小国军队之间的竞争与对立。诗人要表现贫富差别,对资产阶级和平民的生活场面也有所描述。《被劫的吊桶》充分体现了塔索尼思想敏捷爱憎分明的特点,以及辛辣讽刺和新颖怪巧的写作手法。他的绝妙之处还在于对某些人物有巧妙安排的幽默式描写,如写库拉尼亚伯爵是个牛皮大王,蒂塔是个自吹自擂的小丑，都写得生动有趣、入木三分，笔调简洁明快，令人称赞。

另一位著名的英雄喜剧诗人是道托里（Carlo de' Dottori，1618—1680），生于帕多瓦，青年时代生活动荡，曾因写诗讽刺帕多瓦贵夫人而被监禁。后来结识不少名人，使他命运大变。他供职的主人埃莱奥诺拉·贡扎加夫人后来成为奥地利女王，将他召到维也纳封为伯爵。主要作品有《阿尔费诺雷》（Alfenore，1644）和《驴》（L'asino，1652）。《驴》描写维琴察市与帕多瓦市为了一块画有驴的标志而发生荒唐的战争。他学习塔索尼的技巧，比较真实地描述日常生活场面，同时也讽刺当时的一些陈规陋习。他写得比较好的作品还是悲剧《阿里士多代莫》（Aristodemo，1657）。

科尔西尼（Baltolomeo Corsini，1606—1672）的英雄喜剧诗《凄凉的古塔》（Torracchione desolato，成书于 1660 年，1678 年在巴黎出版）更是一部快乐风格的诗作。另外，里皮（Lorenzo Lippi，1606—1664）的《重新收复马尔曼蒂莱古堡》（Malmantile riacquistato，1676 年出版），拉里（Gian Battista Lalli，1572—1637）的《莫斯凯依德》（Moscheide）等作品在当时都有一定的影响。

17 世纪另一种主要文学形式是悲剧，悲剧是指以严肃的态度探索人在宇宙间所起作用的艺术作品，通常是戏剧和长篇小说。公元前 5 世纪古希腊雅典人最先使用此词，指在节日期间上演的一种戏剧。其主题是传说、宗教神话和历史上英雄人物的不幸遭遇。大多取材于当时家喻户晓的荷马作品。悲剧受人欢迎，因为它比其他艺术形式能更加突出地提出有关人的处境的种种问题，比如，人为什么一定要受苦？古希腊悲剧作家埃斯库罗斯在他著名的《奥瑞斯忒亚》和《被缚的普罗米修斯》两部悲剧中反复追问：为什么公义如此难以捉摸？在他的悲剧中，邪恶必有，损失难复，灾殃不可避免，而人可以从痛苦中汲取教训。在欧洲文艺复兴时期，虽然视觉艺术日益重视描写人生悲苦，悲剧一词也屡见不鲜，但是，只是到了英国女王伊丽莎白一世在位期间（1558—1603），舞台上才出现了足以同古希腊悲剧相比的悲剧。最初是大悲剧家马洛（Christo-

pher Marlow，1564，2.26 受洗—1593)。莎士比亚的五大悲剧《哈姆雷特》、《奥赛罗》、《李尔王》、《麦克白》和《安东尼与克娄巴特拉》更是脍炙人口的传世佳作，他尽力塑造人类所能想到的一切善与恶，他所写的主角体现使人类增光或败坏的各种心理的、社会的和自然的力量。在法国有人努力恢复古代悲剧的传统。法国剧作家严守他们按照古希腊悲剧模式规定的规格以及亚里士多德所提出的原则。尊重地点、时间和行动一致的“三一律”。他们以感情和理智的冲突为主要题材。高乃依(Pierre Corneille，1606—1684)的《熙德》写义务感战胜感情。而在拉辛(Jean Racine，1639—1699)的《菲德拉》中，原则性和意志力并没有能阻止菲德拉对自己的继子发生爱情。悲剧在17世纪以后至19世纪初期基本上可以说暗淡无光，既没有名作家，也没有名作品，但是悲剧的题材和精神却由长篇小说予以继承。

意大利的情况亦是如此，17世纪的悲剧平平淡淡，没有什么发展与突破，基本上延续了以前的传统和手法，还和过去的悲剧一样，普遍运用“三一律”、“五幕剧”、合唱等规则进行创作。而在上个世纪，倒出现了几个对意大利悲剧有所影响的人物，剧作家、戏剧改革家特里西诺(Gian Giorgio Trissino，1478—1550)就是其中之一。他在文艺上的伟大贡献，就是使意大利戏剧希腊化，力图达到古希腊悲剧的水平。他的代表作无韵律悲剧《索福尼斯巴》(Sofonisba，1515)对后来的悲剧影响很大。

17世纪的悲剧还接受了著名剧作家和文艺理论家钦齐奥，又称姜巴蒂斯塔·吉拉尔迪(Giambattista Giraldi Cinzio，1504—1573)的观点和体裁。钦齐奥出生在费拉拉，后来在费拉拉、帕维亚等城市的大学教授文学，并注释亚里士多德的《诗学》和贺拉斯的《诗艺》。1547至1563年担任费拉拉公爵秘书。因为与另一位公爵秘书皮尼亚(曾是他的学生)不和，离开费拉拉，先后到过蒙多维、都灵和帕维亚，1571年又回到故乡。他写过短篇小说，《百篇故事集》(Ecatommiti，1565)流传很广，在英、法、西班牙等地均有译本。

值得一提的是，莎士比亚的《奥赛罗》就取材于这部书中的故事《威尼斯的摩尔人》。当然，钦齐奥的成就主要表现在剧作上，他遵照古典作品的原则创作了堪称意大利第一部现代悲剧的《奥尔贝凯》(Orbecche，1541)，并首创悲喜剧。

吉拉尔迪(钦齐奥)的文艺理论专著有《论喜剧和悲剧》(Discorso sulle commedie e sulle tragedie，1544)和《论传奇叙事诗的创作》(Discorso intorno al comporre dei romanzi，1554)等。在前一部专著中，他主张戏剧应通过"伟大而可怕的"动作来引起激动人心的反应。在后一部专著中，他批驳当时一些批评家对问世不久的阿里奥斯托的传奇体叙事诗《疯狂的罗兰》的责难，指出这部叙事诗突破情节单一的框框，运用古人尚不知晓的方式和现代语言写作，因而是不同于古典英雄史诗的一种新体裁。他的剧作还有《阿尔蒂尔》(Altile)、《克娄巴特拉》(Cleopatra)、《迪多》(Didone)、《反瓦洛迈尼》(Antivalomeni)等。

17 世纪悲剧的题材大多是理智与智慧、权力与感情之间的冲突。另外，对政治、外交秘密的好奇、伦理道德等内容也渗入到这时期的悲剧中。剧中的主人公理智战胜本能，暴虐来自野心，殉难者视死如归。综观这时期的悲剧，不论在内容上，还是在思想上，都类似于高乃依的法国悲剧，表现手法与文学相比更显得深刻严肃。

基亚布雷拉、泰斯蒂、布拉乔利尼等人也都写过悲剧，但都不如自己的诗歌成功，只有道托里例外，悲剧的成就也很突出，他的《阿里士多代莫》被人誉为 17 世纪悲剧中最优秀、最有意义的作品之一。有人说这个悲剧"在托斯卡纳悲剧中……可能也在 17 世纪的拉丁悲剧中独占鳌头"。剧中的女主人公梅洛贝是一位善良的姑娘，她遵守国法，又不得不屈从父亲阿里士多代莫的野心，最后痛苦地死去。她既温柔又勇敢，甘愿作出牺牲，视死如归。把对意中人的爱保留在理性之中，表现出没有悲伤、朴实无华的英雄主义精神。她的父亲阿里士多代莫则是个野心勃勃、残酷无情的可怕人物。这个悲剧获得极大的成功，流传甚广，至今也是经常演出的剧目之一。

悲剧家德拉·瓦莱(Federico della valle,1560—1628)出生在阿斯蒂附近的一个小镇,原先在萨沃依宫廷中服务,曾任埃马努埃莱一世的夫人卡特琳娜的侍从武官,1597 年夫人死后,前往米兰又为西班牙统治者效劳。青年时代,在萨沃依宫廷服务时创作了悲喜剧《弗利加的阿德隆达》(Adelonda di Frigia,1595),它在艺术上尚不成熟。他较好的作品是 1627—1629 年间在米兰创作的,可能是自费出版的三部悲剧:《犹滴》(Judith)、《以斯帖》(Esther)和《苏格兰女王》(Reina di Scozia)。《犹滴》取材于《旧约》中的一个故事:女英雄犹滴以自己的美貌迷住了敌军统帅奥洛费尔内,乘他酒醉时将他杀死,从而拯救了犹太民族。《以斯帖》亦取材于《旧约》,描写以斯帖被选为波斯王后之后,力劝国王把图谋杀尽犹太人的宠臣哈曼处死,使犹太人得救。《苏格兰女王》则取材于当代故事,具有浓烈的抒情性,描写苏格兰女王玛丽·斯图亚特在英格兰被伊丽莎白女王囚禁在狱中,临死时虽然渴望重见故土,但宁愿牺牲生命,也不愿承认英国教会。这三部悲剧都创作于天主教宗教改革时期,作者想通过表现主人公的自我牺牲精神,来歌颂宗教信仰能战胜一切障碍和迫害。剧中表现的伦理道德揭示了世间存在有崇高思想。作者以娴熟的技巧把人物刻画得有血有肉、感情丰富。从艺术上看,三部悲剧中《犹滴》显得最为成熟,剧中犹滴在动手杀死敌军统帅时与侍女阿勃拉对白的场面,是 17 世纪意大利悲剧中最具诗意的场面之一。作者赞扬犹滴的机智勇敢和信念,不仅是为了宗教宣传的目的,还是为了说明人类的高尚品德是确实存在的。

剧作家德尔费诺(Giovanni Delfino,1617—1696)青年时期曾将阿里奥斯托写的一些故事情节改写成悲剧《梅道罗》(Medoro),使自己在悲剧界占有一席之地。其他作品还有《巨富》(Creso)和《克娄巴特拉》(Cleopatra)等,剧中充满了政治和道德思想,手法谨慎简洁。与他相似的还有普罗斯佩罗·保那雷里(Prospero Bonarelli,1588—1659)创作的《索里马诺》(Solimano),也是一部描写政治和道德内容的悲剧。

17 世纪的田园寓言作品也很繁荣，但它们几乎全都遵循塔索的《阿明达》和瓜里尼的《忠实的牧羊人》这两个模式，题材大部分是田园般的爱情故事，这类作品符合时代的口味，所以招来了许多崇拜者和模仿者。基亚布雷拉的《阿尔奇波》(Alcipo，1604)、布拉乔利尼的《埃罗与莱昂德罗》(Ero e Leandro)都是比较优秀的田园寓言。帕维亚诗人圭迪(Alessandro Guidi，1650—1712)曾在罗马效力于前瑞典女王克里斯蒂娜门下，应女王的要求，根据月亮和牧人的爱情神话故事创作了牧歌剧《恩迪米奥内》(Endimione，1692)，有人说其中可能有女王的诗句。作品受到诗歌改革家格拉维纳(Gian Vincenzo Gravina)的高度赞扬。他还写了《在喷泉边》(Alla fontana)，生动感人，深深打动了青年时代的阿尔菲耶里。圭迪首先引进了自由歌的形式，对后世影响很大，所以至今在意大利学校里还经常提到他的名字。

圭都巴尔多·保那雷里(Guidubaldo Bonarelli，1563—1608)是前面提到的普罗斯佩罗·保那雷里的哥哥，于 1607 年创作了《西罗岛的子女们》(Filli di sciro)，描写切莉娅恋着蒂尔西和阿明塔的三角恋爱故事，情节复杂难懂，不少人为此提出批评，作者则写了《为切莉娅双重爱情的辩护词》(Discorso in difesa del doppio amore della sua Celia)来反驳人们的批评，并试图揭示人物心理的真实性，论述爱情与诗歌的写实问题。写作技巧细腻流畅，使人读来感到亲切高雅。

16 世纪盛极一时的仿古喜剧到了 17 世纪开始衰落，随后完全消失，取而代之的一部分是假面喜剧，一部分是维加(Lope di Vega，1562—1635)等人的西班牙戏剧。伟大雕塑家和画家、艺术大师米凯朗杰罗的侄孙小米凯朗杰罗(Michelangelo Buonarroti il Giovane，1568—1646)是位著名的剧作家，写了两部名剧，一部是《集市》(Fiera)，包括 5 个 5 幕喜剧，以生动活泼的现实手法表现集市上的议论、争吵、意外事件等场面；另一部是《唐恰》(Tancia)，以淳朴的农民语言描写朴实的农民生活，很有特色。小米凯朗杰罗是克鲁斯卡学会的成员，在语言上很讲究，使用了佛罗伦萨的许多生动语言和表达手法，以丰富克鲁斯卡学会的词汇。

为宗教服务，圣剧也开始时兴起来。圣剧原是15世纪意大利宗教剧的一种形式，与法国、英国的神秘剧，西班牙的神功剧相仿。这些宗教剧起源于佛罗伦萨并盛行该地，所演内容均取自《新约》和《旧约》、宗教传说以及圣徒事迹。剧情具有训诫性质，其对话取材于《圣经》，给观众以从善的教育。圣剧的起源可追溯到中世纪，当时意大利戏剧与天主教会联系密切，教士表演宗教剧，作为弥撒的一部分。17世纪圣剧一方面遵循古典悲剧的原则，另外也抄袭世俗戏剧的一些内容，接受音乐剧的影响。圣剧方面成就较大的有安德列依尼(Giambattista Andreini，1578—1652)，作品有《玛达莱娜》(Maddalena)和《亚当》(Adamo)。他还是一位著名的喜剧演员和多产的诗人。

音乐剧(Melodramma，又称清唱剧)是意大利文化中最优美、最细腻、最新颖的艺术表现形式，从诗歌—音乐的角度来说，它又是意大利文化献给欧洲的最佳礼物。意大利音乐剧实际上是一种宗教的歌剧，其起源可上溯到1594年在佛罗伦萨上演的《达芙内》(Dafne)，该剧由里努奇尼(Ottavio Rinuccini，1564—1621)作词，佩里(Jacopo Peri)作曲。里努奇尼是梅迪奇家族的文人，1600—1603年曾在法国生活3年，后又返回意大利，主要在佛罗伦萨和其他城市排演戏剧和音乐剧。其它音乐剧本还有《欧丽迪切》(Euridice，1600)、《阿丽亚娜》(Ariana，1608)等。后来音乐剧发展到波洛尼亚、罗马、威尼斯和那不勒斯等地。音乐家蒙特威尔第(Claudio Monteverdi，1567—1643)创作了许多音乐作品，如《奥尔菲奥》(Orfeo)，《乌利斯的归来》(Ritorno di Ulisse)、《波佩阿的加冕》(Incoronazione di Poppea)，里努奇尼的《阿丽亚那》也是由他谱曲的。到了音乐家普罗万查莱(Francesco Provenzale，1627—1704)和斯卡尔拉蒂(Alessandro Scarlatti，1659—1725)时期，音乐剧的音乐部分达到了歌剧表演的顶峰，它直接或间接地影响到德国、英国、法国歌剧的产生和发展。英国的音乐剧由作曲家亨德尔用几种形式加以综合而成。法国作曲家夏庞蒂埃把意大利音乐剧传入法国。德国音乐剧是由基督受难的故事发展而来的，其首创者是许茨，他的《复活节清唱剧》(1623)保持了每个人物的歌词用两个或更多的声部演唱的老传统。巴赫的两部卓越的受难音乐剧《圣约翰》(1724)和《圣马太》(1729)在规模上更为宏大，在处理方法上采用了后来意大利的咏叹调，因而更为丰富。亨德尔的音乐剧实际上是为剧场上演的，大部分是根据《圣经》故事写成的现成脚本，并且有效地利用了合唱。他的音乐剧受歌剧、假面剧甚至希腊悲剧的影响，与宗教无直接关系。其题材极为广泛，但后人只重视他用《圣经》题材创作的音 乐剧，如《扫罗》、《以色列人在埃及》(1739)、《弥赛亚》(1742)、《参孙》(1743)等。这时的音乐剧中音乐部分占了主导地位，而其文学部分(剧本)被人越来越忽视，降到了次要地位，音乐压倒剧本。1637 年威尼斯建立了第一家公共剧院，取代了皇家剧院，这就使音乐剧由贵族戏剧逐渐成为民众戏剧，从而满足了广大民众的艺术要求。这时，在音乐剧中，舞台布景和舞蹈也开始重要起来，音乐剧情节也由原来简单呆板的内容变得更加复杂和浪漫。加上受小说和假面喜剧的影响，剧中还加进了滑稽诙谐的内容，表演时，技艺精湛的歌唱演员愈来愈受观众的青睐。这样，就要求剧作者在创作时要考虑能充分发挥歌唱演员的表演才能。这时，在一些音乐剧的剧本上，甚至只署曲作者的名字，而不署词作者的名字。这当然是不公平的，词作者的劳动也应该受到尊重，红花还需绿叶配嘛。

第六节 叙事文学

17世纪的叙事文学也表现出时代特点，既有娱乐消遣性，又有很高的艺术水平。佛罗伦萨的传统文人和学院派学者都写了不少叙事文学作品。达蒂(Carlo Roberto Dati，1619—1676)撰写了《古怪思想和好奇事件趣谈》(Lepidezze di spiriti bizzari e curriosi avvenimenti)描绘佛罗伦萨年轻人的快乐生活。阿雷佐人雷迪(Francesco Redi，1626—1698)创作《酒神巴克斯在托斯卡纳》(Bacco in Toscana)描写酒神节时的盛况与趣事。这些作品都是按照薄伽丘的模式创作的。关于雷迪，他原本是位自然主义科学家与医生，也服务于梅迪奇家族，科学论著有《论蝰蛇》(Osservazioni intorno alle vipere，1664)、《关于昆虫繁殖的经验谈》(Esperienze intorno alla generazione degli insetti，1668)、《论活动物中的活动物》(Osservazioni intorno agli animali viventi che si trovano negli animali viventi，1684)，该书中反驳昆虫的自然繁殖理论。他还写了许多诗，后来加入阿卡迪亚派。

模仿薄伽丘撰写叙事小说的有威尼斯贵族萨格雷多(Giovanni Sagredo，1617—1682)，他多次担任高级官员和外交官，又是一位造诣很深的文人，写过一些政治、历史作品，也写了许多讽刺作品和韵律诗。1667年写的《布兰塔河边的阿卡迪亚》(L'Arcadia in Brenta)描写三位贵夫人和三位骑士聚在布兰塔河边的一所别墅里欢度狂欢节的最后几天，8天讲了45个生动有趣的故事，可称是一部小《十日谈》。

比扎乔尼(Maiolino Bisaccioni，1582—1663)生于费拉拉，经历军旅生活和外交生涯，到过欧洲和意大利许多城市，也是位作家和翻译家，他写的历史作品中表现出对当代政治问题极为关心。主要翻译法国当代文学作品。他还写过两篇诽谤性短文攻击塔索尼

(1614)和泰斯蒂(1617)。于1637—1664年间完成了一部包括62个故事的故事集,共分4个部分:《旅馆》(Albergo)、《船》(Nave)、《岛屿》(Isola)和《港口》。

叙事文学在南方也很有名望,巴西莱(Giambattista Basile,1575—1632)就是一位很有影响的散文家、诗人和童话作者。他出身于那不勒斯的一个中产家庭,很小时去威尼斯,后来在那加入威尼斯共和国军队,1607年参加海军在爱奥尼亚海区同西班牙作战。1608年游览希腊后返回那不勒斯,效力于斯蒂里阿诺王子门下。1613年进入曼托瓦宫廷任职,成为贡扎加家族的座上客,并被封为骑士,这期间发表不少诗作。1614年可能因健康原因又返回家乡,继续为王公贵族服务,生活在宫廷和府邸中,直至逝世。

巴西莱的作品有用意大利文写的,如《圣母玛利娅的哭泣》(Il pianto della Vergine,1608)、《马德利亚里和颂诗》(i Madriali et ode,1613—1637)等。

1604年巴西莱开始用那不勒斯方言进行创作,由于受马里诺诗派的影响,在作品中追求奇异怪诞。《那不勒斯的缪斯们》(Le Muse napoletane,1635年出版)包括9首对话体组歌,每首都以一位缪斯的名字为题,还根据主人公或对话的内容加一个副标题,如"吹牛者"、"宫中女官"、"老恋人"等,作品宣扬作者的道德观,讽刺那不勒斯的社会习俗,认为在人民的生活中,必须以道德来限制人们的蜕化变质。

巴西莱还是那不勒斯方言散文的倡导者和实践者,用那不勒斯方言热情地写了50个故事,集名为《最好的故事》(Lo cunto de li cunti ovvero lo trattenemiento de'piccerille,1634年出版)。这50个故事是10位老妪5天讲述的,因为它模仿《十日谈》的形式,所以在1674年再版时正式称为《五日谈》(Pentamerone),在克罗齐的译本中也用《五日谈》的书名。

书中叙述瓦莱佩洛扎国王的女儿佐查(zoza)应嫁给坎波罗通多王子,但王子被人诅咒患了嗜眠症,长睡不醒,佐查为了唤醒王子，必须在三天之内用自己的眼泪灌满一个酒罐，佐查连续哭了两天，终因疲劳过度而睡着了，这时，一个黝黑的女奴乘机用眼泪灌满了酒罐，王子醒来了，便与她结为夫妻。佐查气不过便施魔法使已怀孕的女奴产生想听故事的要求，于是王子选了十位善讲故事的老妪天天为他们讲故事，一人讲一天直到女奴分娩为止。这些故事大都取材于民间口头传播的古代传说，如：灰姑娘的故事、睡美人的故事等。到第五天时一位老妪有病，佐查便扮成讲故事者，向王子讲述自己的不幸遭遇，揭露女奴的骗局，说明事实真相，王子听后，勃然大怒，将怀孕的女奴处死，随后与佐查结为百年之好，全书以有情人终成眷属而结束。书中体现了极端的道德抵偿观点，女奴虽已怀孕，但因她是骗子，还是要受到惩罚被处死。

这部书是欧洲最早用民间故事编写的小说集之一，文字绚丽多采，词藻艳丽，情节生动，老少喜欢。著名文艺评论家克罗齐称这部作品是“民间传说作品中最古老最富艺术性的”。

巴西莱对那不勒斯的民谣、风俗、文学、音乐等都有浓厚的兴趣，对寓言也有较深的研究。他用意大利文写了关于海洋的寓言《历经艰险的厄运》(Le avventurose disavventure)，将寓言世界过渡到现实世界，从幻想王国落实到日常生活的平民世界。他还用意大利文写了一些诗歌、音乐假面剧的歌词等作品。巴西莱的艺术是伟大的，带有明显的巴洛克特点，追求奇异华丽，格调铿锵有力，色彩绚丽，具有音乐感。

这一时期的作品没有后退到低级的快乐文学，但追求情节复杂引人，色彩浓厚华丽，所以使人读起来觉得惊奇有趣。这时期读者的要求也发生了变化，他们关心的不再是作品的结构和形式，而是叙述的内容和作者的风格与技巧。

小说在 17 世纪文学中仍占有重要地位，它继承了 16 世纪后期小说家班戴洛、吉拉尔迪等人开创的传统，又接受了法国小说家贡贝维尔、拉卡尔普雷奈德、斯居代里等人的影响，重新取材于法国和西班牙骑士文学的内容，除此而外，也写一些情节曲折复杂、但内容乏味，令人生厌的故事。表现手法不无文学性，但充满怪诞的概念和造作的隐喻。

小说家比翁迪（Giovan Francesco Biondi，1572—1644）生于克洛地亚共和国的达尔马提亚，曾在威尼斯共和国军队中服务，脱离天主教后，进入英国贾科莫一世国王的宫中效劳，又到过法国和瑞士。他的小说《埃罗麦娜》（Eromena，1624）是模仿贡贝维尔的《卡丽泰阿》（Caritèa，1621），描写英雄爱情的故事。除此而外，还写了一部受人称赞的历史作品《朗卡斯特罗与约里柯两家间英国内战史》（Istoria delle guerre civili d'Inghilterra tra le due case di Lancastro e di Iorc，1637—1644），共3册，并译成英文。

声誉较高的小说家有马里尼（Giovanni Ambrosio Marini，1614—1662），生于热那亚，投身教会生涯后，写了一些苦行僧式的文学作品。他的《忠实的卡洛昂德罗》（Calloandro fedele）在1640年发表第一部分，次年发表第二部分，故事情节像迷宫一样曲折复杂，书中许多关于巨人、魔鬼的故事使人联想起15世纪诗人蒲尔契的著作《摩尔干提》。另外两部小说是《失望者的比赛》（Le gare de'disperati，1644）和《利于清白的幸运玩笑》（Gli scherzi di fortura a pro dell'innocenza，1662）。威尼斯作家洛雷达诺（Giovan Francesco Loredano，1607—1661）长年从政，又是位颇有成就的小说家和文化组织者，于1630年在威尼斯创建"隐姓埋名者学会"，他青年时代的作品《迪亚奈阿》（Dianea，1627）已表现出与罗马教廷激烈论战和赞扬威尼斯独立的典型观点。他的《信札》（Lettere，1654）也极为重要。历史学家和小说家布鲁佐尼（Girolamo Brusoni，约1614—1686）一生坎坷，三次离开隐居的修道院，蹲过帕多瓦的监牢〔在自我辩护词《大房子》（Camerotto，1645）中有记载〕。被任命为萨沃依宫廷史官后，在贫穷中去世。他除了写历史著作外，青年时代还创作了《女逃犯》（La fuggitiva）、《幸运的玩笑》（Lo scherzo di fortuna）、《被践踏的抱负》（L'ambizione calpestata）、《被虐待的情夫》（L'amante maltrattato）、《灶神贞女的骚乱》（Le turbolenze delle

Vestali)、《奥雷斯蒂拉》(Orestilla)、《菲利斯麦娜》(La Filismena)等。使他成名的是三部曲《三桨的威尼斯小舟》(La gondola a tre remi)、《时髦马车》(Il carrozzino alla mada)和《迷路的女诗人》(la poeta smarrita)。他们的小说顺应时髦的潮流,适合读者的口味,因而受到普遍欢迎,不仅在意大利有众多读者,许多小说被译成欧洲其他国家语言,被人学习和模仿。

有人说,17 世纪后半叶意大利没有出现伟大杰出的小说家,倒是出了一些优秀的散文家,此话不无道理。随着伽里略派科学散文的发现,托斯卡纳传统派的“冗长废话”又时兴起来,于是出现了马里诺式散文风格,既多用比喻,又怪诞华丽。许多文人,从伦理作家到杂文作家,从评论家到文体学家,无不用这种风格来雕琢润色自己的文章。与此同时,还有一类艺术散文,继承了 16 世纪历史学的方法,要求表达必须明确有效,文笔必须高雅巧妙。这类散文经常是妙语连篇,简短精辟。

艺术散文的代表作家是巴托里(Daniello Bartoli,1608—1685),他是一位史学家和天主教耶稣会人文主义者,生在费拉拉,1623 年加入耶稣会。他渴望去印度布道,但他的上司不愿失去这样一位文学天才,希望他留在国内教书并从事研究工作,便将他召到罗马去编纂一部年代长达一个世纪的耶稣会历史。1685 年在罗马逝世。他于 1648 年接到编史的任务,历经 25 年编纂的《耶稣会史》(Dell'istoria della Compagnia di Gesù,1648—1673)叙述天主教耶稣会在中国、日本、亚洲其它地区、英国和意大利等地的传播与确立。包括《圣依尼亚乔(一译依纳爵)传记》(Vita di Sant'Ignazio,1650)、《亚洲》(Asia,1650)、《日本》(Il Giappone,1660)、《中国》(La Cina,1663)、《英国》(Inghilterra,1667)、《意大利》(Italia,1673)等章节。这是他呕心沥血而写的力作,内容浩繁丰富,描写细致入微,充分利用档案资料以及旅行者和传教士们耳闻目睹的材料,有根有据。

评论界对该书褒贬不一。焦尔达尼认为这部历史的风格是“微妙而可怕的”。大作家卡尔杜齐则说是“难能可贵，了不起的”。著名评论家和史学家德·桑克蒂斯和塞坦布利尼认为这部作品的形式完美，但内容枯燥无味，称巴托里是“散文界的马里诺”他们这种观点可能与自己的反耶稣会偏见有关。有人不同意上述看法，认为巴托里在作品中，将人际关系写得亲密热情，生动感人，有作者的喜悦，也有信徒们的快乐，将神和人的艺术有机地溶为一体。

巴托里是一位多学科的多产作家。科学方面的著作有《论声音、谐振和听觉》(Del suono, dei tremori armonici e dell'udito, 1679)、《论冰与凝固》(Del ghiaccio e della coagulazione, 1681)等；关于宗教题材的作品有《弥留之人》(L'uomo al punto di morte, 1657)、《论人的两种永恒》(Delle due eternità dell'uomo)，这是对罪人的讲道，说明死是永恒生命的开始；关于伦理道德内容的作品有《带来道德的地理》(La geografia trasportata al morale, 1664)、《带来道德的象征》(I simboli traportati al morale, 1667)；巴托里在语言学方面也很有造诣，是一位词语能手、语言大师，著有《“不可以”的错误和权利》(Il torto e il diritto del Non si può, 1655)、《意大利语正字法》(L'ortografia italiana, 1670)，论述语法规则的局限性，主张在遵守使用、合理、权威三原则的前提下，可以有运用语言的自由，反对克鲁斯卡学院派的死板规定，认为没有不能用的结构和句子。巴托里还被认为是最完美的文体学家。莱奥帕尔迪是反耶稣会的，也认为他是无与伦比的散文家，称他是“意大利散文之父”。

另一位杰出的散文家是弗朗切斯科·弗鲁戈尼(Francesco Fulvio Frugoni，约1620—约1689)，生于热那亚，是著名的传教士。一生动荡不安，先是跟人到了西班牙，后又周游法国、英国、荷兰等地，在国内到过都灵、皮亚琴察、博洛尼亚、米兰和威尼斯，最后客死在水城。这使他阅历丰富，具有广泛的文学和伦理知识。著有宗教题材作品《神圣的特里麦基斯托》(Il sacro Trimegisto)，历史小说《巾帼英雄》(L'eroina intrepida)、《巴黎处女》(La vergine parigina)等。他写的《第欧根尼之犬》(Cane di Diogene, 1687—1688)分为7

“吠”，即7册，共12个故事，讽刺本世纪的罪恶与陋习。基于他本人的身分，所以其作品具有明显的宗教特点和伦理教育作用。修辞也很讲究，深受贡戈拉、克维多等西班牙作家的赏识和赞扬。

散文家马尔维兹（Virgilio Malvezzi，1595—1654）出身博洛尼亚贵族，效力于西班牙国王，参加西班牙军队在费昂德拉和彼埃蒙特作过战，后来担任政治顾问和大使，出使过英国和荷兰。他的西班牙保护人垮台之后，处境变得艰难，遂离开马德里返回故乡博洛尼亚，多次担任公职。创作了不少政治作品和历史作品（关于西班牙的战争）以及小说和散文，在他的作品中首先体现出对人情世故和风俗习惯的丰富经验，也反映出他有很高的文化修养，以及对政治、历史、道德等方面的好奇心。他对政府和国家有独特的见解，认为“国家的理性有两个：上帝的理性和魔鬼的理性。上帝的理性是靠近他使你成为伟大，魔鬼的理性是远离他使你变成伟大”。马尔维兹追求文体的完美，将深刻的哲学思想与新颖的表现手法有机地揉在一起，因而在他的作品中既有新鲜深刻的思想内涵，又有明快敏锐的文笔，善于从古今历史事件中推断出带有普遍性的观点。主要作品有散文《论塔西陀》（Discorsi sopra Cornelio Tacito，1622）；历史人物小说《罗慕路斯》（Romolo，1629）、《被迫害的大卫》（David perseguitato，1634）、《高傲者塔奎尼乌斯》（Tarquinio il Superbo，1634）、《科里奥拉努斯与亚西比德》（Coriolano e Alcibiade，1648）；当代历史作品有《1639年西班牙王朝的主要成就》（Successi principali della Monarchia di Spagna nell'anno 1639）、《菲立波三世和四世时代的西班牙历史》（Storia di Spagna sotto Filippo Ⅲ e Ⅳ，以西班牙文出版）。应该指出的是，马尔维兹的作品在结构上都很相似，使人觉得不像是出自一位史学家和政治家之手，倒像是一部哲学家和伦理道德家的作品，有思想、有评论，夹叙夹议，将文艺复兴时期史学家和政治家的传统融汇在理论家和思想家的决疑术中。

当时，在宗教界也涌现出一些有影响的作家。如奥尔基神甫（Padre Emanuele Orchi）著有《四旬斋讲道》（Quaresimale），耶稣会修士朱格拉里斯(gesuita luigi Giuglaris)著有《基督降临节》(Avvento)和《颂词》(i Panegirici),阿佐利尼修士(Frate Giovarni Azzolini)著有《修辞悖论》(Paradossi retorici),那不勒斯的耶稣会修士卢布拉诺(Giacomo Lubrano)著有《诗的火花》(Scintille poetiche),阿雷齐主教(Monsignor Paolo Aresi)著有《神圣的事业》(Imprese sacre)。这些作家都受马里诺的影响,注重修辞华丽、形象怪诞滑稽,卖弄对偶句、感叹句和疑问句的技巧,追求"惊奇"的效果。其中有的句子后来演变为成语。

耶稣会修士塞涅里(Paolo Segneri,1624—1694)与上述几位稍有不同,是个热情的布道者。他生在罗马附近的奈图诺镇,不仅在大城市布道,也去贫穷偏僻的小镇布道。他身体不好,成年时听力很弱。长期生活在佛罗伦萨,在科西莫三世的宫廷中服务。他曾要求去印度传教,未被批准,后来被教皇英诺森十二世任命为教皇与圣教团的布道者,成为梵蒂冈的神学家。他写了不少教育天主教信徒的作品,如《有教养的天主教徒》(Cristiano istruito,1686)。但其主要有价值的作品还是他的布道,如《四旬斋讲道》(Quaresimale,1679)、《颂词》(Panegirici,1644)、《在教皇宫的布道》(Prediche dette nel Palazzo apostolico,1694)。他的布道命题清楚,语言精炼生动,充满激情,使人信服。塞涅里被誉为神圣的演说家,17世纪最有名的布道者。

方言文学历来以善于描写乡土题材和充满地方色彩而被许多文人采用,在17世纪,方言文学也达到了空前的鼎盛时期。出现了一些有影响的作家及作品,比如:用罗马方言写作的贝尔内里(Giuseppe Berneri,1637—1700),著有《我的勋章》(Meo Patacca,1695),描写罗马欢庆维也纳的胜利场面。以波洛尼亚方言写作的朱里奥·恺撒·克罗齐(Giulio cesare Croce,1550—1609)出身贫苦,中途辍学,继承父业当了铁匠,后来一位贵族欣赏他的才华,邀他来博洛尼亚居住。他一生结过两次婚,有14个子女,以街头卖唱为生,生活非常艰苦。他的作品以市民生活为主,在节日和集市期间说唱，作品有《贝托尔多极为机敏的狡猾》(Le sottilissime astuzie di Bertoldo)和《贝托尔多利诺天真滑稽的坦率》(Le Piacevoli e ridicolose semplicità di Bertoldino)。莱麦内(Francesco de Lemene，1634—1704)生于伦巴第的洛迪市，遵循基亚布雷拉，学习阿那克里翁传统，写了《独声歌唱》(Cantare a voce sola)和《小咏叹调》(Ariette)。除了《不同的诗》(Poesie diverse)和一些宗教作品外，他还用伦巴第方言写了一些诙谐作品。大作家马基以米兰方言写了不少喜剧和韵律诗。另外，以西西里方言写作的毛拉(Paolo Maura)、以威尼斯方言写作的布泽内洛等人都有上乘的方言作品。

与上述作家相比，方言文学成就最大的应属以那不勒斯方言写作而出名的巴西莱，他除了著名的《五日谈》以外，还以菲立波·斯格鲁坦迪奥(Filippo Sgruttendio)为笔名于 1646 年发表了诗集《论带补丁的双颈诗琴》(De la tiorba a taccone)，描写了一个叫切卡的生与死的故事，诗中充满了平民生活的生动场面。

那不勒斯作家朱里奥·恺撒·科尔特泽(Giulio Cesare Cortese，1575—约 1621—1627)用方言写了许多诙谐短诗，如《米科·帕沙罗》(Micco Passaro)，描写那不勒斯雇佣兵的功绩与生活习惯；《瓦亚赛伊德》(Vaiasseide)描绘一家小酒馆的故事；《帕尔那索斯之游》(Viaggio in Parnaso)是一部荒诞的幻想诗，其中掺有讽刺内容及作者自传的内容。他的作品中也反映出巴洛克文学的特点。

第二章　18世纪文学

进入18世纪，西班牙爆发了王位继承战争，历时13年（1701—1713），最后以波旁王朝的胜利而告结束。西班牙势力因而大大削弱，它在意大利的统治地位被奥地利取而代之。意大利继续处于被奴役、分裂的落后状态。17世纪末18世纪头10年，意大利文化艺术出现了复兴的迹象。“阿卡迪亚诗派”反对“马里诺诗派”逃避生活、华而不实的诗风，主张以古典诗歌为楷模，创作自然、朴实的诗歌。

欧洲现代学说广泛传播，从培根的科学方法论到伽桑狄的原子论，从笛卡儿的唯理主义到莱布尼茨的理智主义，从格劳秀斯的自然法学论到洛克的经验主义，从布瓦洛的美学唯理论到法国古典主义，都对意大利的文学、哲学、美学等领域产生了重大影响，对它们的振兴起了重要作用。

意大利文化在接受欧洲现代学说和新思想的同时，没有忘记自己光辉灿烂的历史。特勒肖、布鲁诺、康帕内拉等人反对亚里士多德原则，接受了17世纪法国古典主义文学的影响，但他们并没有摒弃自己国家在以前几个世纪中所取得的伟大成就。所以说，笛卡儿、培根、布瓦洛和其他欧洲新思想的影响是有限的。意大利文人总是努力分辨、讨论、对比古今历史的不同，探索新的道路。比如，文艺上有笛卡儿唯理主义的影响，但穆拉托里、格拉维纳、孔蒂等人仍坚持发扬以前的诗歌传统。在政治上有自然法学派的影响，但意大利一些史学家和公法学家没有否认政治学和国家最高利益的成就，不相信乌托邦，还是崇拜马基雅维里的思想。在哲学上笛卡儿派也有一定市场，但在维柯身上反映出来的新思想却超过了唯理主义观点，成为更高一级的思想。他既学习别人的新思想，又研究并保留自己的优良传统，从而将欧洲文艺复兴文化与巴洛克文化直接和欧洲浪漫主义结合起来。维柯表现出的新颖深刻的史学和哲学美学观点，显示了意大利文化的新特点。

18 世纪下半叶，意大利获得了相对稳定的局面。奥地利统治者和意大利公侯们在政治上作了一些改革，国内工业和贸易发展较快。资产阶级的力量增强，封建贵族势力削弱。欧洲现代自然科学、唯物主义哲学和法国启蒙思想的广泛传播，又启发了资产阶级先进分子的觉悟，意大利出现了以启蒙主义为思想内容的文学。

第一节　关于诗歌的争论

17 世纪最后 10 年，意大利一些有识之士已觉悟到意大利自塔索之后已进入一个文化颓废和退化阶段。文艺理论家穆拉托里写道，“不是文学，而是文学中某些方面的优势”被别人掠走了，“一些幸运的，当然不是智慧的民族，在光荣的道路上已走在我们的前面了”。他这种觉悟以号召的形式出现，号召意大利人振兴自己的民族传统，重整旗鼓，夺回失去的优势和荣耀。意大利文化有天才又富于想像，有仿古又有创新，在历史上曾占有重要的地位，她不甘心也不允许完全被其他思想所左右。

在法国，笛卡儿等一批哲学家崇拜真理和确切的思想，认为物质世界科学必须以现实世界的绝对确实性为基础，反对自由新颖的想像，彻底否定（尽管不是有意地）诗歌，抑或只接受按照理智原则而写的干巴巴的诗歌。一些文学家通过文艺理论家布瓦洛之口将国家、时间等几何般的严格要求简化成一个公式，说什么“真实才是美的，只有真实才是可爱的。真实应在各个方面都占统治地位，甚至在童话中”。他们打着“真实”和“好心”的旗子，严厉苛刻地对意大利诗歌的创作方法说三道四，横加指责。他们不仅批评 17 世纪的马里诺诗派，甚至抨击塔索的诗作，贬低塔索的声誉，说什么“应该避免过分夸张，把这些虚假的声誉还给意大利，并宣布他（指塔索）是一个疯子”。

意大利文学家理所当然地奋起反对这些攻击和否定的观点，极力捍卫意大利诗歌及其独特的新思想，从而在18世纪初爆发了意法之间，甚至意大利作家之间的广泛而激烈的论战。首先开战的是波洛尼亚的奥尔西侯爵（Gian Giuseppe Felice Orsi，1652—1733）。早在1687年，法国笛卡儿派的耶稣会修士、布瓦洛唯理论文人多米尼克·布乌尔（Dominique Bouhours，1628—1702）发表了《思想著作中的正统思想方法》（Manière de bien penser dans les ouvrages de l'esprit），尖锐批评17世纪的意大利文学，将塔索、瓜里尼等人与马里诺、普雷蒂等相提并论。奥尔西于1703年发表针对此文的《对〈正统思想方法〉的看法》（Considerazioni sopra la maniera di ben pensare），揭开了论战的序幕。参加论战的还有萨尔维尼、泽诺、曼弗雷迪、穆拉托里、蒙塔尼等人，他们都推崇阿卡迪亚派思想。奥尔西认为，诗歌必须有丰富的想像和表现力，因为它不同于一般的演讲和哲学讲座。他想在唯理主义和丰富的想像之间寻求一条中间道路。曼弗雷迪坚持把法国诗歌与意大利诗歌区别开来，承认意大利诗歌直接继承了古希腊和拉丁文学的传统。指出法国诗歌极少注意“给文体以显明的特点，这一特点能使诗歌有别于散文，又高于散文”。蒙塔尼重新提出柏拉图关于诗歌灵感的理论，指出评论诗歌不应依据抽象的一成不变的规则，而应该依据某种历史条件下相对的“公道”，这种“公道”因时代的变化，因国家、宗教、风俗、品味的不同而不同。这时期出现了“优雅品位”（buon gusto）的提法，其含义既包括巴洛克时代的诗学特点，又有阿卡迪亚诗派的特点。17世纪末，耶稣会修士埃托雷（Camillo Ettore）发表《修辞作品中的优雅品味》（Il buon gusto nei componimenti rettorici，1696）反对马里诺派和概念派的手法，主张诗歌应该有想像，但也要具体确切。卡莱皮奥（Pietro Calepio）在《意大利悲剧诗与法国悲剧诗之比较》（Paragone della poesia tragica d'Italia con quella di Francia，

1732）攻击严格的法国古典主义，主张更合理更自由地解释亚里士多德的诗学思想。

18世纪上半叶最重要的理论家是格拉维纳和穆拉托里，他们用业已过时的亚里士多德诗学的“似真主义”来反对法国的“真实”观点。以“似真主义”为标准，既反对17世纪马里诺诗歌的逃避生活、华而不实，又反对笛卡儿主义的干巴巴的说教。

格拉维纳（Gian Vincenzo Gravina，1664—1718）是作家、法学家、罗马法史学家、文艺理论家，又是阿卡迪亚学院派的创始人之一。生于意大利南方科森察附近的小城罗加诺，但大部分时间生活在罗马，1699年起，任罗马大学法学教授，1711年离职，创建奎里尼的阿卡迪亚学院。1718年，正准备应邀去都灵大学任教时去世。他学识渊博，兴趣广泛。1692年发表《论圭迪的〈恩迪米奥内〉》（Discorso sull'Endimione del Guidi），将诗学视为科学，把理性和规则混为一谈。1708年发表《诗的理性》（Ragion poetica），根据笛卡儿的哲学思想，认为诗歌是把“人类和神圣事物的科学转变为和谐的幻想的形象”，是知识的一种不完善形式。他认为不可能直接描写现实，而是要通过诗人的作品使普遍的观点穿上“物质的外衣”，有了一个“形体的外貌”，从而能深入到人的头脑中去，这样，诗歌在人类文明中能有一个立足之地并发挥一定作用。他认为“寓言是存在的事物被改成人类天才的作品，是穿着民众外衣的真实……。诗人给概念以形体，又使形体具有思想，将哲学思想转变为可见的形象”。他主张艺术必须是严肃的，这正是多年来所缺少的。他在《论悲剧》（Della tragedia）一书中主张悲剧应该朴实、自然，反对戏剧过多地描写浪漫爱情，不注意文体、语言模棱两可等弊病。为给人作出榜样，他以古典内容为题材，按希腊韵律写了5部悲剧：《帕拉麦德》（Palamede）、《阿皮奥·克劳迪奥》（Appio Claudio）、《安德罗麦达》（Andromeda）、《帕皮尼亚诺》（Papiniano）和《塞维奥·图利奥》（Servio Tullio）。但结果事与愿违，这些作品不受欢迎，因为他用的自由韵的十一音节诗律生硬又不和谐，别别扭扭，确实无美感可言。总的来说，格拉维纳的观点在当时是比较孤立的。

穆拉托里(Ludovico Antonio Muratori，1672—1750)不偏爱荷马、但丁这样的大诗人，更喜欢有“优雅品味”的普通诗人。他出生于摩德纳附近的维尼奥拉小镇，学过哲学和法律，并担任过圣职，1695—1700年间，在米兰安布罗齐奥图书馆工作，最后在摩德纳大公图书馆工作至逝世。在《关于优雅品味的反思》(Riflessioni sul buon gusto，1703)和《论意大利完美的诗》(Della perfetta poesia italiana，1706)等文艺理论专著中，他把诗歌比作“伦理哲学的少女”，归在教育美学的范畴内。认为诗歌具有两个特点：第一，诗歌是一种模仿艺术，目的是为了娱乐；第二，诗歌又是隶属于伦理哲学和政治的艺术，目的是为了教育人，对人有益。第二个目的是硬加进来的，根本的目的是第一个。诗歌不同于演说术和历史，演说术描写真实是为了说服人，历史描写真实是为了教育人，而诗歌“描写真实就是为了描写，模仿再加上想像，给人以奇异华丽的形象”。主张诗歌的使命不是阐述自然和生活，而是美化自然和生活。他强调想像在精神生活和诗歌创作中的地位，重视形象思维，强调运用隐喻的手法。认为诗的真实在于它抒发的情感的真实，这是作品的“灵魂和精神”。根据法国古典主义和阿卡迪亚学院派风格，提出了指导想像的“理智”原则。1711年他发表《彼特拉克诗歌研究》(Osservazioni al Petrarca)同意“优雅品味”的文艺批评。

在文艺理论家的名字中，还应提到帕多瓦神学院院长孔蒂(Antonio Conti，1677—1749)，他精通文艺复兴时期的诗学，又熟悉欧洲当代文学。他是威尼斯人，1715年—1726年间，住在英国、法国和德国，与当时的文化名人和牛顿等科学家交往密切。他写了许多优秀的悲剧，如《恺撒大帝》、《布鲁图斯》、《德鲁苏斯》等，及一些历史专著《论1700年以来的法国政治状况》(Discorso… sullo stato politico di Francia dal 1700)。他对诗歌也有自己的见解，创作《论人类灵魂》(Trattato dell'anima umana)、《论古埃及诗歌》(Dissertazione sull'egizia poesia)等专著阐明自己的观点。他主张必须加深艺术和古典主义的概念，艺术就是模仿真实，诗歌应该描写自然。他相信在“特点”和“典型”之中，可以找到诗歌的真谛，因此，作者应在自己的对象中，选择这些特点和典型，以便能更好地反映这些对象。正是在这种选择中，又能发现外部世界的特征，诗歌的似真性就在于此。他认为，诗人五光十色的描写不同于生硬的科学论证，没有“数学演示的情节”，却能给人们一个“能唤起头脑中普遍思想的有声有色的典型形象”。孔蒂和格拉维纳、穆拉托里一样，既同意依照理智来创作诗歌的所谓18世纪风格，又怀疑“在文学中引进了笛卡儿思想和方法”的法国人，因为这些法国人“在评论诗歌和演说时，不考虑感情方面的质量”，从而“混淆了哲学与艺术两方面的进步”。孔蒂很重视想像的作用，并把想像分为积极想像和消极想像。积极想像产生于火一样的热情，能消除人与自然、内心世界与外部世界之间的界限，激励诗人“像恋人似地酷爱自然，能与星辰、树木、山峦对话，而星辰、树木、山峦则像通人性似地与之应答”。

综上所述，在18世纪上半叶文艺理论家和批评家的作品中，可以明显地发现欧洲新文化的唯理主义与意大利传统文化之间的冲突。意大利文人既反对17世纪的马里诺主义，又重视意大利传统诗歌的作用，既接受给诗歌以必要的科学规则，又反对清规戒律。在这些冲突与矛盾中又出现了一种新文化思潮——阿卡迪亚文化。

第二节　历史学和文献学

17世纪不重视历史文献的创作与研究。在文学史方面没有什么可以引人注意的成就，有的只是一些索引式的作品，如阿普罗乔(Angelico Aprosio)的《阿普罗乔藏书》(Biblioteca aprosiana，1693)和《抬高的帽舌》(Visiera alzata，1689)；阿拉齐(Leone Alacci)的《剧本写作艺术》(Drammaturgia);奇里尼(Girolamo Chilini)的《文人戏剧》(Teatro di uomini letterati,1647);克拉索(Lorenzo Crasso)的《文人颂词》(Elogi di uomini letterati,1666)等等。艺术史方面,只有一些传记和编年史之类的作品。如巴里奥尼(Giovanni Baglioni)的《从格列高里十三世教皇至乌尔班八世教皇期间的画家、雕塑家和建筑家的生平》(Le vite dei pittori,scultori ed architetti dal pontificato di Gregorio XIII fino al tempo di Papa Urbano VIII,1640),帕塞利(Giambattista Passeri)的《1641 年至 1673 年在罗马工作过的画家、雕塑家和建筑家的生平》(Le vite dei pittori,scultori,ed architetti che hanno lavorato in Roma dal 1641 fino al 1673,该书在 100 年后的 1772 年出版)。

进入 18 世纪,历史学和文献学开始有了较系统的研究与创作。有的论述意大利诗歌的历史,尽管其中缺少精辟的评论,但也说明一些综合的原则和某些进步的想法。如克雷欣贝尼(Giovan Mario Crescimbeni)的《通俗诗历史》(Istoria della volgar poesia,1698)、《评注》(Commentarii,1702—1711)、《论通俗诗的美》(Delle bellezze della volgar poesia,1712);吉马(Giacinto Gimma)的《文学意大利历史之设想》(Idea della storia dell'Italia letterata,1723);蒂拉保斯基(Girolamo Tiraboschi)的《意大利文学史》(Storia della lettera-tura italiana,1772—1782),讲述自埃特鲁斯科时代至 18 世纪末的文学史,他对历史的判断是符合事实的,被称为是"一部有条理的、材料丰富的、有编年史和评论的档案资料",今天仍是一部极有益的参考书。贝洛里(Giovan Pietro Bellori)创作了《现代画家、雕塑家和建筑家的生平》(Vite dei pittori,scultori ed architetti moderni,1672),文中坚持古典主义,反对巴洛克风格 。巴尔迪努齐(Filippo Baldinucci)在《齐马布埃时代至今的图画教授录》(Notizie de' professori del disegno da Cimabue in qua,1681—1728)中介绍意大利艺术史的概况,为托斯卡纳艺术家正名。在意大利避难的西班牙耶稣会修士阿尔特阿加(Stefano Arteaga)写了有关音乐剧历史的专著《自起源至今的意大利音乐剧发展史》(Rivoluzioni del teatro musicale italiano dalla sua origine firo al presente,1783)。马祖凯里(Giovanni Maria Mazzuchelli)写了一部大传记词典《意大利作家》(Scrittori d'Italia,1753—1763),其中缺少B字条词条。西尼奥雷利(Pietro Napoli Signorelli)的《古代和现代戏剧评论史》(Storia critica dei teatri anfichi e moderni,1777—1813)包含大量他收集到的第一手材料。建筑师米利齐亚(Francesco Milizia,1725—1788)在自己的作品中阐述用于建筑中的古典主义情趣和美学观点。朗齐(Luigi Lanzi,1732—1810)的《意大利绘画史》(Storia pittorica d'Italia,1795—1796)带有新古典主义的自由和无偏见特点。芒齐(Gian Domenico Mansi,1692—1769)专门收集历届公教会议的文件。

马费伊侯爵(Scippione Maffei,1675—1755),生于维罗纳,是一位学识渊博的天才,除在历史学和文献学方面有杰出成就外,还是一位诗人、戏剧家、考古学家和文艺评论家。除写作外,还是一位积极的文化组织者。早年在帕尔马和罗马的耶稣会学校学习,后来参加西班牙王位继承战争。1710年与人共同创办重要的文学刊物《意大利文人报》(Giornale de' letterati d'Italia),后来又独自创办了《文学观察报》(1737—1740),他利用这两个刊物发表对意大利戏剧改革的观点。1713年发表韵文悲剧《梅罗帕》(Merope)曾轰动一时,该剧是根据希腊神话、欧里庇得斯的剧本和法国古典戏剧创作的,因而为以后意大利悲剧改革指出了道路。他还写了不少学术作品、歌剧剧本、即兴诗等,如喜剧《客套》(Le cerimonie)、专著《论古代和现代戏剧》(Dei teatri antichi e moderni)、《论雷的形成》(Della formazione dei fulmini)、《论被称为骑士的科学》(Della scienza chiamata cavalleresca)、《论金钱的利用》(Dell'impiego del denaro)。他翻译过《伊利昂记》。他写的4卷本《维罗纳图证》(Verona illustrata,1732)不仅记载家乡的历史和名胜古迹,还包含了威尼托大区的中世纪史,介绍自卡图罗至比昂基尼(Francesco Bianchini,1662—1729)时代的维罗纳作家,具有极高的参考价值。

这些历史学和文献学的作品实际上适应了当代生活、文化和历史的要求，开阔了人们的视野，拓宽了人们的兴趣，有的也带有改革和论战的内含。克雷欣贝尼是与他创建的阿卡迪亚学院紧密相连的，蒂拉保斯基反击法国人对意大利诗歌的攻击，马费伊注重悲剧改革，马祖凯里热情赞扬当代作家，西尼奥雷利揭示对17世纪西班牙戏剧的了解。

穆拉托里在历史学和文献学方面的造诣也很深，被人誉为意大利近代史学的先驱。他早年在摩德纳由本笃会修士巴基尼传授法国莫尔会修士的历史批判方法，1695年当僧侣，后来在米兰任安布罗齐奥图书馆馆长，把在图书馆中发现的珍贵手稿编成《轶事记》分两卷出版(1692—1698)。1700年返回家乡摩德纳，担任里纳尔多一世公爵图书馆馆长，并负责档案馆。他对历史、哲学、法学和文学均有深入研究，他治学严谨，一丝不苟，工作细致耐心，反对根据不确切事实进行泛泛的综合。与意大利各地最优秀学者合作，把能够说明中世纪社会情况的编年史、日记和法律文件等汇编为《意大利史料集》(Rerum italicarum scriptores，1733—1751)，共28卷，材料极为丰富，包括500—1500年间各种重要资料，为了出版这部巨著，米兰专门成立了由特里乌尔乔侯爵领导的巴拉丁公司来筹集资金。卡尔杜齐在称赞这部巨著出版时说“这是当时在欧洲出版的各国历史著作中最伟大的一部作品”，在卡尔杜齐的推动下，这部巨著1900年再版，至今还是研究意大利中世纪历史的基本资料。他还刊印了《意大利中世纪文物研究》(Antiquitates italicae medii aevi，1738—1742)，共6卷，详细介绍意大利中世纪社会。另外，他对制度、经济、宗教、文学艺术、语言和风土人情的历史都有精辟的研究，12卷本的《意大利编年史》(Annali d'Italia，1744—1749)从耶稣诞生一直写到1749年，事实准确，记录清楚，不愧是编年史的典范，为意大利现代历史学研究奠定了基础。

穆拉托里自己是一位不知疲倦的多产作家，还组织出版了许多名家的著作。他不把自己局限在史学研究上，还非常关心并积极参加当时在文学上的论战，在他的作品中表现出显明的民族性，唤起人民重新重视自己文明的起源和发展。他既潜心研究文化遗产，又观察思考当时的社会现实。在研究了埃斯特公国问题和教皇企图占有费拉拉及科马基欧等问题之后，他写出著名的文献作品《埃斯特文物研究》(Antichità estensi)，表达了自己不屈服于教廷的独立思想。

史学家贾诺内(一译詹农，Pietro giannone，1676—1748)最初学习法律，后来在那不勒斯任律师。一方面研究马基雅维里的政治观点，参加萨尔皮的司法权论战(18世纪初在那不勒斯变得更为激烈)，另一方面又钻研启蒙主义史学观点。1723年发表了潜心工作20年的研究成果《那不勒斯王国内政史》(Storia civile del Regno di Napoli)，受到欧洲各国的普遍欢迎，并被译成多种文字，为启蒙主义作家和史学家如伏尔泰、孟德斯鸠、吉本等人所广泛使用。他在这部著作中的研究和写作方法采用了意大利16—17世纪的传统原则，即避开"战斗的嘈杂声"，书中叙述的事情纯属"内政史"，文笔具有论战性。他的作品是史书，但更具科学观点。他反对教会的巧取豪夺，支持世俗国家的绝对自治。他和萨尔皮一样，在描述国家与教会斗争时，认为教会是原始的、纯精神的，还没有俗权统治和司法权，尚不掌握"教理"的武器，"随着时间的推移，罗马教皇掌握了这个武器，并逐渐把世俗法律完全制服"。他比萨尔皮更强调社稷观点和人间阅历，轻视阴间和宗教观点。贾诺内的观点被视为反教会的异端邪说，所以《那不勒斯内政史》一发表，即被天主教会列为禁书，他本人也被开除教籍，受到残酷迫害，后来逃到维也纳，投到卡洛六世皇帝门下，1734年返回威尼斯，又到日内瓦，最后到了皮埃蒙特，1736年被人出卖而被捕，坐牢至死。在狱中他写了著名的《三重王国》(Triregno)，通过手抄本流传于世。该书分为三部分：一是"人间王国"，这是犹太人在《圣经》中所想像的那种王国，一切为了世俗强权，从不考虑死后如何；二是"天上王国"，是耶稣宣扬的那种王国，建立在等待圣人复活的观点上；三是"教皇王国”，利用人们对阴间世界的迷信和恐惧以及求死后升天的欲望，来折磨人间生活。在“人间王国”一切都是世俗的，在“天上王国”有世俗的，也有精神的，但两者泾渭分明，互不干扰，在“教皇王国”则是神权与俗权斗争不止，混乱不堪。作者倾向于“人间王国”，反对“天上王国”，更反对“教皇王国”。贾诺内在狱中还写了长篇《辩护书》(Apologia)和《自传》(Autobiografia)阐述自己的思想观点。

第三节　维柯

维柯(一译维科，Giambattista Vico，1668—1744)是著名美学家和哲学家，也是历史学家、法学家、语言学家和社会学家。1668 年(他在《自传》中误记为 1670 年)6 月 23 日出生在那不勒斯的一个小书商家庭，这使他小时候就有机会接触书籍文化。因生活贫困，去萨莱诺省的一个边远小镇担任私塾教师，9 年身处僻壤，他感到孤独，但却锻炼了自己的意志，变得成熟起来。1696 年定居那不勒斯，他的专长是法学，本想讲授法律，也写过一些水平不低的关于历史和法律史的论文，但事与愿违，1699 年却成为收入不高的那不勒斯大学的修辞学教授。他相信天命，既不抗争，也不感到痛心，仍继续做自己的学问。忘我地工作损坏了身体。他呕心沥血、辛苦研究 25 年，于 1725 年出版了传世佳作《关于各民族共同性的新科学的原则》(Principi di Scienza Nuova d'intorno alla comune natura delle nazioni)，简称《新科学》。可惜人们不理解这部作品，这使他痛苦不堪，正当他觉得“山穷水尽疑无路”时，开明的波旁家族卡洛三世成为那不勒斯国王，使他时来运转。1735 年他被任命为宫廷的历史编纂。晚年，病魔缠身、癌症使他失去说话能力，最后双目失明，1744 年 1 月 20 日逝世。这一年又第三次出版《新科学》，开始引起人们的重视和理解，这样，他可以“死也瞑目”了。

《关于各民族共同性的新科学的原则》内容浩繁，很难概括简述，全书分为 5 部:《原则的奠定》、《诗的智慧》、《发现真正的荷马》、《各民族新经历的行程》和《各民族复兴时人类各种典章制度的复现》，附全书结论。维柯在书中提出了 17 世纪欧洲文化的一个大问题——法律的起源。他认为法律起源与人类社会起源是联系在一起的，应从史前时代说起，利用《圣经》、希腊和拉丁神话、关于罗马起源的神话、荷马史诗、中世纪的风俗习惯以及文献研究等材料可以了解史前社会并解释人类社会的发展。全书所要解决的问题是人类如何从野蛮的动物状态逐渐发展成为过着社会生活的文明人。

维柯的基本出发点是共同人性论。他认为各民族在起源和处境方面尽管各不相同，但在社会发展上却都必须表现出某些基本一致性或规律。《新科学》所探求的正是这些规律。他据自己对生活和未来的思索，提出了历史循环论。

椎柯认为自然界作为上帝的创作，也只有从上帝那里来解释；各民族组成的世界，即有历史的世界“是由人类创造的，因此，能够在我们自己的头脑中找到认识的原则”。人类的历史是“根据永恒的理想的历史”而演变的，“在这个历史进程中，各民族从兴起、发展、停滞、衰落直至灭亡”，历史规律可以在这个自然进程中演释出来。根据一般经验，“人先是听到，而后是感觉到，最后是思考”，也就是说，在直觉活动之后，有想像的形式，最后才是理性的时刻。人在小时候是纯粹的动物生活阶段，到了青年时期才有了想像，以后到达思维成熟阶段。他认为人类社会的发展亦是如此，开始是野蛮时期，然后发展到感觉阶段，即“神的时代”，这时人们处于对超自然现象恐惧的支配之下；后来氏族首领为了避免内外攻击建立起联盟，进入到想像阶段，即“英雄的时代”，这时社会上出现了贵族与平民之分；由于平民争取平等权力的斗争，社会又进入到理性阶段，即“人的时代”，这个时期又面临着腐朽、衰亡、又返回到野蛮状态的问题。与这三个阶段相适应的是三种权利：一是神的权利，“人们信神并认为自己的一切都应顺从神的旨意”；二是英雄的权利，即“力量的权利，但这种力量来自于宗教，并受宗教的约束”；三是人的权利，“它来自于人类的思考”。与这三个阶段相适应的还有三种政府：一是神的政府，二是贵族（即英雄）政府，三是人的政府（人民共和制和君主制）；三种语言：“宗教仪式用语言”，“歌颂英雄业绩用语言”和“一般的口头语言”；三种权威：一是神的权威，因此，对天命是不能发问的，二是英雄的权威，他们的意志和暴力就是法律，三是人的权威，在行为谨慎、知识渊博的人身上体现出来。他认为这三个时代是周而复始循环的，当社会发展到理性阶段，便又从头复演这三个时代的过程，从完美的文明阶段复原到野蛮阶段，通过新的经验，又重新产生更加成熟的文明。

维柯是虔诚的天主教徒，笃信宗教的绝对权威，认为在不平等社会中阶级的产生不是因为科学技术的进步（他对自然科学毫无兴趣），而是由于不完善的宗教体制。他唯天命是从，认为虔诚和谦虚是最基本的道德情操，也是建立家庭的支柱，家庭的解体就使人类更加迅速地向野蛮状态倒退。

维柯根据对历史事件的深入研究提出了有影响的哲学思想，同时，他对这些历史事件又采用新的方法和原则进行新的解释和阐述。他的哲学研究和文献学研究是相辅相成的，《新科学》既是一部里程碑式的哲学巨著，又是一部出色的方法论著作。他对史前人类社会的科学描述、对古罗马社会历史的解释、在政治结构中重视经济因素，颇有些 19 世纪历史唯物主义观点的味道。就是对历史进行了经济解释的马克思在很大程度上也得益于维柯。他对荷马史诗、古希腊文化、风俗、宗教等领域所进行的研究和分析，关于法律的论断，以及对封建制度和贵族共和国的描写都对后世产生了极大的影响。

维柯是个“时代的反对派”，在哲学上他接近柏拉图派。在当时出现的笛卡儿理性主义与培根和霍布斯经验主义的激烈斗争中，他一方面承认理性，另一方面又敬仰培根和霍布斯，而且受经验主义的影响更大，批判笛卡儿的“我思故我在”这个基本原则。维柯的政治观点深受马基雅维里的影响。他的基本原则是“真理即事实”。提供事实根据的是语言学，总结真理的是哲学，所以，要发现历史发展的规律，就必须有理性与经验的结合、哲学与语言学的结合。《新科学》所用的方法便是根据语言学所提供的史料，通过哲学批判，来探讨人类社会发展的进程。

维柯重视原始文明及其相适应的思想形式（语言、神话、诗歌），从而确立了他在美学史中的重要地位，是他发现了人们的思想活动。他认为想像是认识的第一形式，是直觉的、不合逻辑的，它先于推理并与推理无关，“想像越强”就“推理越弱”。诗人是“人类的感觉”，哲学家是“人类的理智”，前者适应于野蛮时代，后者适应于思考时代；前者反映的是民族的童年时代，后者反映的是民族的成熟时代。他还认为“研究形而上学和研究诗歌当然是相互对立的：前者清洗头脑中的童年偏见，后者则把这些偏见全弄到头脑中来；形而上学反抗感觉的判断，诗歌则把它当作主要原则；前者忌讳想像，后者则需要充分的想像；……形而上学的思想是抽象的，而诗歌的观点则是越丰满越美”。基于这些观点，维柯提出了诗歌的浪漫主义思想，认为诗歌应有浪漫主义和感情，但也不能缺少哲学性，两者应很好地结合起来。我们应该注意，维柯要进行激烈论战反对唯理主义诗学，所以他的观点难免有些过分强调想像与理性、形象与观念、诗歌与逻辑之间的距离。维柯反对传统的区分内容与形式的方法，反对把诗歌视为对客观美的仿造，否认艺术以教育人为目的。

维柯在文艺评论方面也有很大成就。他经过研究考证认为《奥德修记》和《伊里昂记》两部史诗的作者荷马根本不存在。这种论断在他之前已有人提出，但他并不知道。法国评论家都比尼亚克（D'Aubignac，1604—1676）早在1644年发表《论〈伊里昂记〉》（Dissertation sur l'Iliade）就提出了这一论点，后来德国的沃尔夫（Wolf，

1759—1824）于 1795 年发表《荷马引论》（Prolegomena ad Homerum）说明这两部史诗实际都是由多数作者口述，而后经过艺术加工统一而成的作品。维柯提出这一论断的根据是这两部史诗前后不一致，矛盾百出，在荷马时代尚没有文字，何以有诗歌作品流传？荷马的生平、年代，家乡所在地等问题都不确切，这说明荷马这个人并不存在，只是古人想像出的一个名字。他还认为这两部史诗不可能是同一个人的作品，因为诗中描写的风土人情是两个根本不同年代的。他也反对假朗吉努斯（Preudo—Longino）的观点说《伊里昂记》是荷马青年时写的，《奥德修记》是荷马老年时写的。维柯断言这两部史诗不可能出自一人之手，而是希腊人民长时期的集体创作，希腊民族诗人辈出，荷马只是其中一个典型。维柯关于荷马的论断正确与否，至今尚没有定论，但从历史角度来看却是很重要的，因为他提出了荷马问题的基础，为后人开辟了理解史诗传统的道路。他还否认其他希腊神话作家的存在，如缪塞欧、奥菲欧、伊索等人，认为他们都是希腊人民想像中的人物。

作为文艺评论家，维柯否认荷马的存在，但却非常欣赏和赞扬《伊里昂记》和《奥德修记》这两部史诗，为此，他反对格拉维纳否认这些史诗的观点，认为在这些史诗中寻找诗学的标准和定律是荒谬的。基于自己的美学观点，维柯认为《伊里昂记》表现了“希腊民族的青年时代，……充满了蔑视伪善，宽宏大量的高尚情操”，书中的阿喀琉斯属于“力量英雄”型，代表希腊英雄时代奉为理想的勇士；《奥德修记》是希腊文明的产物，奥德修“善于思考、处事冷静”，书中的乌里斯属于“智慧英雄”型，因此，维柯认为《伊里昂记》较《奥德修记》更伟大，更有诗意，这两部史诗都是时代的产物，“荷马”也是难得的伟大诗人。

维柯也是用这种观点来论述但丁及其作品，他在《新科学》、《评但丁》（Giudizio su Dante，1728—1729）中称但丁是“托斯卡纳的荷马”、“意大利复归野蛮时期的诗人”，《神曲》是意大利民族处于野蛮时代的史书。在维柯之前的评论家认为《神曲》是神学作品，他不同意这一看法，认为但丁“如果丝毫不受经院派和拉丁派的影响，定会成为更伟大的诗人，他的托斯卡纳语言使他可与荷马媲美”。他指出，对于《神曲》除了了解其中的唯理因素外，还应重视它的想像因素。

维柯本人也是一位诗人和作家，1693 年写了一首抒情诗《一个失望者的爱》(Affetti d'un disperato)，描述自己在偏僻小镇的孤独生活。他喜欢雄伟壮丽的描写，不爱细腻局部的描绘，擅长将哲学思想描绘成丰满有力的形象，将文献学中的资料以丰满感人的形象再现出来。托马斯称赞他“在迷雾中给人以光明，在形而上学的抽象中写出生动的形象，在叙述中进行思维，在思维中进行描写，他的思想不是缓慢散步，而是快步疾行，所以他的诗句抒情、令人激动”。喜欢雄伟壮丽的描写是维柯的长处，不爱细腻局部的描写则是他的短处，比如文章写得粗糙不得体，写历史时忽视时间顺序，不注意材料的准确性，叙述也不力求清楚，在演说术上缺乏条理性。不少人说他文笔不好，但这不说明维柯的文学修养不足，只能说明他缺乏教育人的才能，这点在他的《新科学》中表现得极为明显，大家承认这是一部既有科学实证、又充满激情和幻想的巨著，但书中语言缺点不少，有时晦涩甚至杂乱，使得该书成了一部难懂的书。难怪许多人不理解它。仔细分析，他的长处与短处是联系在一起的，因为他掌握丰富繁杂的材料，也难于进行精雕细刻。总而言之，他的作品既是诗歌作品，又是哲学作品，集文献学、纯理论研究、历史、史诗、伦理道德及宗教于一体。

第四节 阿卡迪亚文学

在意大利文学史上，18 世纪初期名声最响、影响最大的是阿卡迪亚学院派，它的宗旨是反对主宰 17 世纪意大利诗坛的马里诺诗派，探求一种更加自然、单纯的诗风，以古典文学特别是希腊和罗马的牧歌为楷模。

阿卡迪亚学院是在瑞典女王克里斯蒂娜的鼓励下成立的。她退位后，在罗马组织了一个文艺沙龙，1689 年女王逝世，她的朋友们于 1690 年 10 月 15 日在罗马一个花园开会正式成立阿卡迪亚学院。“阿卡迪亚”一词本来是古希腊一个牧区的名字，位于伯罗奔尼撒半岛的中部，居住在该牧区的人民过着田园般的生活。于是，后来在古罗马的田园诗和文艺复兴时期的文艺作品中，该牧区被描绘成希腊的世外桃源。学院以“阿卡迪亚”命名标明自己崇尚十四世纪和 16 世纪的传统。他们选择带月桂与松树花环的潘神箫作为学院的徽章，以圣婴耶稣作为保护神，会员之间互称“牧人”，学院主席称“总看护人”，各地分会称为“营地”。创始人有：克雷欣贝尼(Giovanni Maria crescibeni，1663—1728)，是学院第一任主席(总看护人)，起草了学院的章程；格拉维纳，仿效古罗马十二铜表法用拉丁文写了学院的法律，后于 1711 年脱离阿卡迪亚学院，另立圭里尼学院；扎皮(Giovan Battista Felice zappi，1667—1719)及夫人玛拉塔 (Faustina Maratta，1680—1745)、斯坦皮利亚 (Silvio Stampiglia，1664—1725)等共 14 人。后来加入的有圭迪、雷迪、门兹尼、马拉戈迪、迪·卡普阿等 17 世纪反马里诺派的文人，18 世纪的穆拉托里、维柯以及后来的帕利尼、阿尔菲耶里等都是阿卡迪亚学院派的主要成员，该派逐渐成为意大利文学史上最重要的流派之一。

阿卡迪亚学院派的目的是“铲除恶坏风格，……不管它隐藏在何处，必须跟踪消灭它”，反对马里诺诗派的华丽怪诞风格，恢复“在上几个世纪被野蛮扰乱了的意大利的伟大诗歌”，恢复具有文学性的自然朴实的风格，从而确立诗歌风格的新方向。他们坚持人文主义思想，崇拜亚里士多德，有思想有欲望，富有各种文化传统，渴望美好而具有诗意的世界。

在实践中，阿卡迪亚学院派对传统诗的各种形式(从彼特拉克的抒情诗到“贝尔尼体”的讽刺诗，从品达罗斯与贺拉斯的颂诗到多描写恋爱和吃喝玩乐的阿那克里翁体诗，从悲剧到喜剧，从音乐剧到快乐诗、教训诗等）都给予了新的推动。该派的写作手法细腻严谨、刚柔结合，创作的诗歌富有韵律，可以吟唱，主要表现18世纪社会生活中最美好的事物和风土人情。历史学家对阿卡迪亚学院派也有反面的评论，说它没有出现伟大的诗人，当然“小”诗人不乏其人，说他们以纯朴（虽稍有轻浮）的技法进行创作，有敏感也有狡黠，帕利尼就属于这类诗人。

在理论和论战方面，阿卡迪亚学院派接受了16、17世纪文学的影响，在流派四起、思想混乱的年代中仍坚持诗歌的幼稚感情，重视想像在诗歌中的作用。开始，一部分人模仿彼特拉克和本博等人，比如波洛尼亚文艺团体的“彼特拉克主义”，其代表人物有曼弗雷迪（Eustachio Manfredi，1674—1739）、凯迪尼（Fernando Antonio Chedini，1684—1767）、弗·扎诺蒂（Francesco Maria Zanotti，1692—1777）及其兄贾·扎诺蒂（Giampietro Zanotti，1674—1765），他们的风格比较冷淡和固执。另外一些人则更多地模仿贝尔尼体，其风格平淡无味并稍有轻浮，代表人物有戈齐、巴雷蒂和帕利尼等。

18世纪下半叶，彼特拉克体和贝尔尼体都代表着古典主义传统和文学教育的基础。当时，在意大利北方出现了两个重要的文学团体。1743年因保那蒂（Giuseppe Maria Imbonati）在一些诗人朋友的合作下，在米兰成立了“转变者学会”（Accademia dei Trasformati），主张面对社会问题，提倡不回避现实的文学。后来，巴雷蒂、贝卡利亚、帕塞罗尼、帕利尼、韦里等人都成为该会成员。另一个文学团体是1747年在威尼斯成立的“格拉内莱斯基学会”（Accademia dei Granelleschi），戈齐兄弟都是该学会重要成员。这两个学会都推崇上述两种诗体，只是在后来的阿尔菲耶里和福斯科洛等人的十四行诗中，彼特拉克体占了上风，而后，贝尔尼体逐渐衰落，18世纪以后就完全消失了。阿卡迪亚学院派中也有人学习品达罗斯体颂歌，如门兹尼、圭迪、克雷贝欣尼等，但他们的手法比较贫乏空虚，苍白无力。品达罗斯体和阿那克里翁体在18世纪都有很大影响，相比之下，后者的影响更大些，基亚布雷拉就是这方面的代表。费里卡依亚(Vincenzo da Filicaia，1642—1707)的颂诗也体现这一特点。费里卡依亚出生于佛罗伦萨，他的诗感情高雅充沛，还创作了不少英雄诗和宗教诗，他的诗作《托斯卡纳诗集》(Poesie toscane)由其子收集出版。同类作品还可以举出科塔(Giambattista Cotta，1668—1738)的圣歌。罗马女诗人马西米(Petronilla Paolini Massimi，1663—1726)的韵律诗，模仿圭迪的英雄诗模式，抒发个人的人生经历。克鲁德里(Tommaso crudeli，1703—1745)的爱情诗色情色彩较浓。他生于阿雷佐，大部分时间来往于佛罗伦萨和阿雷佐两地之间，1740 年有人控告他参加了非法的共济会(1738 年被克雷门特十二世正式宣布为非法)，他被限制在家乡居住。他的作品有《诗集》(Poesie)和一本专著《讨女人和可爱女伴喜欢的艺术》(L'arte di piacere alle donne e alle amabili compagnie，身后出版)。另外，他还写了一些讽刺当代习俗的作品。

上面提到阿卡迪亚学院没有造就出"大"诗人，但就学院的影响来说，"小"诗人也够得上"大"诗人。阿卡迪亚派的著名诗人有扎皮，他一方面学习阿那克里翁体，另一方面也接受 17 世纪歌唱诗(一种希腊抒情诗和情歌)的影响，写了许多田园式十四行诗、牧歌、诙谐诗、情诗和短诗，1723 年由他夫人玛拉塔整理出版一个包括 70 多首诗的集子。风格柔和、韵律和谐、思想敏捷、语言通俗易懂。他那田园画般的描绘成了当时风俗习惯的生动写照，很受人欢迎。巴雷蒂戏谑地称他是"穿糖衣的"扎皮。他的夫人玛拉塔受其影响也成为阿卡迪亚派的著名诗人。

弗鲁戈尼(Carlo Innocenzo Frugoni，1692—1768)是阿卡迪亚学院派后期的主要代表之一，在帕尔马担任宫廷诗人(先是在法尔内塞宫廷后在波旁宫廷)，后来担任戏剧监督、帕尔马学院终身秘书等职。他写的短诗，内容和环境富于变化，引人入胜。他也写品达罗斯体颂诗、音乐剧、长篇训世诗以及自由式书信体诗歌，并以此确立了当时的韵律时尚。他诗中 11 音节诗句的重音和顿挫富于变化，适于吟诵。弗鲁戈尼在描写汉尼拔、庞培、费边和西庇阿等人的十四行诗中，提供了生动的描写范例，这种图画式的十四行诗为后来的卡西亚尼(Giuliano Cassiani，1712—1778)、明佐尼(Onofrio Minzoni，1734—1817)等人所仿效。他的爱情短诗和婚礼短诗如《爱情航行》(Navigazione d'amore)、《爱情岛》(L'isola amorosa)等韵律丰富，但语言贫乏。他对帕利尼、蒙蒂等人的影响很大。

罗利(Paolo Rolli，1687—1765)是格拉维纳的学生，生在罗马的一个建筑师家庭。1715 年前往伦敦，担任英国威尔士亲王(即位后称乔治二世)家的意大利语教师，在王室工作近 30 年(至 1744 年)。他还是位出版商，负责出版古典作品。他第一个翻译了弥尔顿的《失乐园》，还翻译过莎士比亚的《哈姆雷特》中"生存还是死亡"独白以及拉辛的作品。他与伏尔泰进行论战捍卫但丁和塔索。他又是阿卡迪亚派著名诗人，写了许多美妙和谐的抒情诗和颂诗，在颂诗中他运用不押韵的古希腊抒情诗人萨福和阿尔卡乌的诗句，巧妙地使用古罗马诗人卡图卢斯的 11 音节形式(用两个 5 音节诗句，一个重音落在倒数第 3 个音节上，另一个落在倒数第 2 个音节上)。他的诗优美轻快、感情丰富、真挚热烈，具有独特的音乐魅力，他的作品收集在《罗利先生诗集》(De' poetici componimenti del signor P. R.)中，1753 年在威尼斯出版。他写的爱情喜剧具有鲜明的民族特点，笔调热情奔放，富有感染力。他写了一些短歌，如《孤独的成荫树林》(Solitario bosco ombroso)、《归来吧，春天》(Tornati primavera)、《雪在山上》(La neve è alla montagna)等情景交融、韵律流畅，都是很受欢迎的佳作。

另一位阿卡迪亚派诗人萨维奥里(Ludovico Savioli，1729—1804)则模仿古罗马诗人奥维德(Ovidio，公元前 43—公元 18)，年轻时翻译了奥维德的哀歌体爱情诗。1765 年出版《爱情》(Amori)获得成功，诗中描写各式各样的仪式和风流韵事，其中有浓妆艳抹的太太小姐们，写她们的嫉妒和叹息，以及她们卖弄风骚的丑相，又有华丽的客厅、豪华的舞会、闺房的隐私等 18 世纪上流社会的各种社交活动。萨维奥里喜欢蒙上一层仿古典主义的薄薄面纱来描绘神话般的过去，在他的诗中，神话不是超脱感情的一种无用的装饰，而是一种时髦的因袭。《爱情》在文学方面提供了一个矫揉造作的优美文雅的新古典主义模式，为后来帕利尼、蒙蒂和福斯科洛等人的颂诗提供了范例。

贝尔托拉（Aurelio de' Giorgio Bertola，1753—1798），里米尼人，身为修士、神学院院长，担任过那不勒斯和帕维亚的历史教授，又是一位造诣很深的诗人。他集中了阿卡迪亚学院派的各种特点，又接受扬（Young）、格斯纳（Gessner）、克莱斯特（Kleist）、克洛卜施托克（Klopstock）等英国、瑞士和德国诗人的影响，并第一个将他们的作品介绍到意大利，写了《德国诗歌的概念》（Idea della poesia alamanna，1778）、《优美德国文学的概念》（Idea della bella letteratura alamanna，1784）。为了纪念克雷门特十四世教皇逝世，他写了《克雷门特的夜晚》（Notti Clementine）。他还创作历史题材的作品《历史课程》（Lezioni di storia，1782）、《论历史哲学》（Della filosofia della storia，1787）。他就法国雅各宾派当政三年的历史，写了《一个共和党人关于公共教育计划的设想》（Idee di un repubblicano sopra un piano di pubblica istruzione，1798）。他专著的成就也不小，如《论麦塔斯塔齐奥》（Osservazioni sopra Metastasio，1784）、《论恩惠》（Saggio sopra la grazia，1786）、《论寓言》（Saggio sopra la favola，1789）、《格斯纳颂词》（Elogio di Gessner，1789）。他创作的《田园和海上诗歌》（Poesie campestri e marittime）等牧歌和情诗也很有特色，既有田园情调，也具讽刺—伦理的特点，还有色情描写，感情充沛，情景交融，耐人回味。贝尔托拉还写了几部优美高雅的散文：《田园信札》（Lettere campestri）、《莱茵河之游》（Viaggio sul Reno）。

阿卡迪亚学院派最后一位较有影响的诗人可以说是维托莱里（Jacopo Vittorelli，1749—1835）。他寿命很长，86 岁时逝世，他始终忠于自己年轻时所学到的诗歌风格，一直到死也不改初衷，似乎没有发觉 18 世纪下半叶至 19 世纪头 10 年间文化艺术在他周围所发生的深刻变化。有人批评他的诗，说“他写的所有爱情诗都是简单的想像游戏”，对此他表示抗议，但又承认自己诗中“极力歌颂的激情没有任何现实性”。他的诗情节简单、脉络清楚、结构巧妙、心理描写细腻感人、语言简单得体，具有明显的民歌特点，他的诗雅俗共赏、通俗易懂、又易上口，所以很快被沙龙和旅馆中的太太小姐们，以及威尼斯船夫们吟唱，有的诗句如“看，皎洁的月亮”、“你不要靠近坟墓”等长久被人吟诵，托马斯和卡尔杜齐对此极为欣赏。

第五节　麦塔斯塔齐奥

阿卡迪亚学院派众多的诗人中最伟大的一位当推麦塔斯塔齐奥(Pietro Metastasio，1698—1782)，原名彼特罗·特拉帕西(Pietro Trapassi)，出生在罗马的一个小商人家里，他聪明伶俐、讨人喜欢，10 岁时在文艺沙龙即兴作诗的惊人才华引起文学家格拉维纳的注意。1709 年父母将他托付给格拉维纳，后者将他带到家中，像对自己的孩子一样对待他。格拉维纳对他进行了精心的培养和教育，定他为自己的继承人，并按希腊风俗为他起了个希腊语化的姓氏“麦塔斯塔齐奥”。他从恩师那里学到了许多知识、受到了良好的教育。格拉维纳本想让他在法律方面有所作为，但麦塔斯塔齐奥 14 岁时以塞内加风格写出一部悲剧《朱斯蒂诺》，他的文学天才使恩师改变主意，转而从文学方面对他进行培养。1712 年他被送到卡拉布利亚大区的斯卡莱阿从师于笛卡儿哲学家卡洛普雷佐，学会了仔细区分和准确确定各种激情的程度与差别。1717 年出版一部具有田园诗风格的抒情诗集，1718 年被接受为“阿卡迪亚学院”诗人，这一年格拉维纳在弥留之际，将自己的图书馆和一些遗产留给麦塔斯塔齐奥，但这些东西不久就被其他遗产继承人抢走。1719

年他定居那不勒斯，在一个法律事务所工作，又凭自己优美的婚礼诗得以进入上流社会贵族的文艺沙龙，同时创作小夜曲和剧本。1721 年为祝贺奥地利王后克里斯蒂娜的生日，他谱写了一部以田园生活为题材的歌剧《柑桔园》(Orti esperidi)，著名歌唱家罗马尼娜(Romanina)即本蒂·布尔加雷利(Marianna Benti—Bulgarelli)担任女主角，为该剧的成功立下汗马功劳。由此俩人开始相爱。在罗马尼娜的要求和帮助下，麦塔斯塔齐奥不再从事法律工作，而被引进音乐界开始了戏剧生涯。1724 年狂欢节期间，他为罗马尼娜写了第一部歌剧脚本《被遗弃的狄多》(Didone abbandonata)，获得巨大成功。1726—1730 年间他写了《卡图在乌提卡》(Catone in Utica)、《埃齐奥》(Ezio)、《亚历山大在印度》(Alessandro nelle Indie)等 6 个剧本。他接受奥地利皇帝卡洛六世之邀于 1730 年 4 月 17 日到维也纳，担任帝国的桂冠诗人，从此在维也纳定居，为宫廷和当地剧院写了大量歌剧脚本，这是他创作的成熟期。他创作的《奥林匹克竞技大会》(Olimpiade，1733)把希腊悲剧的传统与田园剧结合起来；从法国剧作家高乃依的《熙德》和拉辛的《安德罗玛克》中汲取素材，写了《蒂托的仁慈》(Clemenza di Tito，1734)；1740 年还写了《阿蒂里奥·雷高洛》(Attilio Regolo)，这些作品描写的都是依靠理性克服个人感情、维护崇高职责的悲剧英雄人物。卡洛六世皇帝死后，女皇马利娅·泰雷莎继位，虽然继续推崇他，但时过境迁，他的声誉不如从前，1771 年他写了最后一个剧本《鲁杰洛》(Ruggero)，1782 年 4 月 12 日逝世。

麦塔斯塔齐奥效忠于宫廷，但从来不是庸俗的朝臣。他喜欢安静、温和(他在信中称为“哲学式”)的生活，反对争吵和冲突；主张友谊，特别是对女性的友谊，待人慷慨无私。1740 年以后，他的声誉开始下降，便认真思考别人批评自己艺术的原因，为此，写了一些文艺批评一类的作品，如《被翻译与评论的贺拉斯诗学》(Poetica d'Orazio tradotta e commentata)、《亚里士多德诗学节录及其评论》(Estratto della poetica d'Aristotele con le considerazioni su la medesima)、《论希腊戏剧》(Osservazioni sul teatro greco)等,从中可以看出他的思想日趋成熟。他自由地讨论从格拉维纳老师那儿学来的知识,反对亚里士多德传统强加给悲剧的桎梏,反对时间、地点统一律,主张戏剧结局不要过于悲伤,喜欢美满的结尾,作品要有音乐感,尤其是写爱情,应给人以热情温柔之感。他主张音乐剧应该完美地再现希腊剧,他也知道做到这点并非易事,他指出"在这些戏剧中,好与坏的冲突已成为不可行的装饰了,因为剧团中没有演员愿意扮演可憎的角色。我不能使一个人的作用超过五个人的作用。……演出时间、场景的变换,咏叹调、诗句的变化都是有限制的"。他的音乐剧提出了一个使人感兴趣的技术问题:既要照顾演出的要求,又要考虑遵循传统的要求,前者是由观众和演员要求的,从某种意义上说也是由音乐决定的;后者则是要求音乐剧应符合亚里士多德的悲剧原则。他批评17世纪的音乐剧,在17世纪词作者的笔下,音乐剧是个什么样子呢?他解释说是错综复杂、令人眼花缭乱的舞台场面加上稀奇古怪的情节。这种不伦不类的戏剧受到理论家的强烈批评,格拉维纳、穆拉托里、克雷欣贝尼等都毫无保留地反对这种音乐剧,威尼斯音乐家马尔切罗(Benedetto Marcello,1686—1739)写了《时髦戏剧》(Teatro alla moda,1721)对它进行辛辣的讽刺。这些谴责与批评使得一些文人如斯坦皮利亚、帕利亚蒂(Pietro Pariati,1665—1733)、泽诺(Apostolo Zeno,1668—1750)等在18世纪初试图改革这种音乐剧。

泽诺先于麦塔斯塔齐奥于1718—1728年在维也纳担任宫廷诗人。曾以历史和神话为题材写了《麦罗帕》(Merope,1712)、《伊菲杰尼亚》(Ifigenia,1718)、《盖约·法布里齐乌斯》(Caio Fabricio,1729)等音乐剧,他借鉴高乃伊、拉辛的风格,使音乐剧具有英雄性、庄严性和悲剧性。他的缺点是缺乏音乐性。

麦塔斯塔齐奥对迎合贵族阶级和宫廷趣味的音乐剧进行改革,因为这类剧偏重歌唱、轻视内容,他把古典主义悲剧的特点揉进音乐剧脚本,力求刻划人物的性格特征,使之具有当代人的思想感情。《被遗弃的狄多》是以维吉尔的《埃涅阿斯记》为素材，描写责任与爱情的冲突，表现狄多细微、复杂的心理状态。《卡图在乌提卡》也是一出历史剧，主题是反对君主的暴虐，歌颂勇敢、忠诚和履行职责的品德。他的音乐剧结构严谨、剧情紧凑、诗句优美、富有音韵，但是也没有完全去掉他所反对的宫廷趣味，这是由他的地位所决定的。他展示给观众的戏剧世界看上去是英雄式的、悲剧性的，实际上却是爱情的喜剧场面，没有紧张的冲突、没有扣人心弦的焦虑，是一个温情脉脉的爱情世界，剧中有情人间的口角、短时间的嫉妒以及打情骂俏，但都是善意的、热情的、具有阿卡迪亚诗意的，好在剧中又带有庄重严肃的色彩，正是这庄严的气氛才使他的音乐剧没有陷入轻浮庸俗之中。

麦塔斯塔齐奥对音乐剧的改革还表现在强调词作者的作用，反对曲作者和演奏者主宰一切的观点，认为诗句歌词在音乐剧中也是极为重要的。他认为观众不只是对咏叹调、音乐、表演感兴趣，而且对舞台表演的事件也很关心，因此，音乐和歌词应该互相配合，组成一个有机的整体共同为音乐剧增光添色。他的这种观点在实践中很难实现，因为他写的音乐剧，音乐部分还须求助于音乐家，而这些人不接受他的观点，对他更不是唯命是从，只是以“尽力而为”来敷衍他。

麦塔斯塔齐奥的音乐剧都是三幕剧，对白部分是自由式 11 音节诗，咏叹调是 7 音节诗，题材大都是希腊、罗马和东方历史以及一些神话故事，有的以新奇的情节和异国情调为特色，如《鲁杰洛》等。卡尔杜齐将他的音乐剧分为三个阶段，这种分法不一定确切合理，但可以帮助我们更好地了解这些作品，第一阶段是上升时期的作品，至 1730 年，作品有《卡图在乌提卡》《埃齐奥》等；第二阶段是巅峰阶段，1730—1740 年间，作品有《蒂托的仁慈》、《亚得利亚诺在叙利亚》(Adriano in Siria)、《阿蒂里奥·雷哥洛》等；最后是衰落阶段，作品有《鲁杰罗》、《牧人国王》(Re pastore)等。

从诗歌角度来看，麦塔斯塔齐奥的诗与维托莱里、罗利、萨维奥里的情诗差不多，但他的情调更深沉悲伤，思考更深远，不过境界有限，因为他排除激烈紧张的冲突，使诗歌陷入了抽象造作的英雄化之中。他剧本中的对白诗注重悲剧性，过分创造庄严的气氛，制造悲剧环境，结果冲淡了诗歌的感情。他也力图使自己的抒情灵感和庄严要求达到平衡，既有强烈的感情，又不低级庸俗。抒情成了他的音乐剧的结构特点，剧的情节建立在爱情与理智、爱情与责任、爱情与荣誉之间的冲突上，这样的情节不再是仅仅是为了充分抒发感情，还是为了揭示生活的哲理。他的诗歌语汇简洁明了、通俗易懂，既有哲理，又容易吟唱，心理描写细致，人物形象鲜明生动。在《自由》(libertà)和《启程》(Partenza)这两首情歌中充分显示出了抒情特点。《自由》写的是一个情人摆脱了欲望的折磨，回忆过去那甜蜜而苦涩的经历，充满喜悦的心情。这段绝妙的描写既有温柔的回忆，又有分离的沉思，既有思考又有抒情，两者达到完美的平衡，真是难能可贵。《启程》写的是恋人分离时的情景，内容虽不新鲜，但形式新颖，情调哀婉，可读者又不觉得十分悲伤。麦塔斯塔齐奥是 18 世纪最受欢迎的诗人之一。

第六节　阿卡迪亚时代的其它文艺

前一节提到，麦塔斯塔齐奥在音乐剧改革方面，特别是强调诗歌(脚本)重要作用的尝试虽有成绩，但收效不大，其他人在这方面也未获得成功。但卡尔扎比吉(Ranieri Calzabigi，1714—1795)仍不断努力，坚持改革。1761 年 2 月他在维也纳结识了德国音乐家格鲁克(Christoph Gluck，1714—1787)，俩人合作对音乐剧进行改革。卡尔扎比吉主张新古典主义，恢复古代寓言那种简单纯朴的风格，摒弃表面化的修饰和古怪晦涩的情节。和麦塔斯塔齐奥一样，他也主张音乐让位于诗歌，认为音乐只是用来强调诗歌的。1761 年 10

月上演了他和格鲁克合写的第一部作品芭蕾舞剧《唐·璜》，获得好评。后来俩人又合写了改良音乐剧《奥菲奥》(Orfeo，1762)、《阿尔西斯特》(Alceste，1767)和《帕里德与埃莱娜》(Paride ed Elena，1770)。

悲剧是戏剧中的一个重要部分，写悲剧成了许多作家的一大追求，著名的文学家和理论家都在这块阵地上试过身手，格拉维纳写了不少仿希腊的古典主义悲剧，如《帕拉迈德》(Palamede)、《安德罗麦达》、《塞维奥·图利奥》等都发表于1712年，作品表达了作者的造反心理和反耶稣会思想，反映了他的民主感情。拉扎利尼(Domenico Lazzarini)推崇希腊模式和亚里士多德诗学，反对法国戏剧，写了《青年乌利斯》(Ulisse il giovane，1720)。遵循法国模式写作的剧作家马泰洛(Pier Jacopo Martello，1665—1727)，博洛尼亚人，在罗马住过许多年，加入阿卡迪亚学院，并与该学院文人来往密切，创作了不少喜剧、音乐剧和悲剧，如《费边五世》(Quinto Fabbio)、《阿丽亚娜》(Arianna)、《失去的耶稣》(Gesù Perduto)、《伊菲杰尼亚》(Ifigenia)、《阿尔西斯特》(Alceste)、《佩尔塞利德》(Perselide)。在他的悲剧里既有幽默又有讽刺，还包含一种音乐剧的感伤主义和阿卡迪亚式田园风格。他还写了讽刺诗《拉迪科内》(Radicone)、叙事诗《查理大帝》(Carlo Magno)，马泰洛没有得到当时文学界的认可，特别是他在《论悲剧诗》(Del verso tragico)中提出的韵律改革更遭人非议，他依据法国亚历山大格式诗提出的双七音步连韵被人称为"马泰洛体"。马费伊侯爵也有著名的戏剧《客套》、《梅罗帕》，题材来自希腊神话、欧里庇得斯的剧本和法国古典戏剧。孔蒂写的4部悲剧《朱尼奥·布鲁图斯》(Giunio Bruto)、《马可·布鲁图斯》(Marco Bruto)、《朱里奥·恺撒》(Giulio Cesare)和《德鲁索》(Druso)都融合了古典主义传统和法国戏剧特点。

喜剧和悲剧历来在戏剧艺术上是平分天下，非喜即悲，非悲即喜。但什么是喜剧？喜剧的定义是什么？几个世纪以来，意见分岐，仁者见仁，智者见智。许多批评家都按亚里士多德的概念为喜剧下了这样的定义：悲剧处理高级的人物，喜剧处理低下的人物；悲剧涉及国家大事，喜剧涉及世俗生活中个人私事；悲剧中的人物和事件是历史性的、真实的，而喜剧中较低下的素材则是虚构的。柏拉图下的定义是：无自知之明是可笑的。喜剧中的无自知之明表现在人物追求的理想虽有价值，但非他力所能及。莎士比亚喜剧中不乏其例，如《无事生非》中男女主人公原来想抱独身，最后才认识到天性要他们结合。文艺复兴时期，意大利学者特里希诺说，悲剧通过悲悯和恐惧教育人，喜剧则以讥笑罪恶来教育人。19 世纪丹麦存在主义者瑟伦·克尔恺郭尔说：哪里有生活，那里就有矛盾；哪里有矛盾，那里就有喜剧性的事物。悲剧是痛苦的矛盾，喜剧是无痛苦的矛盾。因为喜剧使矛盾找到了出路，所以是无痛苦的。20 世纪法国哲学家柏格森认为，喜剧性在于人物有些呆板、僵化，难以适应生动而有机的社会生活，所以必须以笑去改正之，这就是喜剧的教育意义。

有人指出一定的喜剧模式，如在希腊喜剧、中世纪意大利笑剧及意大利 16 世纪假面喜剧中，把主人公描绘成貌似愚蠢，实是聪慧的人，他揭露周围人们的弱点，而以嘲笑愚蠢为主。

古希腊喜剧家阿里斯托芬的喜剧在一般意义上来说，情节不多，说它是一系列片断更合适些，其中用幽默细节阐明一种极其严肃的政治争端。新喜剧由希腊米南德及罗马普劳图斯、泰伦斯等为代表，其结构复杂，但其讽刺已失去古喜剧的锋利。法国莫里哀古典喜剧，实受笑剧影响，提高到高级喜剧，以讽刺为主，他影响了意大利的哥尔多尼，他改变了假面喜剧，并发展了以笑来塑造正面人物的性格喜剧。

17 世纪末，讽刺喜剧逐渐让位于伤感喜剧。此时，意大利作家瓜里尼又提出悲剧、喜剧之外的第三种类型：悲喜剧。

阿卡迪亚学院派对喜剧也产生了影响，反对假面喜剧的庸俗和仿西班牙喜剧的似真主义，要求人物和环境简朴自然，恢复 16 世纪的喜剧风格，形式上学习法国喜剧。哥尔多尼的喜剧改革被人称颂，其实，在他之前已出现了一些好的喜剧，如法焦里(Giambattista Fagiuoli，1660—1742)的《忧郁的陪伴骑士》(Il cicisbeo sconsolato)、《时髦丈夫》(Il marito alla moda)等19部喜剧，情节比较简单，面具更人格化、富有幽默感。奈里(Jacopo Nelli，1673—1767)的《主事的女仆》(La serva padrona)、《炉旁女仆》(La serva al forno)、《婆媳俩》(Suocera e nuora)、《宝贝才女》(La dottoressa preziosa)、《从容的嫉妒汉》(Il geloso disinvolto)等16部喜剧都是受人欢迎的作品，深受法国喜剧(尤其是莫里哀)的影响，注重用现实主义手法表现性格和环境，语言丰富，但缺乏诗意。锡耶那的喜剧作家吉里(Girolamo Gigli，1660—1722)是个颇有争议的人物，他思想古怪、令人好奇，既博学广识又咬文嚼字，写新闻体小说《小报》(Gazzettino，1712)攻击耶稣会、阿卡迪亚学院派和宫廷文人，他反对克鲁斯卡学会，主张锡耶那语高于佛罗伦萨语，为阐明自己的观点，搜集并发表了桑塔·卡特丽娜(Santa Caterina，一译圣·凯瑟琳，1522—1590)的作品，同时附上《卡特丽娜词典》(Dizionario cateriniano，1707)，这是一篇煽动性很强的论战杂文，受到文学界和宗教界人士的激烈反对，被列为禁书并当众烧毁。吉里的喜剧很有特色，大都是模仿法国作家，如模仿拉辛写了《吵架的人们》(Litiganti)、模仿莫里哀写了《唐·皮洛内》(Don Pilone)和《斯卡皮诺的狡猾》(Furburie di Scapino)，他从法国喜剧大师那里学习了夸张、讽刺和论战的特点，用来描写人物和环境，这样在他的笔下，人物变成了漫画式的人物、缺乏性格特点和诗意。但在文学史上，这些人物却成为某种典型人物的代表，比如在《唐·皮洛内》中，莫里哀创造的不朽形象达尔丢夫被写成一个家庭神父，同样虚伪狡诈、亵渎教会。吉里还巧妙地运用锡耶那语言，力图使它变得更生动、更富于变化，但这只限于表面描写，缺乏深度。他在另一部作品《唐·皮洛内的妹妹》中表现出的思想极为狭隘，论点非常激烈，攻击的矛头甚至指向自己的妻子，将她写成是吝啬小气、麻木不仁的代表。

英雄史诗和骑士诗在18世纪不乏其学者和研究者，但这些诗已与该世纪的思想意识毫无干系。人们更多地表现轻浮的思想和讽刺诙谐的愿望。英雄喜剧诗当时有一定的市场。比如，帕塞罗尼和卡·戈齐的作品具有幽默滑稽的特点，又有伦理道德思想，专心改革新文化。福尔特古埃里(Niccolò Forteguerri，1674—1735)生于皮斯托亚，但长期生活在罗马，担任教廷职员，他写的《里恰尔代托》(Ricciardetto)讽刺当时的社会，特别是加洛林王朝骑士们的滑稽可笑。著名文艺评论家德·桑克蒂斯认为这部作品是18世纪初期"生活和形式毫无诗意"的标志，这肯定不是一部诗作，但也不是任人诋毁的拙作。

音乐喜剧和滑稽喜剧当时也很走红，哥尔多尼、洛伦齐(Giambattista Lorenzi，1719—1807)等人在这方面都有极高的建树。卡斯蒂(Giambattista Casti，1724—1803)，生于维特尔博附近的一个小镇。在一所神学院任雄辩术教师至1764年，而后在佛罗伦萨和维也纳担任宫廷诗人，1798年起在巴黎居住。他的抒情诗、寓言诗、滑稽音乐剧都很有功底，主要作品有《抒情诗》(Poesie liriche，1769)、《风流的故事》(Novelle galanti)，两部讽刺诗《鞑靼诗篇》(Poema tartaro，1800)和《会说话的动物》(Gli animali parlanti，1800)，以及一些受人称赞的滑稽音乐剧剧本《特奥德罗国王在威尼斯》(Re Teodoro in Venezia)、《忽必烈》(Cublai)、《鞑靼人的可汗》(Gran Can de' Tartari)、《特奥德罗在科西嘉》(Teodoro in Corsica)。以滑稽喜剧出名的还有达·庞特(Lorenzo da Ponte，1749—1838)，他生于维托里奥·威内托，当过神甫和神学院教授，也当过即兴诗人和家庭教师，后来到维也纳担任朱塞佩二世的宫廷诗人，这期间写了一些音乐剧脚本由莫扎特谱曲。其中的《唐·璜》(Don Giovanni)和《费加罗的婚礼》(Nozze di Figaro)后来都成为不朽的名作。后来又到伦敦，担任书商、印刷商和剧院经纪人。最后到美国，担任意大利语教师，但丁学专家，将意大利文化介绍到美国。

卡萨诺瓦(Giacomo Casanova，1725—1798)被誉为18世纪的

代表人物之一，欧洲有名的“奇人”。生于威尼斯，父亲是个演员，年轻时因为品行不端被圣西普里安神学院开除，从此开始了他丰富多彩而又放荡不羁的生涯，曾一度为罗马枢机主教效劳，后在威尼斯当小提琴手。1750 年在里昂加入共济会，随后去巴黎等地旅游。1755 年，返回威尼斯后，有人告发他是巫师，被判刑 5 年，关在大公府监狱，1756 年 10 月 31 日越狱后，前往巴黎，翌年，他把彩票引进巴黎，在财政金融界有了声望，在贵族当中为自己赢得了美名。他以自己的聪明才智和广而泛但不甚深入的文化知识机智圆滑，八面玲珑，经常变换职业，在外游历达 50 年，到过维也纳、伦敦、彼得堡、马德里、君士坦丁堡等地。当过教士、赌博骗子、间谍、外交官、投机者和金融家，主要以意大利冒险家和“浪荡公子”而被人所知。他阅历丰富，从宫廷到监狱无所不知。了解各种人，王公贵族、绅士太太、文学家、科学家、艺术家、喜剧作家、骗子等他都有接触。他还是位相当不错的作家，在写作上是位多面手，写过应景诗、评论，翻译过《伊利昂记》(1775)。他受(尽管是表面的)启蒙新文化的影响，在用法文写的《二十日谈》(Icosameron)中描写了一个脱离旧文明并以科学成就革新的完美理想世界。他还用法文写了生动的自传《回忆录》(Mémoires，6 卷)，书中描写当时的习俗和他了解和熟悉的各种人，他像专栏作者似的写了许多生活轶事。《回忆录》中他也许过分夸张了自己的某些冒险行为，但仍不失为 18 世纪欧洲社会和欧洲各国都会的杰出真实的写照。他还写过小册子，讽刺威尼斯贵族阶级，特别是有权势的格里马尼家族。

17 世纪开始的方言文学到了 18 世纪仍长盛不衰，但其特点有所变化，在原来幽默滑稽的风格中，又加进细腻热情的情调，强调描写和田园风格，所以变得更生动可爱，有旋律感。方言已成为作家掌握的一个重要表现手段。米兰作家坦齐(Carl'Antonio Tanzi，1710—1762)曾任过职员和“被改变者学会”的终身秘书，是帕利尼的好友，他反对一些人轻视方言，自己有意识地用米兰方言创作，主要作品有《斯卡内法与加布欧特之间以俚语和米兰方言进行的对话》(Dialegh in lengua furbesca e milanesa tra Scaneffa e Gaboeutt—Gialogo in gergo e in milanese tra Scaneffa e Gaboeutt),还有1766年由帕利尼帮助出版的《吝啬之极》(Spilorciaria—Spilorceria)、十四行诗《为一个修女》(Par ona monega—per una monaca),这首诗得到大诗人卡尔杜齐的赞许。巴莱斯特利埃里(Domenico Balestrieri,1714—1780)当过文书,是"被改变者学会"的积极成员。1741年他编辑出版了一个不同作者的韵律诗集《为死猫流泪》(Lagrime in morte di un gatto)。1744年出版了第一部方言诗集《米兰诗集》(Rimnu milanes),1748年出版《浪子》(Il figliol prodigo),1749年又写了大合唱《战争与和平》(La guerra e la pace),布兰达神甫1760年发表了论战文章《关于托斯卡纳语的对话》(Dialoghi della lingua toscana),巴莱斯特利埃里与坦齐、帕利尼一起反击他,维护在文学中使用米兰方言。1772年,用米兰方言翻译出版了《被解放的耶路撒冷》。1774—1779年间,出版了自己的全部诗集,包括意大利文版和米兰方言版,书名为《托斯卡纳和米兰韵律诗集》(Rime toscane e milanesi)。上述两位作家的作品具有阿卡迪亚特点和田园情调,既有爱情描写,也有轻微的善意讽刺。在威尼斯,著名的作家有兰贝尔蒂(Antonio Lamberti,1757—1832),他以温柔的笔调写了一些恶作剧式的短诗,如《贡多拉船上的金发女郎》(Biondina in gondola);《小镇和乡下的季节》(Stagioni cittadinesche e campestri)描写美丽的自然风光和地方风情。巴福(Giorgio Baffo,1696—1768)曾任过威尼斯公务员,他的诗作(主要是十四行诗)大都以手稿方式流传,身后才被人收集出版(1771年和1789年),共4册,书名为《威尼托的巴福作品全集》(Raccolta universale delle opere di Giorgio Baffo Veneto)。格利蒂(Francesco Gritti,1740—1811)不仅是小说家,作品有《我的历史》(或称《托马西诺先生的回忆录》La mia storia, ovvero memorie del sig. Tommasino)、《道德的故事》(Apologhi),还是翻译家,翻译了孟德斯鸠和伏尔泰的作品。在彼埃蒙特大区,著名的方言作家是卡尔沃(Edoardo Ignazio calvo,

1773—1804)，他是都灵的一位医生，自然科学学者和积极的共和派“爱国者”。主要以彼埃蒙特方言创作，有 12 首《道德寓言》(Favole morali)，一部美妙的颂诗《关于乡村生活》(Su la vita'd campagna—Sulla vita di canipagna)。在南方，有影响力的方言作家是麦里(Giovanni Meli，1740—1815)，巴勒莫人，著有重要作品《就农业和畜牧业对西西里王国现状的思考》(Riflessioni sullo stato presente del Regno di Sicilia intorno all'agricoltura e alla pastorizia)。他早年在小城奇尼吉担任市镇医生(1767—1772)，1787 年以后在巴勒莫大学任化学教授直至逝世。他 18 岁时发表了用西西里方言写的诗歌《风流仙女》(La fata galante)，想以此证明用西西里方言也能写出优美的诗篇，在短诗中既有细致的有关沙龙社交的描写，也有优美的神话传说的描述。他喜爱自然和田园生活的情调，诗中的感情真挚朴实。麦里接受启蒙主义思想，赞同政治和经济改革，他宣称“想以各种办法来整顿人类社会”。他还写了一部英雄喜剧式史诗《唐·吉诃德与桑丘·潘查》(身后发表)，力求在幽默的比喻中表达自己的梦想与现实主义理智之间的矛盾。他写的《唇》(Lu labbru)，题材极为普通，描写蜜蜂到处寻找甜蜜，最后在尼克斯(希腊神话中夜女神的化身)的唇上觅到，作者在花丛中描写清晨美景，情景交融，回味无穷。麦里坚持用西西里方言写作，他认为西西里方言也是高贵优雅的文学语言，丰富、生动、简炼。他要用自己的写作实践向人们证明，通用语与方言之间不存在一道鸿沟，只要运用得好，用自己家乡的方言同样可以写出激动人心的优美诗篇。

第七节　启蒙主义

启蒙主义对意大利文化产生了极大影响，它像一股清流冲开了闭塞的意大利文化的一潭死水，打开了文艺沙龙和学院派的大门，使意大利得以与阿尔卑斯山北麓国家建立联系，从而将意大利推入欧洲新文化的潮流之中。

“启蒙”(Illuminismo)一词意为“启迪”，在启蒙运动中引申为用近代哲学和文艺的文化知识之光辉照亮被教会和贵族专制的欺骗所造成的愚昧落后的社会，恢复理性的权威。启蒙运动不只发生在文化领域，而且也涉及经济、政治、法律、科学、哲学乃至社会制度和社会风尚等各个方面。

法国路易十四之后至法国资产阶级革命之前，文艺复兴运动虽然已将反对教会和封建统治的斗争进行了三、四百年(13 世纪至 16 世纪)，但是基督教会和封建贵族在欧洲的统治根深蒂固。当时资产阶级还处于无权地位，力量薄弱，没有彻底的革命性。文化和教育完全掌握在天主教的僧侣手中，独尊《圣经》和少数拉丁古典著作，一般群众处于相当愚昧的状态。启蒙运动就是在这种历史背景下产生的。

18 世纪，经济和政治形势开始有很大转变。英国工商业发达，已拥有海上霸权，资产阶级已走上政治舞台，开始进行产业革命。工人阶级也日渐活跃。文学上在莎士比亚之后出现了以市民为主人公的新型小说。与英国隔海相望的法国在经济和政治方面都比英国落后了一个世纪。法国百科全书派领袖伏尔泰、孟德斯鸠和卢梭等曾旅居英国，深受英国政治、经济、哲学等方面的影响。狄德罗推崇莎士比亚的戏剧和理查逊的新型小说。英国戏剧家的市民剧在法国上演。这些频繁的文化交流对法国的启蒙运动起了很大的促进作用。启蒙主义思想家狄德罗受英国张伯斯主编的传播近代哲学科学知识的《百科全书》的启发，由他任主编，数学家达兰贝任副主编，另编一套类似的百科全书，来宣传他们的启蒙思想。启蒙运动为法国资产阶级革命作了必要的思想准备。

17 世纪法国的新古典主义文学是为宫廷服务的，以模仿拉丁古典作品为最高理想，坚持厚古薄今。18 世纪启蒙主义则反其道而行之，提倡厚今薄古，让资产阶级登上文学舞台。这场遍及全欧，长达百年之久的大论战在文学史上称为“古今之争”。论战之初，以布瓦洛为代表的厚古薄今派处于优势，18 世纪启蒙运动的领袖们参加这场论战，厚今薄古派在狄德罗等人的领导下日益占上风。

百科全书派中声望最高的领袖是伏尔泰，他最初倾向新古典主义，后来受启蒙运动的影响，转到厚今薄古派。他的转变对新古典主义理想是一种冲击，而对启蒙运动则起了推动作用。

狄德罗在戏剧改革方面作出很大贡献，从理论和实践两方面奠定了新剧种—市民剧的基础。他对新剧种的要求是“要真实，要自然”。要求反映一般市民的现实生活，特别是家庭生活，要把帝王将相和贵妇人赶出舞台，让正在走向政治舞台的资产阶级的平凡人物乃至小人物登上舞台。表演“要真实，要自然”，使观众产生身临其境的逼真幻觉。语言摒弃古典戏剧所用的华丽词藻和谨严的诗律，改用散文，以反映现实生活和接近群众。

卢梭是百科全书派中对启蒙运动影响最大的作家，他在性格上是位浪漫型人物，充满热情和幻想，厌恶近代文明，主张“回到大自然”。他富有浪漫色彩的作品颇受当时读者的欢迎。

启蒙主义汇合了新科学、新哲学、新历史学、新经济学以及新法学诸领域的思想，在 18 世纪逐渐取代笛卡尔的唯理主义，主张政治和经济改革，从而成为法国资产阶级革命的思想理论基础。法国资产阶级进步思想家如伏尔泰、卢梭、狄德罗等都对启蒙主义作了明确、广泛、极有说服力的阐述和宣传。启蒙主义对当时的教会权威和封建君主制度采取怀疑和反对的态度。哲学上，基本同意培根和洛克的经验论学说，倾向自然神论或无神论。启蒙主义从法国扩展到欧洲其他国家，如意大利、西班牙、法国、俄国等，随之而来的是法语逐渐成为欧洲文学界的交际语言，在科学文化方面取代了拉丁文。启蒙主义在欧洲历史上有着显赫的作用，它超越了民族和宗教的界限，推动了整个欧洲社会的发展与进步。意大利积极地投入到启蒙主义运动中来，意大利的思想家、政治家、艺术家和科学家也都直接或间接地对启蒙主义作出了自己的贡献，从某种意义上讲，启蒙主义运动是文艺复兴运动的继续和发展。18 世纪下半叶意大利启蒙主义运动一方面是一场深刻的文化运动，另一方面也是一种昙花一现的时髦现象。参加这一运动的人，有名符其实的科学家、思想家、政治家和艺术家，但也有些是鱼目混珠的小人之辈。在看启蒙主义作品时，我们应该善于区分其中严肃的优秀作品和混杂其中赶时髦的拙劣之作。

意大利启蒙主义运动的中心是那不勒斯和米兰。

在那不勒斯代表人物有著名教授、哲学家、经济学家杰诺韦西(Antonio Genovesi，1712—1769)，生于萨勒诺附近的一个小镇卡斯蒂辽内。1737 年被任命为牧师，1738 年前往那不勒斯，1741 年在那不勒斯大学讲授形而上学(又称玄学)，而后讲授伦理学。1743 年写出第一卷《形而上学宗观原理》(Istituzioni di metafisica，共 5 卷，1743—1752)，他提出的在那不勒斯王国进行改革的建议将人文主义思想同激进的基督教形而上学体系结合起来。1745 年发表有关逻辑学和物理学的论文。1748 年由于被控在《形而上学宗观原理》中宣传异端思想，他受到非议。1754 年那不勒斯开设“商业和结构”(即政治经济学)讲座，他被指定担任第一个主讲人，并开始担任贸易和机械学教授。在这期间，他蔑视拉丁文的权威，用意大利文讲学和著书立说，发表了《有关宗教和伦理学的哲学冥想》(Meditazioni filosofiche sulla religione e sulla morale，1758)、《学院书札》(1764)。他的经济学著作《商业课程》(Lezioni di commercio，1765)是意大利人就此题目写出的第一部作品。他在经济学上的重商主义观点的特点是：对需要作了出色的分析，对劳动作了高度评价，力图把自由竞争与保护主义政策调和起来。在政治哲学方面，他认为教会的权威不应超出纯属宗教事务的范围。他还写了有关教育的著作《论文学和科学的真正目的》(Discorso sul vero fine delle lettere e delle scienze，1753)，在《学校计划》(Piano delle scuole，1794年出版)中，他提出了青年教育问题，并肯定了义务教育的必要性。杰诺韦西的一些改革观点遭到各方面的反对，但他不屈服于压力，仍坚持并宣传自己的启蒙主义思想，成为意大利南方启蒙潮流中的代表人物，他所代表的思想被称为"杰诺韦西学派"。

在那不勒斯的其他启蒙主义代表还有菲兰杰里(Gaetano Filangieri，1752—1788)，以《立法学》(Scienza della legislazione)而出名，这部书于1782年开始出版，计划出7卷，但因作者早逝(死时仅36岁)，只完成前4卷。书中论述了人们关心的政治、经济、刑事、人口、教育、道德、宗教等问题，并提出了社会改革的理想计划。他的理想是"为国民提供保护和安宁"，为此，反对任何形式的专制制度，提倡温和派政府，支持废除酷刑，主张国民有反对法官和法律武断专横的自由。菲兰杰里的缺点是太相信法律，太强调哲学和理性的重要性，而忽略了人的本质和特点。

加利亚尼(Ferdinando Galiani，1728—1787)对价值论很有研究，1759—1769年间在巴黎担任那不勒斯驻法国使馆的秘书，后来在那不勒斯政府中任职，协助制定和执行经济政策。主要著作是《论货币》(Della moneta，1750)，论述货币的性质和价值、流通与交换，其中有一句名言"说金银毫无益处，这不真实，但金银也不配是幸福的主宰和最高权威"很有道理，常被人引用。1770年又以法文发表了一篇尖锐的论战文章《关于小麦贸易的对话》(Dialogues sur le commerce des blés)，受到伏尔泰的好评。他在巴黎生活的10年间，交往甚广，并与许多社会名流保持密切的书信联系，其中包括埃皮奈夫人(Madame d'Epinay，18世纪法国文学界的杰出人物，以和狄德罗、卢梭及格林男爵的友情而著名)、内克夫人(Madame Necker，路易16时代法国财政大臣雅克·内克之妻，是一个出色的巴黎沙龙女主人)、若弗兰夫人(Madame Geoffrin,一文艺沙龙女主人,她的沙龙是世界艺术家和作家聚会的场所,也是百科全书派的中心)以及格林男爵、狄德罗、达兰贝尔等人。加利亚尼逐渐形成了自己的特点:知识渊博、思想敏捷、无偏见,这些特点尤其体现在他与社会名流的书信集中。加利亚尼本人是个启蒙主义者,但他又批评启蒙主义,令人费解。他不信宗教,是个唯物主义者,面对当时的潮流和谬论,他能保持冷静,独立思考,不同流合污。他尖锐地批评乌托邦和理智主义,不相信原始生活方式和社会契约,蔑视杰诺韦西和贝卡利亚,同意马基雅维里的思想。在创作实践中,崇尚当代自由的欧洲文学,他多才多艺,他的诙谐喜剧《假想的苏格拉底》(Socrate immaginario)1775 年在那不勒斯上演,获得好评。文学著作有《关于贺拉斯的思考》(Pensieri su Orazio,1765),法律著作有《中立原则的义务》(Doveri dei principi neutrali,1782)。其他较重要的启蒙主义者还可提出以下几位:帕加诺(Francesco Mario Pagano,1748—1799),那不勒斯大学教授,政治、经济和司法问题专家,1799 年 10 月,作为那不勒斯共和国立法委员会主席与其他杰出的爱国者一起被处死。他创作了不少司法题材的作品,《关于犯罪过程的思考》(Considerazione sul processo criminale)、《政治评论》(Saggi politici);经济类著作有《论农业、艺术和贸易与公共思想的关系》(Sulla relazione dell'agricoltura, delle arti e del commercio allo spirito pubblico);悲剧有《杰尔比诺》(Gerbino)、《科拉迪诺》(corradino)、《阿加梅诺内在欧利德》(Agamennone in Aulide),喜剧有《埃米利亚》(Emilia),1800 年在米兰出版了他的《哲学、政治和美学文集》。他创作《各民族的文明进程》(Del civile corso delle nazioni),试图确定历史进步的总规律。鲁索(Vincenzo Russo,1770—1799)是位记者和政治家,著有《政治思想》(Pensieri politici)。阿斯托尔(Francesco Astore,1742—1799)著有《雄辩哲学》(Filosofia dell' eloquenza)和《共和学说原理》(Catechismo repubblicano)。杰罗卡德斯(Antonio Jerocades,1738—1805)的作品有《人类知识评论》(Saggio dell'umano sapere)。还有帕尔米耶里(Giuseppe Parmieri,1721—1793)、加朗蒂(Giuseppe Maria Galanti,1743—1806)、德尔费科(Melchiore Delfico,1744—1835)等人。

意大利南方启蒙主义者的特点是纯理论性的,通常是乌托邦式的,这与北方启蒙主义者的实践特点形成显明的对照,因为他们既与意大利的传统思想联系,又结合了百科全书派的新思想。杰诺韦西在一定程度上继承了萨尔皮和詹农的反教廷思想。菲兰杰里接受了孟德斯鸠和维柯的影响。帕加诺试着将维柯的《新科学》制度与经验论观念结合起来,说明大的自然灾害(水灾、地震、火山爆发等)对加快或推迟历史的进程起着重要作用。他们的启蒙思想为那不勒斯共和国积累了经验,也为她作出了极大的牺牲,1799 年那不勒斯共和国失败,帕加诺、鲁索等人被处死。

意大利北方(主要是伦巴第大区)的启蒙主义者看起来更激进、更革命,态度更自由。他们更关心政治经济生活中的具体问题,反对各种抽象的纯理论研究和乌托邦式的空想主义。因此,他们的观点简单实际、通俗易懂,其影响更为深远、广泛,深入到社会的各个阶层。当然,他们也是从抽象的世界主义观点开始,但重视地区性和技术性问题。通过一些君主推动和实行的改革实践和法国资产阶级革命的直接经验,他们逐渐认识了民族尊严的概念,对即将到来的意大利民族复兴运动有了更自觉更明确的认识。他们参与各个行政部门的工作或担负其领导责任,积极参加各种文明进步的活动,为民族复兴运动做准备。

北方启蒙主义者主要代表人物是韦里伯爵(Pietro Verri,1728—1797)。生于米兰,早年生活动荡,曾在蒙扎、米兰、罗马、帕尔马等地学习。1759—1760 年参加"七年战争",尔后回到米兰,主要从事哲学和经济研究工作。他是米兰"拳头学会"(Accademia dei Pugni)的精神支柱。在 1764—1766 年,与弟弟亚历山德罗(Alessandro Verri,1741—1816)合作主编"拳头学会"的刊物《咖啡馆》(Caffé)旬刊。他撰写了 38 篇文章,使自己成为宣传新思想的主力。著名的经济学论文有《对银行法的看法》(1769)、《政治经济学沉思集》(Meditazioni sull'economia politica,1771)、《关于米兰货币混乱的对话》(Dialogo sul disordine delle monete nello Stato di Milano,1762);心理学作品有《论幸福的思考》(Discorso sulla felicità,1763)、《论快乐与痛苦的特点》(Discorso sull'indole del piacere e del dolore,1773)。韦里是一位积极的论战者,一生都在不断地论战、斗争。开始,反对家庭的闭塞环境,后来,反对陈旧的、毫无生气的文化,反对过时的社会经济管理形式,反对腐朽的纳贡制度,反对阻碍自由贸易发展的政策等。1772年,被玛利娅·特雷莎政府聘为官员,负责米兰的改革工作。在工作中,他又不断地斗争,反对敌视改革的人,后来甚至反对改革派内部的人和思想。1786年过隐居生活。这期间,他的作品有《朱塞佩二世与一位哲学家的对话》(Dialogo tra Giuseppe Ⅱ e un filosofo,身后出版),1796年,法国侵占米兰,他又出山与帕利尼一起成为市政府官员,共同反抗外国统治者,维护意大利尤其是伦巴第大区的利益。他的其它作品还有《回忆我的女儿》(Riccordi a mia figlia)、《论酷刑》(Osservazioni sulla tortura)。最后一部著作《米兰史》(Storia di Milano)未能完成他就去世了。他与弟弟长达30余年的《书信集》(Carteggio)是了解18世纪下半叶意大利社会的重要文献之一。临死之前,他在给弟弟的信中说:"再过几年,意大利很可能成为一个统一的家庭"。

韦里于1761年和10几位青年知识分子(其中有其弟弟亚历山德罗、贝卡利亚等人)共同创建了"拳头学会",顾名思义,他们想以"拳头"来反击旧思想,以改革来对待各种问题,包括语言问题,主张打倒托斯卡纳语在意大利的垄断地位,接受欧洲其它国家的影响,使语言变得更生动有力。他们在一起阅读、评论英国和法国启蒙主义者的著作,研究意大利问题。还创办了论战性刊物《咖啡馆》作为自己的喉舌,该刊物只存在了两年(1764年6月至1766年5月),成为他们传播启蒙思想,抨击旧事物的重要阵地。

亚历山德罗·韦里积极支持哥哥的工作,成为哥哥的得力助手。他的主要经历与“拳头学会”和《咖啡馆》刊物联系在一起。他在刊物上发表了许多重要文章，如《在本期刊作者们的公证人面前宣布放弃克鲁斯卡词典》(Rinunzia avanti notaio degli autori del presente foglio periodico al Vocabolario della Crusca)，书中提出语言改革的要求，提出“语言为思想服务，而不是思想为语言服务，这是合情合理的”。游历了巴黎和伦敦之后，1767 年在罗马定居，开始了长期的紧张研究工作，他是第一批翻译莎士比亚作品的意大利人之一；研究古希腊文和荷马，将《伊利昂记》改写成散文。他还写过小说。他与哥哥的《书信集》更是了解当时文化和社会的极好资料。晚年，他致力于创作《自 1789 年至 1801 年可纪念的事件》(Vicende memorabili dal 1789 al 1801，1858 年出版)，此书清楚地反映出这位老贵族的政治思想退化。

“拳头学会”另一位主要成员是贝卡利亚(Cesare Beccaria，1738—1794)，他是米兰人，大学毕业后便参加启蒙主义运动，与韦里兄弟一起创立“拳头学会”。1763 年他接受韦里的建议，开始从事法学研究。1764 年在里沃那出版了《犯罪与刑罚》(Dei delitti e delle pene)，一举成名，很快在欧洲也小有名气。该书是关于犯罪与刑罚理论的第一部明晰而系统的著作。他对当时的刑讯、秘密诉讼程序、地方官吏的反复无常和腐化、野蛮刑罚等都加以批评，主张永远取消酷刑，法庭辩论应公开，有确凿的证据方可逮捕人，法官应该称职、能干。他还首倡废除死刑。这部论著对欧美各国的刑法改革产生了很大影响。1768 年他接受米兰帕拉丁学院之邀开设公共经济与商业讲座，并被任命为政治经济学教授，任教两年。因讲授《公共经济要素》(Elementi di economia pubblica)而获得“经济分析先驱”之名，讲稿在他死后出版。他另一部著作是《文体性质之研究》(Ricerche intorno alla natura dello stile，1770)。

弗里西(Paolo Frisi，1728—1784)，蒙扎人，是位数学家、天文学家和物理学家，但以水利学研究而出名，当时在意大利北部兴建的重要水利工程规划几乎都首先送他审阅。主要著作有《河流与急流专论》(1762)，书中汇总了水利学方面的详尽资料，被广泛用作工程手册。他也是北方启蒙运动的积极参加者。

卡尔利(Gian Rinaldo Carli，1720—1795)是位著名的经济学家，出生于伊斯特利亚角，早年在帕多瓦和比萨教书，从事研究工作。1765 年被召到米兰，担任最高经济委员会主席，作品有《货币和意大利造币制度》(Delle monete e dell'istituzione delle zecche d'Italia，1754—1760)、《自由人》(L'uomo libero，1778)、《美国来信》(Lettere americane，1780)，五卷本的《意大利古迹》(Delle antichità italiche，1788—1790)。他与《咖啡馆》合作，在刊物上发表《论意大利人的祖国》(Sulla patria degli Italiani)，将新思想与崇拜民族传统结合起来，第一次向意大利人提出“共同的祖国”的思想。该文成为民族复兴运动的予兆。

除了那不勒斯和米兰这两个启蒙运动的中心之外，意大利其他地区的文人也都纷纷投入到这个运动中来。在彼埃蒙特大区，有瓦斯科兄弟。小瓦斯科(Giambattista Vasco，1733—1796)开始在撒丁岛的卡利亚里担任神学教授，后在都灵和米兰生活，担任官员和记者。1787—1788 年，在都灵负责刊物《山那边的图书馆》(Biblioteca oltremontana)，主要作品有《论货币》(Della moneta，1772 年在米兰出版)、《自由高利货》(L'usura libera，1792 年在米兰出版)；大瓦斯科(Francesco Dalmazzo Vasco)于 1794 年死于依乌莱阿的监狱中，作品有《关于民法几个重要条款的哲学评论》(Saggio filosofico intorno ad alcuni articoli importanti di legislazione civile)。

在威尼斯，影响较大的是阿尔加罗蒂(Francesco Algarotti，1712—1764)，早年在博洛尼亚受教育，从曼弗雷迪和扎诺蒂的学校里学到了对天文学的崇拜和纯朴写作的某种兴趣。20 岁去巴黎，因英俊年轻、谈吐高雅，在知识界小有名气。以后又访问英国和俄国，后应腓特烈二世之邀去德国生活 9 年，因健康不佳才返回意大利，1764 年 5 月 3 日在比萨逝世。

阿尔加罗蒂学识渊博、思想进步，受到启蒙主义哲学家的推崇。他善于写自由体诗歌，在以诗歌写的《书信集》(Epistole)中论述哲学、科学、经济和诗学等问题，还生动地描绘了巴黎和伦敦的风俗习惯。1737 年发表《向女士们介绍牛顿学说》(Newtonianismo per le donne)，是一部普及科学的佳作，1752 年在柏林再版时书名改为《关于牛顿光学的对话》(Dialoghi sopra l'ottica neutoniano)，简明易懂地讲述牛顿的光学观点。他还模仿孟德斯鸠的《克尼多庙宇》(Il Tempio di Cnido)写了一部色情讽刺小说《奇特拉代表大会》(Congresso di Citera，1743)。他博学识广，精通法国和英国事物，也十分了解意大利在文学、科学方面取得的进步，他反对旧思想旧传统，与因循守旧的人进行斗争，提倡能生动描写新事物的民众文学。他欣赏英国文化的坚定，法国文化的生动，抱怨在"分裂的和有奴性的"意大利人中间很难推行同样现代化的文学。他推崇能迅速表达思想的文学形式，即书信集、杂文等，这些后来都成为意大利文学和文艺评论中的典型形式。他的评论杂文有《论建筑》(Sopra l'architettura)、《论诗韵》(Sopra la rima)、《论因卡斯帝国》(Sopra l'impero degl'Incas)、《论绘画》(Sopra la pittura)、《论音乐剧》(Sopra l'opera in musica)、《论但丁风格》(Sopra lo stile di Dante)、《论贸易》(Sopra il commercio)。他在《俄国游记》(Viaggi di Russia)中生动又具体地描绘了当地的美丽风光和风土人情，是一本高水平的旅游书籍。

应当提出的是，在启蒙主义者中间，他们的思想观点也不完全一致，有时也发生激烈的争论。比如，前面提到的加利亚尼就是这样一位人物，他自己是无可争议的启蒙主义者，但又反对诸如杰诺韦西和贝卡利亚等坚定的启蒙主义者。

启蒙主义对意大利的史学研究也产生了很大的影响。遵照伏尔泰的观点，历史不再是政治和军事等事件的简单报导和评论，也不是资料的积累和一般研究，而是根据新思想和新知识的进步和传播，来记述文化、艺术、科学领域的历史，作为宣传人类新观念的工具，和作为批判民众错误和迷信的工具。启蒙主义史学的代表作品有：贝蒂奈里的《论千人义勇军之后学术、艺术、风俗领域的意大利民族复兴运动》(Del risorgimento d'Italia negli studi, nelle arti e nei costumi dopo il Mille, 1795)、韦里的《米兰史》(1753)、卡尔利的《意大利古迹》(1788—1790)等。还有著名史学家德尼纳的作品。德尼纳(Carlo Denina, 1731—1813)，彼埃蒙特大区的雷维罗人，曾在都灵大学任教，后来因受政治和宗教迫害长期住在国外，先在柏林效劳于腓特烈大帝，后去巴黎为拿破仑政府管理图书，最后客死巴黎。主要作品有《论意大利历次革命》(Delle rivoluzioni d'Italia, 1767—1772)和《论各种文学的更迭》(Discorso sulle vicende di ogni lefferatura)。

第八节　感觉主义诗学

在启蒙主义思想的推动下，整个文坛充满变革和动荡的气氛。一种新的诗学理论也应运而生，这就是感觉主义(或称感觉论)。在认识论(知识论)和心理学中，它是指完全或大部分依靠感官的职能来解释知识的学说。这个学说是视心灵如同一块白板的论断。17世纪的经验主义者，例如法国的新伊壁鸠鲁派学者伽桑狄(Pierre Gassendi)、英国人霍布斯(Thomas Hobbes)和洛克(John Locke)都比较强调感官的作用，用以反对那些强调人心的推理能力的笛卡儿信徒。伽桑狄认为感觉是知识的首要源泉；霍布斯力图以物体的运动来解释一切现象甚至感觉本身。有一次霍布斯参加学者聚会，一个人问："什么是感觉?"没有人能作出回答。这时，他想：如果物质的东西和它们的所有部分始终处于静止状态或者永远作同一运动，那么世界万物便不会有区别，因而也就不会有感觉，因此，万物的各不相同一定是由于多种多样的运动而形成的。洛克认为人的知识有两个来源；一是通过感觉获得的外部世界的经验，二是通过反省达到的内部世界的经验。出自这些源泉的经验知识是不确实的，只能提供或然性的东西，而知识的概念是确实的。通过推理，可以从以经验为根据的命题推知关于物质世界和精神世界的更为一般的结论。依据理智的直观，可以得到具有普遍必然性的知识，但其范围有限。洛克对18世纪法国哲学的影响产生了孔狄亚克(Etienne Bonnot de Codillac)的极端感觉主义。孔狄亚克主张："我们的一切能力都来自感官，或者说得更确切些，来自感觉。"感觉主义诗学将想像活动理解为纯粹的快乐享受，这与17世纪的诗歌风格(马里诺风格)相吻合，认为诗歌的作用在于成为使人感到快慰的工具。这种理论完全否定了诗歌的艺术作用。在意大利，感觉主义的理论家在感觉快乐的范围内，尽力区分美学享受的特点，寻求美的一般原则，当然，随着国家的不同、时代的不同、人的不同，欣赏的口味千变万化，无法统一。阿尔加罗蒂在《杂文集》(Saggi)、《关于绘画与建筑的通信》(Lettere sulla pittura e sull'architettura)以及其它作品中，将传统和模仿的观点与享乐主义结合起来。贝蒂奈里在《论美术中的激情》(Dell'entusiasmo nelle belle arti，1769)中试图对想像加以分析，认为诗歌是"有理性时做的梦"。贝卡利亚更接近这些新哲学观点，在《文体性质之研究》中甚至建议以新修辞学代替旧修辞学，新修辞学应符合心理学的一般规律，较以前更有理智，更自由、更开放。而传统的规则则是"将艺术大师们已完成的杰作规定为总的信条"，并作为一成不变的最高模式。新的规则是"来自我们心灵深处的"。帕加诺在《论诗的起源与性质》(Discorso sull'origine e natura della poesia，1783)和杂文《论情趣和美术》(Del gusto e delle belle arti，1785)中要把维柯的思想折衷地与感觉主义的影响和美学智力主义的残余拼凑在一起。韦里在这方面表现更为尖锐，他在《论快乐与痛苦的特点》中尽力区分美学享受的特点。他认为：各种享受(身体的和精神的)都产生于痛苦的迅速减少或停止。痛苦是"人类的原动力"，"人一切活动的起因，人若没了它(痛苦)，便成了愚蠢的动物"。美的享受不同于别的享受，因为它的基础是“不强烈的、非决定性的痛苦，这种痛苦不会使我们感到某处疼痛，但确实使我们心情不快”。这种痛苦是模糊不清的、难以感觉的，正如韦里所说，是“不可名状的”，如忧郁、焦虑、烦恼等。艺术使我们从这些心理迷雾中解放出来，产生一种舒服的感觉。美的享受对平静、快乐和满足的思想作用不大，甚至没有，但对那些因文化教育水平高而产生的不愉快的、敏感的心态作用就大了。

感觉主义美学，尤其是韦里和贝卡利亚所阐述的感觉主义美学，在诗歌领域产生了影响，要求它应超越传统文学模式的抽象与典型，扩大并丰富诗歌的领域，革新诗歌的内容，将它重新引入观察自然普通的现实中来。感觉主义诗学观点在帕利尼的作品中得到很好的体现，但帕利尼没有忘记诗歌的“有益处”特点，也就是说，他将“有益处”与趣味结合在一起。

不管是韦里，还是帕利尼，他们都认为“艺术的目的是使人感到快慰，同时使人得到益处”。这是一条老规则，从未被人遗忘和超越，但在科学哲学进步的启蒙时代，它又有了新的意义，要求诗歌应汲取科学进步的新题材，摒弃轻浮的老话题，描写日常生活中最急需的要求和具体问题，推动社会进步，教育人民群众。帕多瓦的作家希比利亚托（Clemente Sibiliato）甚至建议政府官员应干预诗歌，鼓励创作为社会进步能作出贡献的作品。加尔丁（Antonio Gardin）在《推理》（Ragionamento，1786）中说“各民族的道德教育依靠诗歌胜于依靠哲学”。

第九节　语言问题

18 世纪，在诗歌改革的争论中，又重新提出了语言问题（在 17 世纪语言已成为文体的基本问题），因为意大利语言深受法语和法国文化的影响，作为文学和交际的工具，此时已陷于真正的危机之中。而法语由于百科全书派的传播，大量法国优秀作品的影响以及古典主义、笛卡儿唯理主义的宣传，实际上已成为欧洲新文化的共同语言。法语先于欧洲其它语言，首先打破了仿拉丁语的结构，采用简明快捷的句法，使用短句；词汇上采用技术术语和民间通俗用词，成为一种简洁明确、合乎逻辑、散文式的语言；语法结构也趋于简单化，词汇丰富并现代化，所以在欧洲很快传播开来，使意大利语、西班牙语、德语等纷纷陷于危机。这就要求必须改革意大利文学语言，以适应推广和进行论战的需要。阿尔加罗蒂、贝蒂奈里、杰诺韦西、菲兰杰里、韦里、贝卡利亚等启蒙主义者在自己的作品中，为使文笔更简明优雅，大量使用法语（有时并不需要用法语）。这就形成了 18 世纪的散文风格，从而打破了薄伽丘以及 16 世纪传统风格的限制。这种模仿法语的传统受到后来福斯科洛、莱奥帕尔迪和卡尔杜齐等大作家的激烈批评，卡尔杜齐称他们的作品是“奴仆们写的天下最拙劣的散文”。

以韦里和贝卡利亚为代表的《咖啡馆》的撰稿者们都积极参加了这场关于语言问题的大论战。他们反对“那些咬文嚼字人的学究味”，反对所谓的“托斯卡纳语的纯洁性”，宣称“语言的作用是第二位的，就是用来修饰讲话”，他们甚至“在公证人面前拒绝使用克鲁斯卡学会的词汇”，认为“意大利人都懂的词就是意大利语词”，任何一个词汇，只要能表达一个确切的意思，就应该予以承认。至于风格问题，现代作家当然可以接受法国影响，无可非议。

语言问题论战中的一员主将是切萨罗蒂（Melchiorre Cesarotti，

1730—1808)，帕多瓦人，1751—1760年曾在该地任教，1768年起，在帕多瓦大学讲授希伯莱和希腊文学，他因把麦克菲森的英文本《莪相作品集》以韵文形式译成意大利语而一举成名。并把意大利文学导入浪漫主义途径。此外，他还写有各种诗篇、书信，翻译了埃斯库罗斯、狄摩西尼、伏尔泰等人的作品，以及格雷的《墓园挽歌》并用散文体诗翻译了《伊利昂记》。他在美学方面的两篇重要文章《论情趣的哲理》(1785)和《论语言的哲理》(Saggio sulla filosofia delle lingue，1785)对有志成为浪漫主义作家的人同样是一个很大的鼓舞。他认为语言是用来"表达思想和指导文体的"，因此，它不是一成不变的，而是随着时代的变化而变化。承认语言"在必要时，有创造新词汇的自由，或是从本国语言，或是从外国语言中汲取"。在实践中，他希望意大利语能够对付"两块礁石"的威胁，一块礁石是"放荡自由的危险"，另一块是"严格主义的害处"。他接受"自由判断"的观点。切萨罗蒂和《咖啡馆》的作者们一样，深信新散文如果想变成现代散文，就必须摆脱业已过时的文学传统的影响，采纳法国模式。

切萨罗蒂的上述观点遭到了卡尔洛·戈齐(Carlo Gozzi，1724—1806)、纳皮奥内(Gianfrancesco Galeanti Napione，1748—1839)等语言纯洁派的激烈反对。纳皮奥内撰写《论意大利语的用途与优点》(Dell'uso e dei pregi della lingua italiana，1791)对切萨罗蒂进行猛烈反击。他对民族荣誉有深厚的感情，认为语言是"紧密联系祖国的牢固纽带之一"，抨击切萨罗蒂的"在意大利，哲学天赋、科学文化与法国文化是不可分离的"的言论。反对"可笑并有害地模仿"外国词汇和习惯，谴责切萨罗蒂过分宽容新词汇。有意思的是，纳皮奥内也不同意恢复克鲁斯卡学会的语言。

在关于语言问题的论战中，各种思想观点参加辩论，创造了一种自由的、开放的、现代的气氛，打破了旧时的闭塞局面，这对后来文学、诗歌等的发展产生了积极的影响。

第十节　文艺评论

在感觉主义美学的影响下，产生了一种更生动、更具个人特点的文艺批评。新的评论家不再是用抽象的诗学规则进行评论的学者和理论家，而是不带偏见的积极的读者，他们就作品提出自己的印象和见解。当然，这样的评论经常引起学院派的反对与责难。

这种新式评论的代表人物是贝蒂奈里，他的《维吉尔信札》(Lettere virgiliane，1756)可以说是启蒙主义论战文学的杰作。他假想这些信是维吉尔所写，由天国寄往阿卡迪亚，这些信按照理性原则和法国风格对意大利文学进行公正的分析。他对《神曲》持彻底否定态度。认为与其说这是一部诗作，不如说是"一篇堆砌了说教、对话、问题……的科学论文"，"每个诗句都需要翻译、解释、查阅"，文体怪诞野蛮，"一万四千句喋喋不休的说教、谁读了能不困乏和晕眩呢？"他认为《神曲》最多可以写成 5 首歌，其余的都不成其为诗。贝蒂奈里对《神曲》的评论显然是片面的，他没有将《神曲》视为一个整体，而是支离破碎地分析某些篇章，当然得不出正确的结论。他还否定意大利文学中的其它作品，说什么"16 世纪的所有文章都能收在一本只有 3 首歌和 20 首十四行诗的薄书中"，骑士史诗和英雄史诗"都应被无情地取消"，"基亚布雷拉的作品应缩成一册，而且是薄薄的一册"，"《阿多尼斯》挤在 4—6 首歌中足矣！"，彼特拉克"居众人之首，但他不应是专横的独一无二的，他的作品应去掉三分之一无用的，其余的三分之二，也应在边上批注出其牵强附会的韵律，怪僻的词句，错误的语式和冷漠的暗示，以告诫年轻人"。贝蒂奈里如此过分地批评和否定，除为了论战需要外，另一方面也是为了迎合当时人的口味，比如批评《神曲》难懂，连维护《神曲》的巴雷蒂虽不同意贝蒂奈里的指责，也不得不承认"没有极大的耐心和决心，谁也不能读它，因为太忧郁、烦人、枯燥乏味"。帕利尼也同意当时人对《神曲》的批评，对但丁的语言和文体有许多保留。韦里在《咖啡馆》上撰文称赞《维吉尔信札》是“很久以来出现的最优秀的作品之一”。

贝蒂奈里的指责使人想起自人文主义和16世纪开始的反但丁传统，这在当时具有积极意义，利于促进文学改革。贝蒂奈里主张意大利诗歌应该年轻化，应接触社会生活。10年以后他又发表了《英国信札》(Lettere inglesi)，不仅重申了《维吉尔信札》中的观点，而且还否认意大利文学的存在，理由是有学院派和旧传统的束缚，缺乏统一的民族文化，他说“如果意大利有一个中心，有一个共同点，就可能有意大利艺术和文化。科学也会比其它国家更发达，而现在这种分裂状态造成不和、嫉妒和敌视，使意大利人显得极为可笑和贫乏。”后来，他将批评的矛头又指向对莪相、杨、哈维、克洛卜施托克、格斯纳等外国文学的模仿，他反对“盲目崇拜古代范例”，推崇“优雅口味”，崇尚真实、理性和庄重，反对学院派的学究风气和过分的自由想像。

另一位著名批评家是巴雷蒂(Giuseppe Baretti，1719—1789)，小时候受到很好的教育，在米兰和威尼斯深受仿古典主义的影响，与帕塞罗尼、帕利尼、戈齐兄弟都有深交。开始他写些讽刺诗，后来对丰富多彩的的语言产生兴趣并进行实践。1751年第一次到伦敦担任意大利语教师和意大利剧院经理，一直到1760年，与约翰逊(英国著名诗人、评论家、散文家和词典编纂者)等人建立了深厚友谊，他钻研外国语言并很快就能用英文、法文和西班牙文写作。后来经葡萄牙、西班牙、法国返回意大利。在《致弟兄们的家信》(Lettere familiari ai fratelli，1762—1763)中生动地记述了自己的旅途见闻。后来，又将这部作品加以充实，写成英文版的《从伦敦经英国、葡萄牙、西班牙、法国到热那亚的旅行记》(A journey from London to Genoa, through England, Portugale, Spain and France, 1770—1771)，成为游记作品的佳作。1763年10月至1764年9月，在威尼斯以阿里斯塔尔科·斯卡那布埃(Aristarco Scannabue)为笔名出版半月刊《文学之鞭》(Frusta letteraria),攻击那些“拙劣作家胡乱写的蹩脚喜剧、悲剧、幼稚可笑的批评文章,荒诞无稽的小说以及歪诗散文”。威尼斯政府查禁了这一刊物,他便到博洛尼亚和安科纳出版,一共出了33期。1766年又来到伦敦,担任外国函授美术学院的秘书,从1782年起他获得英国政府的年俸(80英镑),最后死在伦敦。他发表了许多作品,如《关于莎士比亚和伏尔泰先生的论述》(Discours sur Shakespeare et sur monsieur de Voltaire,1777),《家信选》(Scetta di lettere famifiari,1779),表面上是帮助英国人学习意大利文,实际上表达了他的文学和伦理道德观点。另外还写了一些向英国介绍意大利文学、以及颂扬意大利文化和风俗习惯的文章,1772年还为再版马基雅维里的作品写了前言,阐述有关语言的思想。

巴雷蒂从青年时代就开始写论战文章,他论战的特点充分体现在“阿里斯塔尔科·斯卡那布埃”这个笔名的形象上:这是一个幽默人物,不是文人,而是一个兵、旅行者,长于世故,反对学究风气和矫揉造作,经历一番冒险后,伤了一条腿,便深居简出,与从印度和美洲带回来的猴子、狗、猫为伴,他头裹长巾,身穿土耳其长袍,腰挎长刀,晚上吸烟酗酒,与当地牧师谈论新近出版的书籍,发表坦率、激烈、自以为是的评论。他自己说过“我是阿里斯塔尔科·斯卡那布埃,我要运用我的评论来评论别人的评论,并严历地进行评论,不管他有多大的权威……”。从《书信集》(Epistolario)中可以看出,巴雷蒂是一个很有见解的人,他反对即兴创作和假冒内行者,具有一定的现实主义思想,首先关心的是生活,而后才是书本。他注重的不是夸夸其谈,而是事实。他蔑视那种“不能教育人在天命指定的地方过舒坦日子的哲学”和“既不能改善自己又不能改善别人”的科学。他宣称自己的主要工作是“研究活人”,因此反对空洞的学究式文学,提倡生动的有具体意义的现代文学,他承认自己在英国学到了“以具体事件而不是以空话写成书的方法”。巴雷蒂不是一位哲学家,所以他的文艺批评没有什么美学观点作基础,也没有什么评论原则，自由随便，信口开河，思想前后不一，有时自相矛盾。他攻击阿卡迪亚派和克鲁斯卡学会，却为威尼斯的“格拉内莱斯基学会”辩护，而该学会宗旨也是保护意大利文学不受外来影响侵蚀的；他反对韦里，说韦里“头脑糊涂”，他反对贝卡利亚，说他的论文“只不过是七拼八凑起来的拙作”，却没有发现他们二位也是新文化的倡导者；他推崇韵律诗，却又欣赏戈齐兄弟和帕利尼的自由体诗；在《关于莎士比亚和伏尔泰先生的论述》中反对伏尔泰，却又欣赏莎士比亚的语言“简洁、有力、激烈”。他认为诗歌就是“简朴、有力，热情地讲述自然的事物、美好的事物、伟大的事物和众多的事物”。他喜爱简单有特色的想像，所以崇拜阿里奥斯托和麦塔斯塔齐奥。他不了解但丁的伟大，反而贬低他；抨击薄伽丘，说他的“语言是最美的，文体是最差的”。他主张文学应“雅俗共赏”，艺术应自由开放，这些对后人都有极大影响。

第十一节　戈齐兄弟及其它文学

在 18 世纪的意大利文坛上，戈齐兄弟占有不容忽视的地位。

加斯帕雷·戈齐(Gaspare Gozzi，1713—1786)出生在威尼斯的一个没落贵族家庭。身体不佳，子女又多，所以家庭经济境况不好，可以说，他一生都在为生计而操心，1777 年甚至想投河自杀。文学对他来说是一种乐趣，更是一个维持全家生活的职业。所以，他日夜写、拼命写，特别是 1745—1762 年间，他夫人贝尔加丽(一位阿卡迪亚派诗人)和女儿们以及她们的未婚夫都帮助他写，写严肃诗、讽刺诗、布道诗，模仿法国戏剧写喜剧和悲剧，写小说，翻译并改写古今诗人的作品。他因写了几首讽刺诗和一篇有影响的文章《为但丁辩护》(1758)而为人所知。但主要活动是出版期刊。自 1760 年 2 月至 1761 年 1 月主办《威尼托报》(Gazzetta veneta)，共出版103期。1761年2月至1762年1月又主办《观察家》(Osservatore),共出版104期。以后还主办过《道德世界》(Mondo morale)、《意大利梦想家》(Sognatore italiano)等期刊。他在期刊上积极撰写文章,生动而丰富地描述18世纪威尼托地区的社会生活。他要表达的是“对人类灵魂的评论或声明”和对风土人情的观察和表现,格调上既没有哥尔多尼的乐观主义,也缺乏帕利尼辛辣讽刺的特点。他的作品的题材都很相似,不外乎现代佳人、向女人献殷勤的男人、别墅生活、田园风光、贵族的醉生梦死等等。他和弟弟卡尔洛·戈齐都是“格拉内莱斯基学会”的早期成员。他反对贝蒂奈里的观点,维护古典主义传统,热心外国文学,赞扬艾迪生和伏尔泰,吸收国内外和古今的特点,成为意大利18世纪优秀散文家之一。

在论战方面,他极力维护意大利古典主义传统,反对巴雷蒂贬低但丁的观点,在《为但丁辨护》(Difesa di Dante)一书中,赞扬但丁在意大利文学中的丰功伟绩。他的诗写得很好,18首《训世诗》(Sermoni)以稍加讽刺的笔调描述社会现实,被大诗人卡尔杜齐誉为“帕利尼之前,最热情最富于变化的诗篇”。

弟弟卡尔洛·戈齐(Carlo Gozzi,1720—1806)的成就与名望都比哥哥大,主要创作童话剧。他年轻时曾在军队中服役,1740年回到威尼斯后即开始写讽刺文章和散文。1749年与哥哥一起创办“格拉内莱斯基学会”,以维护意大利诗歌和语言的纯洁为旗号,反对启蒙主义思想,保护意大利文学不受外来影响侵蚀。在语言问题上,他同意克鲁斯卡学会的观点,反对语言改革。他反对启蒙主义新文化,攻击“几何和哲学推理”以及唯物主义,拒绝接受外国文学的影响。他喜欢荒诞离奇的创造,标新立异,走前人没有走过的道路。他代表贵族势力,极力反对哥尔多尼的戏剧改革,在这个问题上与其兄有分歧,曾发表许多文章诋毁哥尔多尼,攻击他让下层平民和现实生活占领戏剧舞台,指责哥尔多尼败坏了“即兴喜剧”的传统,写讽刺诗《传播时疫的帆船》(1747)攻击哥尔多尼。后来又写了一部非常吸引人的即兴喜剧《三个橙子的爱情》(L'amore delle tre melarance)1761 年 1 月在威尼斯上演，获得很大成功。他在剧中把哥尔多尼刻画成一个魔术师，把基亚里贬为一个邪恶的妖精。这个剧本取得巨大成功之后，又继续创作了 9 部童话剧，其中比较突出的有《变成牡鹿的国王》(Re cervo，1762 年首演)、《图兰多特》(Turandot，1762 年首演)、《美丽的小青鸟》(L'augellino belverde，1765 年首演)等，这些剧本从《一千零一夜》和意大利传奇文学作品中汲取素材，以帝王、公主、巫师为主人公，恢复"假面喜剧"的手法，把华美、离奇的场面同异国情调结合起来，同哥尔多尼的现实主义戏剧唱对台戏，这些童话剧吸引了不少市民观众，给哥尔多尼造成极大的困难。但它们的生命力不强，不久即被人遗忘，但在国外它们的命运不错，受到法国和德国观众的赞扬。歌德、席勒、莱辛以及施莱格尔兄弟对这些剧本极为推崇，席勒还把《图兰多特》改写成德文剧本；弗里特利希·冯·施莱格尔则把他与莎士比亚相提并论。后来布松尼和普契尼根据《图兰多特》的情节改编成歌剧，长演不衰。普罗科菲耶夫也把《三个橙子的爱情》改编成歌剧。他还写了一首喜剧英雄史诗《古怪的马尔费扎》(Marfisa bizzara，1761—1768)，讽刺 18 世纪威尼斯的风俗习惯，嘲讽哥尔多尼和其他作家的启蒙主义思想。著名评论家德·桑克蒂斯称这部史诗构思很巧，但形式上一文不值。1797 年他发表自传体的《徒劳无益的回忆录》(Memorie inutili)，文笔生动，但不够谦虚，记叙他一生的经历，也是他作为守旧派的写照。

除了戈齐兄弟之外，其他较有影响的作家有马查(Angelo Mazza，1741—1817)，生在音乐之乡帕尔马，擅长以品达罗斯体颂歌和自由韵的 11 音节诗来歌颂美丽和谐的音乐和高尚思想，主要作品有《颂诗》(Inni)、《和谐的微风》(L'aura armonica)、《理想的和谐美》(La bellezza armonica ideale)等。德拉·托雷 (Carlo Castone Rezzonico della Torre，1742—1796)善于写科学诗，著有天文题材的《天空体系》(Il sistema dei cieli)、认识论题材的《思想的起源》(L'origine delle idee)，还以科莫历史为内容写了《科莫大屠杀》(L'eccidio di

Como)。克雷门特·布恩迪(Clemente Bondi,1742—1821)学习帕利尼写了《时尚与对话》(La moda e le conversazioni)。马斯凯洛尼(Lorenzo Mascheroni,1750—1800)是数学家和诗人,在自己的诗里加进了几何学和三角学的内容,在《请到莱斯比亚·奇道尼亚来》(Invito a lesbia Cidonia)中描写了帕维亚大学的植物园和博物馆。

在一这时期还出现一些优美的农事诗,颇受欢迎,其中有巴鲁法尔迪的《大麻田》(Il canapaio,1741)、罗贝尔蒂的《草莓》(Le fragole,1752)、贝蒂的《蚕》(Il baco da seta,1756)、斯波尔维利尼的《水稻种植》(La coltivazione del riso,1758)、洛伦齐的《山上作物》(La Coltivazione dei monti,1778)等,这些农事诗反映了新诗的趋势,内容有教育意义,语言具体现实、通俗易懂。

卡斯蒂(Giambattista Casti,1724—1803)的寓言文学作品很有名,受伊索寓言和拉封丹寓言的影响很大,他甚至想把伊索寓言扩展为史诗。他曾加入教团,后来还俗。作为诗人奔走于德国、奥地利和俄国的宫廷之间,先在维也纳担任朱塞佩二世皇帝的宫廷诗人,1778 年出使彼得堡,受到女沙皇叶卡捷琳娜二世的赏识。可他对女沙皇不满,写《鞑靼诗歌》(Poema tartaro,1787)讥讽她的媚态,攻击她努力使俄国西方化。法国大革命时他又来到巴黎,最后死在那里。主要作品是包括 26 歌的长诗《说话的动物》(Animali parlanti,1794—1801),把欧洲各国喻为动物,将君主制度的观念与法国大革命时产生的共和思想加以对照,讽刺法国大革命和拿破仑时期在欧洲发生的政治事件。从艺术角度而论,这种寓言文学的价值不大,但却能代表时代的要求和愿望。

帕塞罗尼(Gian Carlo Passeroni,1713—1803)以格言诗而出名,出生在法国尼斯,但长期生活在米兰。主要作品《西塞罗》(Cicerone)是一首长诗,共 6 卷、101 首歌、9 万句,1755 年至 1774 年在米兰出版,作者佯称叙述这位罗马伟人的生平事绩,实则是评说讽刺 18 世纪欧洲的社会面貌、讽刺寄生的贵族、好色的男人和轻浮的文化,揭露虚伪的宗教强迫人家作修士的行径,抨击达官贵人玩猫弄狗而不关心穷人死活的罪恶生活。这部作品有极高的史料价值。其它作品有《诙谐讽刺道德诗》(Rime giocose, satiriche e morali, 1776)、7 卷《伊索式寓言》(Favole esopiane)等。

亚历山德罗·韦里(Alessandro Verri, 1741—1816)是前面提到的韦里的胞弟，也是《咖啡馆》圈子里的一员，为该刊物撰写过 30 多篇有关文学、道德和法律方面的文章，游历过法国和英国，后来到罗马。他接受新古典主义，严厉批评百科全书派。在罗马期间写了 3 部小说《萨福历险记》(Avventure di saffo, 1782)、《埃罗斯特拉托传》(Vita di Erostrato, 1793)和《罗马的夜晚》(Notti romane, 1792—1804)。一个偶然的机会在罗马发现了西皮奥内家族的陵墓，作者以此创作了《罗马的夜晚》，书中想像自己去参观这座著名家族的陵墓时，火把忽然熄灭，在黑暗中他发现西塞罗、恺撒、布鲁图斯等古罗马伟人的影子，他们在讨论政治、自由、暴政、共和等 18 世纪人们所关心的重大问题，讨论继续了几夜，后来作者也参加了讨论，最后几场讨论就是由作者本人主持的，而后作者带领他们在月光下游览新罗马，与旧罗马做比较……小说最后的结论是基督教优于异教、教廷优于罗马帝国。该书受到普遍欢迎，多次出版并译成英文、德文、西班牙文、荷兰文等多国文字。

切萨罗蒂把苏格兰作家麦克菲森的英文本《莪相作品集》以韵文形式译成意大利文，从而将莪相派(指描写芬思及其随从武士一系列故事的爱尔兰说唱诗人)风格介绍到意大利，并把意大利文学引入浪漫主义道路。切萨罗蒂的自由体诗语言丰富、优美、有音乐感，深受福斯科洛的赞赏。

方托尼(Giovanni Fantoni, 1755—1807)可以说是一位阿卡迪亚学院派作家，以阿卡迪亚式笔名“拉宾多”(Labindo)发表文章。青年时代发表了 3 首《颂诗》(Odi)，再现了贺拉斯文体，他也学习格斯纳的田园风格和爱德华·扬的哀伤风格。在文艺上也很有造诣，曾被选为卡拉拉美术学院主席。他接受新思想，支持民主共和派，赞成法国资产阶级革命，积极参加政治活动，是位积极的激进分子。1782—1823 年间，他发表不少民事政治题材的诗歌，还试验一种新诗韵，以重现古代诗歌的韵律，得到卡尔杜齐的称赞和继承。

卡索利(Francesco Cassoli，1749—1812)可算是意大利中部地区最忠实的贺拉斯信徒，在雅各宾派执政的三年间，他曾参加政治生活，其余时间大都过着隐居的生活。他翻译贺拉斯的作品，创作《贺拉斯的通俗颂诗》(Ode di Orazio volga rizzate，1786)。在他的作品中，注重道德，关心学校，崇尚简朴的生活，富于怜悯心，喜欢孤独安静地进行研究。在《在油灯下》(Alla lucerna)一诗中，描写诗人远离爱闹的人，在自己幽静的小房间里，在油灯下进行阅读研究，乐趣无穷。

第十二节 哥尔多尼

在意大利戏剧史上，18 世纪下半叶这个时期占有相当重要的地位，因为在此期间完成了喜剧改革。这一改革集中了阿卡迪亚风格和启蒙主义新文化思想，比较好地处理了即兴喜剧与麦塔斯塔齐奥音乐剧之间的关系，解决了音乐、想像与现实主义之间的矛盾；以较为真实的人物取代假面人物，以结构紧凑的布局取代结构松散和经常重复的动作，以欢快新颖的情节取代那些一看开头便知结果如何的闹剧场面。这一改革的倡导者和实践者就是著名剧作家哥尔多尼。

哥尔多尼(Carlo Goldoni，1707—1793)生于威尼斯，父亲是医生，4 岁时看到父亲操纵木偶，觉得很好玩，就对戏剧产生了浓厚兴趣，8 岁时写了一部喜剧，使人惊叹不已。后来随父亲工作调动来到佩鲁加，入耶稣会学校学习。有一次上演喜剧《堂·皮奥内的妹妹》，因佩鲁加当时处在教皇统治下，戏剧演出中不得有女演员，

13 岁的哥尔多尼就在剧中扮演一位女角色，效果很好，这更使他爱上了戏剧。酷爱戏剧的哥尔多尼对学习毫无兴趣，父亲无奈，只好让他到里米尼去学习哲学和人文科学，但他仍是经常去看演出，不用功学习，后来干脆在一些喜剧演员的帮助下逃离学校。父母让他学医他也不愿意，最后送他去帕维亚学习法律(1723—1725)，希望他将来能成为律师。他在学习期间因写了一首诗《巨人》(Colosso)嘲讽妇女，尤其是当地的贵夫人，而被校方开除。1728—1729 年任法院职员，1731 年从帕多瓦大学法律系毕业。次年，开始在威尼斯当律师，他天资聪明、熟悉业务，是一名出色的律师，但他真正的兴趣还是在戏剧方面，所以这期间他还是经常写喜剧或者表演喜剧。哥尔多尼酷爱戏剧是受了家庭的熏陶，他祖父就是个戏剧迷，经常在自己的别墅里组织演出(这也是他们家经济状况变坏的原因之一)；他父亲也爱好戏剧，收藏了许多戏剧著作，这对年青的哥尔多尼有很大吸引力。在帕维亚学习法律期间，他在一位教授的图书馆里饱览法国、英国和西班牙的戏剧作品，唯独见不到意大利剧作家的作品，他很痛心，便下决心填补意大利文学上的这一空白，“热切希望自己的祖国也奋起达到别国的水平，并决心为此作出自己的贡献”。于是，开始接触德拉·波尔塔、吉里、法焦里、奈里等人的戏剧作品，大量阅读阿里斯托芬、普劳图斯、泰伦提乌斯等人的作品，研究法国戏剧，尤其是莫里哀的喜剧。还涉猎戏剧艺术的理论作品和评论文章，如格拉维纳、穆拉托里和马费依的论文。辛勤的劳动终于结出丰硕的成果，1732 年完成第一部音乐悲剧《阿马拉松塔》(Amalasunta)，以后在米兰、维罗那、热那亚等地创作剧本或演戏。1734 年成为伊梅尔剧团的正式喜剧诗人，同年 11 月 24 日参加演出自己写的悲喜剧《贝里萨里奥》(Belisario)，获得好评。1736 年担任热那亚共和国驻威尼斯的领事，后到比萨任律师，1748 年受聘担任由威尼斯著名喜剧演员梅德巴克领导的剧团的“诗人”，从此成为职业剧作家。他在创作和演出剧本的实践中，思考并实行喜剧方面的改革。他的剧本在威尼斯圣·安杰洛剧院由梅德巴克剧团表演，一直受到赞颂，哥尔多尼也蜚声剧坛。但是，1750 年狂欢节期间，他的喜剧《走运的女继承人》(L'erede fortunata)遭到失败、被人冷落，坚强的哥尔多尼没有灰心，为了争取观众，他许诺下一年狂欢节一定要拿出 16 部优秀喜剧以飨观众。他说到做到，到时竟写出 17 部新喜剧，其中不乏优秀作品。如采用威尼斯方言写的《妇人们的闲话》(I pettegolezzi delle donne)、即兴喜剧《说谎者》(Il Bugiardo)、《咖啡店》(La bottega del caffé)、《狂热的诗人》(Il poeta fanatico)、《装病的女人》(La finta ammalata)等，观众又重新崇拜他、喜欢他。从 1753 年至 1762 年他又为威尼斯圣·卢卡剧院(现改名哥尔多尼剧院)撰写剧本，在近 10 年的时间里，共创作了 60 部喜剧，充分实施自己的改革。他所进行的喜剧改革遭到了保守势力的反对和围攻，比如基亚里(Pietro Chiari，1711—1785)就是以攻击哥尔多尼而出名的，嫉妒他的成就、反对他的改革、千方百计讽刺他，可有时又模仿他；卡尔洛·戈齐也不断地诋毁他攻击他，在《三个橙子的爱情》一剧中将哥尔多尼丑化成一个魔术师，并且写出童话剧来同他争夺戏剧阵地。1762 年哥尔多尼被迫离开意大利，前往巴黎导演意大利喜剧，为实行和捍卫自己的喜剧改革继续进行不懈的努力。法国观众不理解他的作品，他感到苦闷，就把用法文写的《扇子》(Il ventaglio)改写成意大利语版本，在法国为意大利观众演出，获得极大成功。后来应聘去凡尔赛，担任法国国王路易十六的妹妹的意大利语教师。与此同时继续为法兰西喜剧院、意大利喜剧院编写剧本。1768 年后退休，每年领 3600 里拉的退休金。1783 年开始用法文写《回忆录》(Mémoires)。法国资产阶级革命后，他的退休金被取消，1793 年 2 月 6 日在极端贫困中逝世于巴黎。

哥尔多尼的最大功绩在于对“即兴喜剧”进行的改革。

“即兴喜剧”又称“假面喜剧”、“艺术喜剧”(Commedia dell'arte)。是 16 世纪下半叶至 18 世纪下半叶在意大利广泛流行的一种独特的喜剧形式，产生于文艺复兴运动期间。这一运动使人们的观念转向了世俗方面，对中世纪流行的宿命论产生了疑问。文艺复兴使人生气勃勃，求知欲增强，急于完全征服生活，但对人的弱点又随时挖苦嘲讽，于是即兴喜剧应运而生。从它诞生之日起，其主要作用就是让老百姓“出出气”。在天主教反对新教传播的反宗教改革运动中，这种作用尤为显著，此时宗教法庭猖獗，城邦君主独霸一方。即兴喜剧的角色便以其他戏剧所不能实现的方式，用言语暗示、手势或姿态来进行批评和讽刺。由于即兴喜剧往往通过演技而不是语言来暴露当时的种种虚伪，因而在欧洲各国广为流传并为一些国家加以改造和利用。

一些学者认为，即兴喜剧综合了各种戏剧成分，如古罗马普劳图斯的喜剧因素，以及其他形式的戏剧及魔术等。其角色原型可追溯到意大利早期的狂欢节戏剧。其即兴表演则可追溯到意大利宫廷中业余演员的斗嘴。土耳其的皮影戏、拜占庭的哑剧也对即兴剧产生了影响。剧中人物所讲的方言，可追溯到西纳的工匠剧和皮奥尔科喜剧。总之，即兴喜剧可以说是各种戏剧成分的汇聚和融合的结果。

即兴喜剧没有成文的文学剧本，只有很简单的“提纲”，或称“幕表”，这是演出的基础。其选材既可以是对传统喜剧的改革，也可以是专为此种即兴表演而写的剧情概要。演员根据“幕表”提示的剧情梗概，在舞台上即兴发挥，临时想出对话或独白。剧中的主要角色及其姓名、性格都是固定的，各有定型的假面具和服装。演出中，演员严格地站在一定的位置，或平行、或对角、或对面站立。由于每个演员只固定扮演一种类型的角色，因此演员得以进行即兴表演，他们在舞台上依靠夸张的形体动作和模拟姿态来取得戏剧效果。即兴喜剧中不少场面有歌舞和杂技表演或只有动作而无对白。它通常用序幕开场，尔后常分成三幕演出，幕与幕之间以歌舞连接。整个剧团通常为 9—12 人。剧情遵循亚里士多德提出的“三一律”，对时间一律尤其尊重。即兴喜剧的剧情很简单，通常都是叙述青年男女如何克服种种困难，结成美满姻缘，其中穿插种种意想不到的误会、曲折，产生很多笑料。即兴喜剧的舞台装置很简单，初期只有一块后台幕布作为布景，两边有表示墙的布景，墙上开有情人居处的窗户，后来才有一些侧面布景。

在即兴喜剧中，定型的主要角色有：由于长者的阻碍婚事多磨，幸有鲁莽的仆人使用诡计或故弄玄虚，才使他们有情人终成眷属的一对年轻人，男的叫弗拉维奥，演出时不戴面具，衣着时新，是剧中最重要的人物类型，女的叫奥列丽娅或伊莎贝拉；两个名叫阿尔莱基诺（或叫特鲁法金诺）和布里盖拉的丑角，他们的职业常常是仆人，性格忠实、憨直，没有文化，在剧中插科打诨，制造笑料；两位与阿尔莱基诺和布里盖拉相对应的女仆，村姑打扮，一个为年长已婚，阅历广的妇女，一个为年轻姑娘；商人潘塔隆内，是个受骗和被人取笑的、头脑简单的老头，贪婪、多疑而又胆小，思想陈旧而又顽固；学者，可以是律师、博士或修辞家，也是一个老头，身着黑色学者长袍，精通法律，口若悬河，喜欢吹牛，谈吐中常常夹带着用来炫耀自己学问的拉丁语；军官，自称勇敢无敌，实则胆小如鼠，带有政治讽刺含意，往往是西班牙军官打扮（因为西班牙曾侵占过意大利）。另外还有几对姓名、性格都固定的男女青年。

即兴喜剧所戴面具多用上等皮革制成，内衬薄布。要使面具产生生气必须通过动作、手势和姿态，通过手、脚、背、头的不同动作来表示笑或哭。即兴喜剧的演员都是职业艺人，他们会说各种方言，通过方言发音和意义的不同使人物互相误解而产生幽默。他们的技能和体育技巧比其他戏剧演员要高。

即兴喜剧于16世纪在舞台上出现时，因具有生动活泼的艺术形式和一定的社会讽刺作用，曾经受到群众的欢迎，遭到教会的敌视。但是，经过200年的流传，即兴喜剧的思想内容和艺术形式越来越脱离现实生活，日益僵化，成为趣味庸俗的闹剧，已经不能适应新的历史条件的需要。18世纪下半叶，启蒙主义剧作家哥尔多尼勇敢地对即兴喜剧进行改革，如改以爱情为中心使其带有道德含意，削减剧中人物，废除“幕表”，写作有固定台词的文学剧本，最后完全去掉面具，因而使即兴喜剧逐渐解体。哥尔多尼创立了反映社会生活，塑造具有鲜明个性的人物的现实主义“风俗喜剧”，又称“性格喜剧”。

早在哥尔多尼之前，已有一些作家发现即兴喜剧表演程式化，缺乏活力，已蜕化为庸俗的闹剧，开始对它进行改革，如吉里(Girolamo Gigli)、法焦里(Giambattista Fagiuoli)和奈里(Jacopo Angelo Nelli)等，他们改变即兴喜剧的单调死板，着重描写人物的鲜明生动的性格，使剧情更有意思，更能吸引人。

哥尔多尼在《喜剧剧院》(Teatro comico，1749)一剧中阐明了自己的喜剧理论，要求废除“即兴喜剧”的假面和剧情概要，事先有固定台词的文学剧本，取消即兴表演；主张喜剧应从现实生活中汲取素材，忠实地反映现实，刻划人物的鲜明性格，不能是多人一个面具，由面具来决定性格，喜剧要发挥“颂扬美德，嘲讽恶习”的教育作用，摆脱庸俗的趣味。他反对“三一律”，强调以批判的眼光汲取古代和外国喜剧的长处，建立具有民族特色的喜剧。他把这种现实主义喜剧叫作“风俗喜剧”，或者“性格喜剧”。

哥尔多尼在改革“即兴喜剧”的同时，又保留它好的方面，如保留某些面具的代表典型人物，阿尔莱基诺表示仆人，潘塔龙内表示商人，要求喜剧“不能损坏自然”，不能傻笑，要有理性地笑，寓教育于娱乐之中。他反对在喜剧中都使用托斯卡纳语言，主张根据剧情需要，可用托斯卡纳语言，也可以用其他方言，并且认为威尼斯方言就很适合于喜剧，所以，在他的喜剧中不仅有威尼斯方言，甚至完全用威尼斯方言写了十几个剧本，也非常成功。

哥尔多尼一生写了约250个剧本，描写的人物主要是两个阶层：贵族和平民，讽刺贵族阶级的愚昧和丑恶，赞扬市民阶层的智慧和善良；也写两代人：老年人想的是钱，思想保守，青年人思想自由豪放。他的第一部具有自己特点的喜剧是1738年用威尼斯方言写的《老于世故的人》(Momolo cortesan)，哥尔多尼称之为“三幕性格喜剧，其中有的角色有固定台词，有的角色是即兴表演”。他的第一部全部有固定台词的剧本是《文雅的女人》(La domna di garbo，1743 年写成，1747 年上演)，剧中还保留了一些传统的假面人物。这部喜剧是为佛罗伦萨著名女演员芭凯利尼(Baccherini)而写的，因为她不改变服装和声调可以表演多种性格。他早期的著名喜剧《一仆二主》(Un servitore per due padroni，1745)继承了即兴喜剧的某些特点，虽保留了一些假面人物，但已赋予新的性格特征，主人公是来自社会下层的仆人，作者着意刻划他的憨厚、纯朴的性格，热情赞美他的聪明、机智。鲜明生动的人物性格特征和浓郁的威尼斯生活气息使这出喜剧获得极大成功。《狡猾的寡妇》(La vedova scaltra，1748)通过几个外国贵族向女主人公求爱而展开的生动风趣的情节，赞美忠实的理智爱情，歌颂意大利民族的伟大。《可敬的妓女》(La putta onorata，1748)也是一出感人的喜剧。《古玩者之家》(la famiglia dell'antiguario，1749)是一出风俗喜剧，描写资产阶级的生活方式。1750 年至 1751 年间，他履行诺言写了 16 部喜剧，除了前面提到的外，还有《帕梅拉》(Pamela，剧中完全摒弃了假面人物)、《执拗的女人们》(Le femmine puntigliose)等。1752 年在威尼斯的圣・安杰洛剧院首演《女店主》(La locandiera)，这是哥尔多尼性格喜剧的杰作，脍炙人口，至今仍是经常上演的剧目之一。据说，一个女演员要想出名，必须扮演这个“女店主”。该剧分三幕，演员都不戴面具，女主人公米兰多利娜聪颖可爱，高傲的、用金钱买来的伯爵爵位的商人和破落、腐朽的侯爵都爱上了女店主并向她求爱，可女店主却不喜欢他们。利帕弗拉塔骑士瞧不起女人，后来却请求女店主的怜悯，勤劳可爱的米兰多利娜在机智地戏弄了那些心怀鬼胎的显贵人物之后，选择了正直诚实的仆人为终身伴侣。剧中不同阶级、不同身分人物的性格，都得到了生动的表现。情节有趣，描写深刻，使人百看不厌。

从 1753 年至 1762 年，哥尔多尼为圣・卢卡剧院写了 60 多部喜剧，《老顽固们》(I rusteghi，1760)通过两代人在婚姻问题上的冲突，揭露意大利资产阶级同封建主义旧思想保持的千丝万缕的联系。描写四位旧时代的老人，要自己的儿子们与不相识的姑娘成婚，但姑娘们比这些男人更强，最后她们如愿以偿。著名的三部曲《渴望度假》(Le smanie della villeggiatura)、《度假经历》(Le avventure della villeggiatura)和《度假归来》(Il ritorno dalla villeggiatura)描写一位贵夫人已破落变穷，仍想继续过富人社会的生活。《乔嘉人的争吵》(Le baruffe chiozzotl，1762)描写妇女们在等候丈夫打渔归来，一边干活，一边聊天的情景，以生动、明朗的画面，展现了劳动人民的生活场景。《威尼斯狂欢节后期的一个晚上》(Una delle ultime sere del carnevale di Veneria，1762)则是在欢乐的气氛中，满怀思乡之情。

哥尔多尼把意大利 18 世纪丰富多彩的社会生活和风尚习惯，真实、形象地展现在喜剧舞台上，塑造了各个社会阶层活生生的、有个性的艺术形象，尤其是他把市民生活，小资产阶级的生活搬上了舞台。他熟悉这个阶层，也喜欢这个阶层的人民，在他的喜剧中，尤其歌颂妇女，不管是恋爱中的姑娘，还是女佣人或者长于世故的女人，称赞她们勤劳聪明，狡黠而又可爱。他以乐观主义的态度看待人们的弱点，作品中充满浓郁的生活气息。他从意大利文艺复兴喜剧和法国喜剧中汲取养分，加以创新，奠定了以思想内容丰富、具有魅人的艺术力量为特征的近代意大利现实主义喜剧的基础。哥尔多尼的喜剧对法国和德国产生了深远影响，尤其是对伏尔泰和狄德罗，有人甚至批评狄德罗抄袭哥尔多尼的作品，可见影响之深。

有人批评哥尔多尼的语言不纯，这恐怕没有道理，他为了纯洁自己的语言，曾去托斯卡纳学习过，但他不受克鲁斯卡学会的禁锢，不愿过分夸大托斯卡纳语言的作用。他要让自己的人物说简朴、实在的语言，有血有肉的语言。他的语言运用是成功的，特别是他用威尼斯方言写成的喜剧，语言更是新颖、诙谐，妙趣横生。当然，在他的一些作品中(尤其是在散文喜剧中)有缺乏润色的平淡词语，但不能因此而忘记他在语言运用上的高超技巧。

哥尔多尼的《回忆录》不仅是一部优秀作品，而且对了解哥尔多尼也具有重要意义，写于 1783—1787 年间，全部用法文写成，1787 年由法国弗维·迪谢纳(Veuve Duchesne)出版社出版，书的全名是《用作他的生平和戏剧生涯的回忆录》(Mémoires pour servir a l'histoire de sa vie et à celle de son theâtre)，有人将它译成意大利文，但译文都不甚成功，都达不到原文的高超水平。

《回忆录》由三部分组成：第一部分写他开始进行喜剧改革，共 53 章；第二部分共 46 章，揭示了促使他创作喜剧的环境和机遇，其中也提到不少反对者对他的批评与攻击；第三部分包括 60 章，叙述他在法国的工作和生活情况，其中有一部分生动而有趣地叙述了他与启蒙主义者卢梭的会晤：卢梭待他很粗暴，批评他这么大年纪不应该用外文写作，哥尔多尼不同意这种指责，举出自己用法文写的喜剧《善良的暴躁者》(Borru bienfaisant，1771)，内容是攻击卢梭的，受到法国观众的欢迎，卢梭说自己尚未拜读过这个剧本，哥尔多尼答应送他一本，后来没送。在《回忆录》中，类似这样的有趣场景还有不少，都写得如同剧本一样诙谐有味。许多作家都给《回忆录》以极高的评价，英格兰 18 世纪最伟大的历史学家吉本(Gibben，1737—1794)称赞说，哥尔多尼的自传比他的喜剧更具喜剧性。

第十三节　帕利尼

法国资产阶级革命震撼了整个欧洲大陆，震撼了古老的意大利。当时意大利处于奥地利、教皇和波旁王朝的统治之下，人民群众倍受欺压和凌辱，民不聊生、怨声载道。与此同时，贵族阶级却是花天酒地，骄奢淫逸。悬殊的贫富差别成为当时社会的主要矛盾，许多作家对此进行了无情的揭露、讽刺和批判，以唤起民众的觉醒，改变这种不平等现象。帕利尼就是这样一位伟大的诗人和作家。

朱塞佩·帕利尼(Giuseppe Parini，1729—1799)出生在米兰北部小镇的一个平民家庭，父亲是个丝绸商人。因家庭生活困难，帕利尼10岁时被送到米兰的姑奶奶家，在巴尔那巴教派办的学校里学习。1741年姑奶奶逝世时给他留下一小笔遗产。1752年他毕业后以里帕诺·埃乌比利诺(Ripano Eupilino)为笔名发表了一部诗集。1753年经帕塞罗尼介绍加入米兰的“被改变者学会”，该学会成员的作品涉及社会各方面的问题，帕利尼受其影响也注意观察和描写社会生活的各个方面。1754年担任司铎，收入微薄、经济拮据，后被推荐给塞尔贝罗尼公爵做家庭教师。1759年他父亲逝世，家庭境况变得更加艰难。1754—1762年间他在公爵家做了8年家庭教师，受了不少凌辱和冷遇。1762年主人打了音乐教师的女儿，他为该女孩说话而被主人辞退，后来又成为因保纳蒂家卡洛公子的家庭教师。两年后他还为卡洛写了一首颂诗《教育》。

他做家庭教师的经历使他有机会接触到各方面人士，其中有达官贵人，也有风流女子，因此他得以了解贵族社会的许多内幕。在这个社会中，他不是贵族生活的参加者，而是一位观众，但他是一位细心观察的观众，目睹了权贵们的腐朽堕落和他们对待穷苦大众的残酷无情，帕利尼于是从观众逐渐成为评论者、批判者。在启蒙思想盛行的米兰，他接受了启蒙主义和“百科全书派”思想，使他能够将自己观察到的不平现象写在《上午》(Il mattino，1763)和《中午》(Il Mezzogiorno，1765)这两篇著名的诗作中进行无情地揭露和讽刺。他不同于韦里和贝卡利亚，他写得更具体、更生动、更深刻，入木三分。这两部诗作的发表使他蜚声文坛，红极一时，就连反对自由体诗的巴雷蒂也在1763年10月1日《文学之鞭》(Frusta letteraria)第一期上赞扬帕利尼的《上午》。米兰的玛丽娅·泰雷莎奥地利政府中的菲尔米安大臣对他更是倍加赏识并给以保护。

帕利尼对语言问题也很关心，1756年发表《关于〈文学偏见〉

一书的通信》,反对纯粹的“托斯卡纳性”,主要使用方言,特别是米兰方言。1757 年写了《关于贵族的对话》,主张平等思想。1758 年发表《关于战争》的通信集,反对黩武主义。1765 年发表《中午》更使他名声大噪。1769 年被委任主编《米兰报》(Gazzetta di Milano)。1769 年 12 月 6 日面对一些重要官员和社会名流讲课,获得好评,成为巴拉丁学院的教授,年薪为 2000 里拉。此后,他除担任教学外,还承担米兰市政府分配给他的一些工作,比如在 1771 年为庆祝费迪南多大公的婚礼,负责组织一个戏剧晚会,以后又负责制定美术学院、曼托瓦学院和“爱国协会”的章程,担任“制定小学改革计划委员会”的成员。1776 年教皇庇护六世给他年薪 50 罗马金币,帕利尼从一个穷教士、被人瞧不起的家庭教师成为一名大作家和文学界的显赫人物,令人刮目相看,经济状况当然也大大改善。1777 年以达里波·埃利达尼奥(Daribo Elidanio)的名字加入阿卡迪亚学会。1784 年菲尔米安大臣逝世,他遂失去各种保护。玛丽娅·泰雷莎逝世时,“爱国协会”委托他写一篇颂词,尽管他支持玛丽娅·泰雷莎的一些改革措施,但拒绝写公开吹捧她的颂词,表现出强烈的爱国热情。帕利尼为人耿直,品德高尚,敢于直言,因而也得罪了不少人,这使他的境况变得艰难,这时虽未被解职,但名声远不如从前,经济困难,思想苦恼。这里应该说明的是:帕利尼并不是反对米兰奥地利政府的改革措施(有时还支持),而是他的性格和文学观点使他不愿为一个外国君主唱赞歌。1796 年 5 月 14 日拿破仑侵入米兰,就因为他曾拒绝写颂词吹捧玛丽娅·泰雷莎,因祸得福,他被选为米兰新政府的官员。当时他也理解法国革命,所以被一篇讽刺文章称为“雅各宾党”,实际上他对法国革命并非完全支持,对其中一些激进措施也持反对态度,最初是著文讽刺,后来就进行批评和谴责了。他之所以同意参加米兰的法国政府工作,是因为他不愿将自己封闭在狭窄的文学圈子里面,而要把新文化的价值体现在实践活动之中。但是,新思想与旧传统终究存在着尖锐的矛盾和斗争,他很快发现现实生活与自己的理想相差甚远,政治、社会、宗教生活中黑暗的东西太多了，在这种情况下，他坚持自己的人格，坚持意大利国格，反对法国入侵者的强权，勇敢地捍卫米兰的自由事业。1796 年热月 3 日他质问米兰的法国政府："请问，米兰的自由事业是在巴黎讨论，还是在米兰讨论？是在这两个地方都讨论，还是在这两个地方都不讨论？"他这样的态度，当然不能在米兰市政府中继续工作下去，果然在 7 月 25 日(热月 17 日)被解职。他虽然离开了市政府，但没有将自己关在家中，而是继续关心公众利益，为民服务，他宣布"随时为祖国尽力直至生命终止"。他担任公共节目改革计划评判委员会的成员，参加一些不是由法国人组织的公众活动。

1799 年奥地利击败法国又重新回到米兰，帕利尼对法国统治不满，对奥地利人又入侵米兰也持反对态度。他继续在布雷拉学院任教，右眼患白内障，双腿水肿仍坚持工作。8 月 15 日晨，应爱乐乐团要求，他口述十四行诗《夺走市侩们的上帝之舟》(Predaro i Filistei l'Arca di Dio)，影射攻击奥地利人，呼吁正义，几小时后与世长辞。遵照他的遗嘱，葬礼简朴而又悲哀。

帕利尼一生平平淡淡，但经历坎坷。他生活在伦巴第大区(主要在米兰)，深受启蒙主义思想和法国百科全书派思想的影响，因而思想比较进步，又受文艺复兴思想的影响，积极参加社会实践，批判和谴责封建特权、揭露讽刺贵族的虚伪、反映社会的必要利益(Interesse necessario)、教育人民。

帕利尼于 1752 年发表《里帕诺·埃乌比利诺诗选》，该题目有阿卡迪亚式寓意，他家位于埃乌比利湖附近，题目的意思是"埃乌比利湖边人的诗选"。它从选材到格调都体现出阿卡迪亚派的影响。

帕利尼的传世佳作是《一天》和《颂歌集》。《一天》(Giorno)共分四部分：《上午》(Mattino，1763)、《中午》(Mezzogiorno，1765)、《黄昏》(Vespro，1801 出版)和《夜晚》(Sera，1801 出版)。这是一部揭露性作品，讽刺和鞭笞纨绔子弟的腐朽、堕落和残酷无情，诗中也反映出民主和统一的思想。诗的主人公是一位年青绅士(Giovin signore),作者以家庭教师的身份教他一天每时每刻该做什么以消磨时光。诗中用词典雅、形式完美、具有新古典主义诗歌的特色。

全诗的内容梗概是:

《上午》篇,年青绅士起得很晚,早饭时为喝咖啡还是吃巧克力想了好久,吃完早饭在床上听教师上课,首先进来的是音乐教师,然后是舞蹈教师、法语教师等。接下来做他一天中最困难的事情之一——穿衣服,在梳妆师给他穿衣打扮时,他浏览自己喜爱的书籍。这一切完了之后,来到祖先堂,祖先们过去曾显赫一时,此时正从画像里以严厉的目光注视着这位年青绅士。然后,年青绅士佩上剑,在佣人们的恭候下跳上等在门口的马车,令车夫快马加鞭,疾驶而去,飞快的马车撞倒了行人,鲜血四溅,他也全然不顾,因为他知道,虽然有法律惩治伤害人的罪犯,但凭自己的权势可以战胜法律,保护自己。他如此急不可待,去干什么?原来是去会自己的相好、一位漂亮的贵夫人。《上午》篇就在这血迹斑斑的马路场面中结束。

《中午》篇于两年后问世。描写年青绅士来到自己的相好家(贵夫人有自己的情人这在当时的上层社会中司空见惯,可见封建权贵堕落到何种程度)。在门口他受到贵夫人丈夫的热情欢迎,贵夫人周围有一圈献媚者,年青绅士是她的陪伴骑士,所以高人一等,宾主来到餐厅用膳,他当然坐在贵夫人身旁。这里是《中午》篇的主要场景,作者没有用很多笔墨去描写餐桌上的美味佳肴,却着力描写各式各样的食客,其中有贪吃的"饭桶",还有一位羞于吃肉的吃素者,她很"慈悲",反对宰杀动物,她真的是一位有善心的女人吗?下面引出贵夫人的一段回忆予以揭露。一天,一位仆人踢了她心爱的母狗一脚,被赶出家门,没人再雇佣他,他成了沿街乞讨的乞丐。在这位有"善心"的贵夫人眼里,穷人远不如她喜欢的一条狗。这里诗人用了强烈的对比手法。这些食客们高谈阔论、悠然自得。用完餐,大家来到咖啡厅,继续在无聊中消磨时光,有的在打牌、有的在打情骂俏，一对相好在窃窃私语……《中午》篇至此结束。作者在这里深刻地揭露了贫富差别，描写了“朱门酒肉臭，路有冻死骨”的社会不平等现象。

从序言中知道，作者原来只想继续写《晚上》篇，后来不知何故将此篇分为《黄昏》和《夜晚》两篇，1801 年由他的学生和崇拜者雷依那负责出版。

《黄昏》篇描写年青绅士陪伴相好乘马车兜风、参观画廊、看望亲朋好友、出席各种仪式典礼。

《夜晚》篇描写年青绅士去看戏、参加盛大的晚会，在灯红酒绿中打牌、跳舞、尽情地享乐。

由以上的介绍可以看出，《中午》比《上午》更生动、更感人、更具讽刺性，说明作者越来越成熟。《黄昏》和《夜晚》则写得粗糙简单，内容也比较零乱，使人觉得有“没写完”之感。有人问帕利尼生前为什么没有出版《黄昏》和《夜晚》，原因其说不一，但多数人认为这出于帕利尼的道德观念和温情主义，因为 1796 年法国军队占领米兰时，一些在奥地利统治时耀武扬威、为非作歹的达官贵人的处境也并不美妙，帕利尼认为这时再发表自己的讽刺作品攻击这些人，未免过于残酷，于是就“笔下留情”了。

帕利尼的另一部名作是包括 19 首（一说是 20 首）诗的《颂歌集》（Odi），采用贺拉斯体写成，内容涉及人生、社会和政治生活的各个方面，表达了他追求人类尊严和社会文明的愿望。

第一首是《田园生活》（la Vita rustica，1758），依阿卡迪亚风格写成，歌颂乡间的自由和宁静，不受财富和名利的影响，在乡村的家中，可以弹琴吟诗、悠哉悠哉，过神仙般的日子。

《清新的空气》（La salubrità dell'aria，1756—1759），赞扬作者家乡布利昂查的清新空气，批评米兰的脏乱，米兰不仅街道堆满垃圾，空气也受到污染。米兰本来是座清新美丽的城市，但一些人贪财便不顾人民的健康，还有一些人不遵守法律，破坏了大自然的美丽环境。诗人以布利昂查的清新对比米兰的脏乱，表达作者渴望纯洁、简朴的心理,也体现了作者的艺术观点,寓教育于诗歌之中。

《教育》(L'educazione,1764),说明教育的内容包括德、智、体,一个人思想健康、身体强壮和聪明智慧的目的是为了保卫祖国。

《需要》(Il bisogno,1766),这是写给瑞士法官维尔茨(Virtz)的,他当时因主张预防犯罪而被人称赞。帕利尼在这首诗中说明要预防疾病,也要预防犯罪,预防犯罪比惩治犯罪要好,这也是法律的主要目的。

帕利尼在《毕业》(La laurea,1777)中主张女子也应该有从事自由职业的权利,代表了他的新思想。

《跌倒》(La caduta,1785)是《颂歌集》中较为重要的一篇,这是一首 7 音节诗,前 3 句短后 4 句长。内容很简单:在一个寒冷的冬天,诗人虽不太老,但腿脚不灵,步行出门,穿过米兰交通繁忙的十字路口时,被车撞倒受了伤,一位行人将他扶起并认出他就是《一天》的作者,感叹道:"诗人蜚声文坛,可穷得连马车也没有"。这不仅仅是一般的描写,简直像一个客观存在的真实场面,诗人和行人的对话,如同是作者在自言自语。行人劝他讨好权贵以图过得更好些,他坚定地回答不允许别人出这样的主意玷污他的人格,他人穷志不短,尊严和人格比任何财富都宝贵。

《致西尔维娅》(A Silvia,1795)也是帕利尼的重要作品之一。当时的妇女时兴穿坦胸露臂的服装,好像犯人在断头台前似的露出脖颈。诗人问道:"西尔维娅为什么毫不犹豫地坦胸露臂?好像温暖的春天已经来临,可能是为了追求这不雅的时髦吧?"这样的后果是严重的,因为女人的品德对一个国家的存亡是至关重要的。罗马本来是强大的,罗马妇女也为社会文明和家庭生活树立了榜样。当她们抛弃简朴的生活,丢掉学习而去观看哑剧和悲剧时,人也起了变化,对角斗士们血淋淋的角斗产生兴趣,甚至与角斗士通奸,她们变得残酷无情、毫无人性,完全失去了母爱的品质。罗马女人的堕落导致了罗马文明的堕落。最后,西尔维娅不再追赶时髦,而是保持自己的纯洁和尊严。

最后一首颂诗《致缪斯》(Alla Musa,1795)是帕利尼最美的诗歌之一。他在诗中阐述了道德和艺术观点,认为想赚钱的人不要接近缪斯,因为艺术和赚钱大相径庭,艺术是赐给高尚思想的神圣礼物。

综观《颂歌集》,可以了解帕利尼在诗歌方面的成长过程,开始时幼稚生疏,渐渐变得成熟老练,从简单的韵律,不自如的表现手法,逐渐发展到精巧的艺术形式,最后成为造诣极深的著名诗人。

帕利尼作为文艺家和伦理家,受米兰启蒙思想的影响,在作品中大胆地涉及现实生活中的具体问题,描写"最新最崇高的主题"。著名文艺评论家德·桑克蒂斯写道:"帕利尼非祖国、自然、宗教和道德不写。他集爱国者、朋友、情人、艺术家、诗人和文学家的品质于一身,和谐融洽。代表了新文学的思想……。"他的诗学理论和文学观点可以用他自己的话来概括:"如果有人问诗歌是否有益处,对此,我回答说,诗歌不再像面包那样必不可少,也不像牛和驴那样有用(当时是农业经济,牛和驴还是重要的生产工具,所以在此用它们作比喻),但是,如果运用得好,诗歌还是能够有益于社会的……尽管我认为诗人写诗不是直接有益于人类,而是为了娱乐,为此我也深信诗人可以大大有益于读者"。

帕利尼是一位资产阶级诗人,但平民也认为他是自己的诗人,他的理想是好人都联合起来,共同反对富人和恶人的权势。他早年写的《关于贵族的对话》(Dialogo sulla nobiltà)主张人生来就是平等的,可以说是《一天》的前奏曲。关于平等,帕利尼有其独特的见解,认为"平等,不是把我降低到你们的水平,而是你们提高达到我的水平,……"。帕利尼为人民所崇敬,1899 年在他逝世 100 周年之际,政府曾在米兰修建纪念碑,以表彰这位杰出的诗人和文学家。

第十四节　阿尔菲耶里

阿尔菲耶里是与帕利尼齐名的伟大的文学家，擅长悲剧诗，作品中充满政治色彩，提出人类最好的财富就是自由，为获得自由任何牺牲都在所不惜。他先是共和派，看到法国资产阶级革命的过火行为后，转而倾向于英国式的君主立宪制。

阿尔菲耶里（Vittorio Alfieri，1749—1803）生于阿斯蒂的一个贵族家庭（有伯爵称号），他认为贵族血统加给他的义务多于权利，所以觉得童年生活并不幸福。他出生后不久，父亲便去世，跟一位修士接受早期教育，1758 年被叔父送进都灵军事学院学习，一直到 1766 年，他称这是“没有教养的 8 年”，“在驴的领导下，和驴在一起，过着驴一样的生活”，这期间他学习了阿里奥斯托、麦塔斯塔齐奥、哥尔多尼及一些法国作家的作品，最后以平平的成绩完成学业，毕业后获得旗手军阶。他的姓“阿尔菲耶里”意思就是“旗手”，似乎已预示了他的这一结局。但他讨厌戎马生涯，感到孤独忧郁，于是便不停地毫无目的地旅行，以解除心中的苦闷。先是周游意大利各地，后去英、法、德、荷、俄及斯堪的纳维亚各国，结果旅行也没给他带来愉快，反而更增加了痛苦与烦恼。在巴黎他感到不快，称巴黎是“泥泞之都”；也不喜欢柏林，几乎是逃出柏林，因为讨厌这座“普鲁士兵营”；在维也纳，看到麦塔斯塔齐奥“跪倒”在泰雷莎女王面前，便拒绝与他建立联系；在伦敦迷上一位贵夫人，还与其丈夫决斗，成为一桩丑闻；又来到巴黎，不愿结识卢梭。后经马德里来到里斯本，皮埃蒙特驻葡使馆的专员给他读圭迪的诗《走运》（Alla fortuna），他很受感动，觉得自己应该有所作为，应该成为一个诗人。最后回到都灵。

5 年的旅行使阿尔菲耶里长了见识、开了眼界、了解了世界和人生、也锻炼了意志。这期间他阅读研究了伏尔泰、孟德斯鸠、卢梭等启蒙主义者以及莎士比亚、塞万提斯等人的作品，接受了普卢塔克（罗马帝国时期的希腊作家）、蒙田（法国作家、怀疑论作家）和马基雅维里等人的思想影响，觉得自己很像游手好闲、醉生梦死的“年青绅士”，思想受到震动，开始对自己感到不满意。可是，回到都灵后，又堕入情网，从 1773 年至 1775 年他一直恋着加布里埃拉·图里奈里侯爵夫人，她忧郁多病，是个“悲伤的情人”。阿尔菲耶里爱上她并产生欲描写这一爱情的念头，这就是他创作悲剧《安东尼与克莱奥佩特拉》(Antonio e cleopatra)的原因。又与朋友们成立了一个文学团体组织，用法文写了一些“兼有理性和鲁莽的事物”，如《最后审判的梗概》(Esquisse du jugement universel，1773)，学习伏尔泰的形式和文体讽刺 18 世纪的社会生活。1774 年开始写《日记》(Giornali)，记述并剖析自己不平静的生活。同时着手写《安东尼与克莱奥佩特拉》，几经修改总不成功，他感到失望，觉得“要么发疯，要么自溺”。突然，“像闪电一样”来了灵感，他发现自己与侯爵夫人的爱情同安东尼与克莱奥佩特拉之间的爱情极为相似，于是结合自己的感受写作，最后终于完成这部著名悲剧。1775 年 1 月 16 日在都灵上演，一鸣惊人。作品充分显示了他的创作才能，特别是对安东尼的描写，写他是一位英雄、一个伟大的灵魂，蔑视邪恶、视死如归，最后获得自由和尊严。作品的成功鼓舞了他，使他专心致力于写作，决心通过戏剧与人民建立联系，献身于文学事业。从此，开始系统研究经典著作和意大利诗人的作品，发誓不再念或说法语。1776 年还前往托斯卡纳地区“为了学会用托斯卡纳语说话、听讲、思考和做梦，不再使用其他语言”。他去了比萨、锡耶纳，于 1777 年定居佛罗伦萨。他又爱上了路易莎·施托尔贝格，此女人 20 岁时与年已 52 岁的觊觎英国王位的卡尔洛·斯图亚特结婚。后来斯图亚特看到登基无望，“便借酒消愁”“总是醉醺醺的”（阿尔菲耶里语），年轻的夫人于 1780 年与丈夫分居，成了阿尔菲耶里的终身伴侣（情妇）。阿尔菲耶里为了使自己“非皮埃蒙特化”，摆脱撒丁国王的控制，于 1778 年将自己的财产送给姐妹们，与情妇一起来到罗马住了10个月，完成了14部悲剧的创作，1783年在锡耶那开始出版自己的悲剧作品。尔后开始了“诗的朝圣”，先后拜谒了但丁、彼特拉克和阿里奥斯托的陵墓，在米兰结识了帕利尼，然后到佛罗伦萨。骑马是他的一大爱好，曾专门去英国买马（一共买了14匹）。1784年施托尔贝格正式与丈夫离婚，与阿尔菲耶里去巴黎，一直住到法国大革命爆发。这期间，施托尔贝格的家是个著名的文艺沙龙，许多社会名流前去聚会，其中有斯塔尔夫人（法国作家，文艺理论家）、内克（路易十六时期的财政大臣和银行家）、谢尼埃兄弟（法国诗人、作家、法国革命的早期支持者）、博马舍以及意大利的平代蒙特（Ippolito Pindemonte，1753—1828，以翻译《奥德修记》著名）。阿尔菲耶里则专心于创作和出版自己的作品。法国革命爆发时，他写了《打倒巴士底狱后的巴黎》（Parigi sbastigliata）支持革命。但新政府的恐怖政策、“军事权势”、“蛮横无理”很快使他失望，他认为新政权与过去的君主制相差无几，于是于1792年8月18日逃出巴黎，9月3日来到佛罗伦萨，专心致力于研究和创作。1802年10月8日逝世。法国外交家和浪漫主义作家夏多布里昂叙述道：阿尔菲耶里死后入殓时，由于棺材短，想把他的头弯一下，但弯不动，似乎和他生前一样，高傲自大誓不低头。

阿尔菲耶里认为戏剧是直接宣传自己思想的最好工具，悲剧比其他形式更能表达自己的反抗与自由的思想。一生中共写了19部悲剧，其特点是剧中人物较少，主要是通过激动人心的对话或简短的独白来表现人物性格，让人物的激情合情合理地表露出来。很少使用回忆倒叙。剧中的主要人物通常在第二幕出现，但在第一幕已有交代，所以出现时观众并不觉得突然、陌生，第三幕剧情发展，第四幕的戏最重，作者在这里发表自己客观而严厉的评论，第五幕灾难降临，气氛紧张，情节较短。

他悲剧的主题大多是自由与暴政的斗争，歌颂自由人，赞扬自由人身上集中了各种优点：自豪、勇敢、忠诚，但忠诚最后总是使自己毁灭；鞭笞暴君，将他们刻划得入木三分，阴险狡诈，令人憎恨。

阿尔菲耶里的自由人形象与普卢塔克的人物相似。暴君形象使人联想起马基雅维里和塔西陀的人物。剧中的爱情故事不多，但也不乏多情美丽温柔的女子、母亲、妻子、女儿等形象。他的悲剧要唤起意大利人民对英雄的渴望和颂扬，他认为这是唤起人们觉悟的唯一方法。悲剧的主角都有作者的影子，表现作者的思想、激情和喜怒哀乐。他要打动观众的心，让他们去思考、提高。

阿尔菲耶里的悲剧都是以散文诗的形式写成（头几部以法文写成）。他的自由体11音节诗句缺乏音乐感，显得干巴生硬，但他为了追求高雅、简洁，仍故意用这种粗犷严厉的文体来激励观众，以唤起他们业已沉睡的争取自由的思想觉悟。他的悲剧遵守“三一律”。因为它能使情节发展迅速、简炼、集中，去掉了15世纪悲剧中合唱、信使一类累赘的东西。

19部悲剧按时间顺序依次是《腓力》(Filippo，1775)，描写西班牙暴君腓力与儿子卡尔洛之间的矛盾，儿子爱上了自己的继母，后被国王谋害，揭露了国王的残暴与冷酷，反映了暴政与自由思想之间的斗争。第二三部悲剧分别是《波里尼切》(Polinice)和《阿加梅诺内》(Agameunone)，第四部是《俄瑞斯忒》(Oreste)，它取材于希腊神话，俄瑞斯忒杀死多情的埃斯基托，气急败坏，不小心将自己母亲杀死。接下去是《维尔吉尼娅》(Virginia)，描写古罗马平民同暴君的冲突，赞美平民的力量。还有《疯人的密谋》(Congiunra de' pazzi)、《唐·加尔齐亚》(Don Garzia)、《玛利娅·斯图亚特》(Maria Stuarda)、《罗斯蒙达》(Rosmunda)、《奥塔维娅》(Ottavia)、《提摩莱奥内》(Timoleone)、《安提戈涅》(Antigone)。《梅罗帕》(Merope)是比较著名的悲剧，模仿马费伊的作品。《扫罗》(Saul，1782)取材于《圣经》，描写扫罗作为以色列国王被上帝抛弃，倍受恶人的折磨与迫害，最后在疆场上自杀身亡。作者在这里刻划的扫罗不再是一个暴君，实际是他自己的化身。这是一部复杂的悲剧，主要描写作者在不幸时刻的复杂心理，强调作者的个性和自由意志。接下去的是《阿吉德》(Agide)和《索福尼斯芭》(Sofonisba)。《弥拉》(Mirra，

1784—1787）也取材于神话故事，描写弥拉长期默默地对自己的生父产生了爱情，后来她吐露真情，随即自杀，这是阿尔菲耶里最美的悲剧之一，它不是乱伦欲望的戏剧，而是“疯狂”“无辜”的爱情悲剧。最后两部是《布鲁图斯一世》（Bruto primo）和《布鲁图斯二世》（Bruto secondo），塑造了为维护共和政体，反对专制暴政而大义灭亲的古罗马元老布鲁图斯的形象。除了上述 19 部悲剧外，他还写了《尔切斯特二世》（Alceste seconda）和一部半白半唱的《阿贝莱》（Abele），也都是悲剧作品。

阿尔菲耶里还写了不少政治内容的诗和散文，充分阐述自己的政治观点，不仅重申一般的哲学和感觉主义美学观点，还特别强调他反对暴政、争取绝对自由的思想，抒发强烈的个人感情。他的思想是启蒙主义的，感情是浪漫主义的。科学的进步、工业贸易的发展都不能使他感到欣慰，他认为经济繁荣使人口增加，如果不能“使死人增加”，繁荣也无益处。他认为人的真正价值在于强烈的感觉，“所有人，尤其是被奴役的人，他们的过错就是感觉太少”。他追求形象化的表现方式，而不是理性的表达方式。需要诗，不需要抽象的哲学。他反暴政的思想不是为了理论上的论战，而是自己坚定愿望的要求。但是，他自发地反对时代、反对命运，人们并不赞同，结果使自己陷于孤芳自赏的境地。

阿尔菲耶里最重要的政治作品是《论暴政》（Della tirannide，1771）。这是他“一气呵成”写就的讽刺论文，分为两部，第一部分析研究暴政及支持暴政的各种势力（贵族、军队、宗教等）；第二部叙述与暴政斗争以及战胜它的方法，要么自杀、要么隐居，要么杀死暴君。他指出杀死一个暴君不能铲除整个暴政。特别提醒人们那些接受启蒙思想愿意改革的暴君更危险，以此影射攻击当时的改革派。法国革命初期他表示支持和赞同，不久就转而反对和憎恨。他憎恨以前的君主和寡头，也憎恨法国革命后的新暴政。对美国革命他也是如此，先写了 4 首颂诗《自由的美洲》（America libera），第五首诗又对美国革命表示失望和反对，认为美国革命不是真正热爱自由，而是为了经济和物质上的要求。阿尔菲耶里要求个人自由，不受任何社会秩序的约束，他反对暴君，也反对和蔑视资产阶级和平民，他要的是绝对个人自由。

其他政治作品还有《普林尼致图拉真的颂词》(Panegirico di Plinio a Traiano，1785)，作者将自己比作普林尼，进谏罗马皇帝赐给罗马以共和制的自由。《关于陌生的美德》(Della virtù sconosciuta，1786)纪念刚刚故去的好友哥里，书中想像自己与哥里的影子对话，赞美他不宣扬自己美德的美德。1786 年他还完成了《论君主与文学》(Del principe e della letteratura)，说明君主、宫廷对文学的影响以及对文学发展的阻碍，认为文学艺术若依附于强权，只能起阿谀奉承的作用，应该给艺术家以绝对自由，以发挥他们的才能，造福于人民。文中热情地称赞文学，认为文学高于诗歌。

阿尔菲耶里还写了 4 部政治题材的喜剧，《一个》(L'uno)指集权君主政府，主人公是大流士，因为人民愚昧，教士们同意他当了波斯国王。《少数》(I pocchi)指贵族寡头政府，写格拉古兄弟不是人民的保卫者，而是统治人民的野心家。《太多》(I troppi)指民主政府，写希腊杰出的自由辩论家狄摩西尼抵不住王权的魅力和威严。《三毒俱全，你将有解毒药》(Tre veleni rimasta，avrai l'antidoto)或称《解毒药》指英国式立宪政府，以比喻来说明英国和威尼斯的立宪制度比君主制、贵族制和民主制优越。有关道德题材的喜剧有《小窗》(Finestrina)，题目取自一句俗语：欲要知道人们的内心活动，须在胸部开个小窗向里窥视。该剧说明通过心灵的小窗，可以看到穷人也可能变成伟大的人物。另一部喜剧《离婚》(Divorzio)讽刺只追求私利的婚姻，剧中的婚约包括许多使妻子得以摆脱丈夫控制的条款，所以表面上的结婚成为实际上的离婚，剧中第五幕主要是读这个婚约，是该剧最精彩的场面。

《憎恶高卢》(Misogallo)是阿尔菲耶里 1793—1799 年间写的诗作，内容攻击法国资产阶级革命，祝愿意大利将来能为全世界树立真正自由的榜样，指出了意大利的未来，体现了意大利的民族感情，成为意大利民族复兴运动的先导。作品的文体杂乱无章，有长诗、短诗、十四行诗，还有散文，统统用来发泄对法国的不满和怨恨，反映了他思想的反复和倒退。由于社会地位和历史条件的局限，他也不可能正确理解法国革命的真正意义和伟大贡献。

阿尔菲耶里一生还创作了 17 首讽刺诗，从 1786 年开始写，中断几年，又从 1793 年写到 1797 年，全部用三行连环韵体诗写成，包括《众国王》(I re)、《大人物》(Grandi)、《法律》(Leggi)、《教育》(Educazione)、《贸易》(Commercio)、《平民》(Plebe)、《大平民》(Sesquiplebe)、《反宗教》(L'antireligioneria)、《慈善》(La filantropineria)、《欺诈》(Imposture)、《决斗》(Duello)、《女人们》(Le donne)、《学究们》(I pedanti)等。另外，他的抒情诗(约 300 首)主要是十四行诗，深受彼特拉克的影响，从内容到形象主要是赞美自己的情人，充满深情与温柔。也有些诗歌表达自己的忧郁与孤独以及对腐朽社会的不满。

阿尔菲耶里写的自传《阿尔菲耶里自叙的生平》(Vita di vittorio Alfieri scritta da esso)也很有名，可与哥尔多尼的《回忆录》(Memorie)和卢梭的《忏悔录》(Confessioni)比美。从 1790 年在巴黎开始写，全书分为 4 个时期：童年、少年、青年和成年，最后一章的日期是 1803 年 5 月 14 日，在序言中，他说要通过他自己来分析研究"一般人"，实际上是表现他自己。每当他找不到适当的词语来表达时，便使用一个新词——"阿尔菲耶里主义"来说明一切。

阿尔菲耶里主要成就在于悲剧，吸收启蒙思想，政治热情饱满，对民族复兴运动产生了有益的影响。

第三章　19 世纪文学

18 世纪末至 19 世纪前 15 年，拿破仑帝国的军队入侵意大利，给意大利造成深重灾难。国家的分裂和外敌的入侵使意大利人民更加感到需要一个统一的意大利。因此，更加向往以前的文化思想，希望有一个能适应意大利现实要求的新文化，从而，产生了对启蒙主义思想和法国革命学说的批判，人们又开始崇拜维柯、萨尔皮、马基雅维里等人的思想和学说，学校报刊大力宣传要认识意大利过去的光荣，恢复意大利过去的传统。一些出版公司也竞相收集和出版意大利在思想和文艺方面的著作，如在 1803 年出版了《意大利政治经济学古典主义作家》(Scrittori classici italiani di economia politica)，1804—1814 年在米兰完成《意大利古典作家丛书》(Biblioteca de' classici italiani)，共 250 卷。

这一新思潮的中心是米兰，这里云集了各地的诗人、作家、哲学家、科学家、政治家和思想家，1799 年反对波旁王朝失败的那不勒斯流亡者也来到米兰，并在这一新文化思潮中起了重要作用。比较著名的有洛莫纳科(Francesco Lomonaco，1772—1810)，他是福斯科洛和曼佐尼青年时代的朋友和老师、帕维亚大学教授，撰写了第一篇声讨波旁王朝的檄文《致卡尔诺市民的报告》(Rapporto al cittadino Carnot，1800)，第一次肯定了意大利统一的理想。另外，他还写了《意大利名人传》(Vite degli eccelenti Italiani，1802)、《意大利著名军政首领传》(Vite dei famosi capitani d' Italia，1804—1805)及一些哲学著作，如《文学和哲学讲话》(1809)和《感觉之分析》(1801)。影响更大的还有库欧科(Vincenzo Cuoco，1770—1823)，他 17 岁在那不勒斯学习法律和经济，接受马基雅维里和维柯的思想，1799 年积极参加反对波旁王朝的革命运动，被捕入狱，后流亡法国。1800 年来到米兰，曾主持过《意大利日报》(Giornale

Italiano)。缪拉(Gioacchino Murat)担任那不勒斯国王时,他又回到那不勒斯担任要职,向国王建议进行学校改革。他学的是法律和经济,但国家的命运和他流亡的遭遇使他后来成为史学家和散文家,1801 年在米兰发表《1799 年那不勒斯革命史论》(Saggio Storico sulla rivoluzione napoletana del 1799),这部史书叙述了他亲自经历的事件,深刻地分析了那不勒斯革命和法国革命失败的原因。他认为,法国革命者失败的原因在于过分相信一般理论,缺乏对自然和历史的了解和分析,将自己的思想与自然规律混为一谈;对于那不勒斯革命,他认为失败是理所当然的,因为这场革命是由外部输入的,是少数爱国者强加给人民的,人民是被动参加革命的,这些革命者不了解当地的具体情况,盲目地模仿外国模式,没有将知识界的进步思想与人民群众的实际要求结合起来。他指出"爱国者的观点与人民的观点是不同的","他们的思想不同、习惯不同、甚至语言也不同","没有人民参加,是不能进行革命的,人民不是为了情理,而是基于需要才起来革命的"。这一论断对后来的民族复兴运动具有指导意义。库欧科坚信没有意大利的独立,就没有欧洲的平衡。他在谴责法国入侵时,也承认拿破仑在意大利建立了法制和秩序,在政治、经济上实行某些改革,打击了封建势力,促进了资本主义的发展,给长期处于被奴役状态的军事机构带来了新的生机;在社会、经济生活的改革中,能尊重人民的感情、宗教信仰和风俗习惯。1804—1806 年间,他创办并主持《意大利日报》,发表了许多文章来阐述自己的观点。他还写了一部历史哲理小说《柏拉图在意大利》(Platone in Italia,1804—1806),共 3 卷。通过虚构的柏拉图游历意大利南方的故事,再现维柯的形象,颂扬意大利的哲学、艺术、政治和文明的辉煌。

比起上述南方作家,意大利北方作家对新思潮的影响不及他们。米兰作家焦亚(Melchiorre Gioia,1767—1829)生于皮亚琴察,拿破仑占领米兰时,他是一位积极的记者,虽担任一些公职,但因政治思想分岐也受人反对。他主要从事经济研究,写了一些历史评论文章，主要的有《新处世手册》(Nuovo Galateo)、《论自由政府的哪个问题有利于意大利的幸福》(Dissertazione sul problema quale dei governi liberi convenga alla felicità d'Italia，1797)。罗马尼奥西(Giandomenico Romagnosi，1761—1835)是著名法学家，深得法国人的赏识，奥地利击败拿破仑卷土重来，恢复在意大利的统治后，他被投进监牢，还被剥夺教书和当律师的权利。他的著作有《刑法起源》(Genesi del diritto penale)和《公法研究序论》(Introduzione allo studio del diritto pubblico)等。他们二人深受18世纪思想的影响，也接受了法国百科全书派的思想，主张自由、平等，因而遭到迫害和监禁。

法国资产阶级革命对意大利产生了深刻的政治、思想影响，进一步激发了意大利人民的民族精神和民主、自由思想。1805年拿破仑兼意大利国王，拿破仑失败后，奥地利统治意大利，各地君主实现封建复辟。在异族统治和封建压迫下，意大利人民的革命情绪和民族意识不断加强，争取民族独立、统一和自由的民族复兴运动蓬勃兴起。意大利文化随着社会发展和历史进程的步伐也迈入了一个新阶段。

第一节　新古典主义和语言纯洁主义

19世纪初，意大利文化逐渐向新古典主义过渡。在欧洲针对巴洛克和洛可可后期极端风格，新古典主义代表一种复古潮流，并标志了一种新的文学流派和哲学观念。巴洛克风格是专制主义的风格，因此，新古典主义从某种程度上说，与启蒙主义和理性时代相适应，体现了通过采纳古典形式重新建立理性和秩序的愿望。杰出的新古典主义雕塑家有意大利的卡诺瓦，文学家有福斯科洛、蒙蒂、焦尔达尼等。德国建筑师温克尔曼(Johann Winckelmann)对艺术上新古典主义的兴起起了重要作用。他早年学习希腊语，读荷马诗，受希腊文化影响极深。他在名作《希腊绘画雕塑沉思录》中称："欲成伟人巨子，唯有师法希腊"。后来艺术、教育皆奉希腊为楷模。这篇文章起了宣言书的作用。温克尔曼后来到罗马，担任梵蒂冈图书馆馆长、文物总管。他的意大利信徒有朗齐、维斯孔蒂、米里恰、阿尔特阿加等人。文学上，人们崇尚荷马、莎士比亚、莪相、卢梭等人的作品。新古典主义类似于前浪漫主义，除了注重形式外，还尽一切可能丰富和革新诗歌的内容。明确地说，新古典主义就是以古典美的形式表现新的内容。这也是法国著名诗人谢尼埃(André Chénier)下的定义。这一观点与福斯科洛、蒙蒂和平代蒙泰等人一致。新古典主义对意大利文学的影响深远，甚至影响到后来的莱奥帕尔迪、卡尔杜齐和邓南遮。

在文学技巧和语言运用方面，新古典主义反对18世纪下半叶一些散文家的拙劣手法，提倡语言应符合传统，既要有欧洲的现代特点，更要有意大利特色。这样，在意大利又一次爆发了关于语言问题的争论。反对韦里和切萨罗蒂等人过分夸张和使用混乱的现象，支持纳皮奥内等人较温和的观点。维罗纳修士切萨里(Antonio Cesari，1760—1828)在《论意大利语现状》(Dissertazione Sopra lo stato presente della lingua italiana，1809)和《美惠三女神》(Le Grazie，1813)中主张恢复14世纪语言的纯朴和纯洁，他认为这种语言也适于表现现时生活。他还著文论述《但丁的美》(Bellezze di Dante，1824—1826)，通过分析《神曲》的文体来说明自己的观点。他组织出版以前的经典著作，修订再版《克鲁斯卡词典》(1806—1811)。另外，他还写了许多宗教题材的作品，如《耶稣传》(Vita di Gesù，1817)和《宗教史之花》(Fiore di storia ecclesiastica，1828)及介绍贺拉斯、西塞罗等人的文章。步切萨里的后尘，"语言纯洁派"(一直存在到本世纪末)也开始行动，他们一方面参加论战，维护语言和文化的意大利特点，另一方面进行文学实践和文献研究，修订出版以前的作品。意大利各地都有人参加这些活动，如北方的科隆博(Michele Colombo，1747—1838)，那不勒斯人普奥蒂(Basilio Puoti，

1782—1847）。他是评论家德·桑克蒂斯的老师。卢卡人福尔纳恰里（Luigi Fornaciari），编纂出版了文集《优秀作品范例》（Esempi di bello scrivere）流传很广，特别是在学校里很受欢迎。

由蒙蒂及其合作者领导开展的有关文学语言质量和限制的论战中，对古典主义的态度比较灵活、宽容。这一论战的双方是克鲁斯卡学会（1811年由拿破仑重建）和米兰学院。蒙蒂及其追随者在某些方面同意纯洁派的观点，如反对18世纪语言的腐败现象，但不同意这样的观点：意大利在帕利尼和阿尔菲耶里之后，还应再一次将语言限制在只使用14世纪佛罗伦萨方言的范围内。他们同意切萨罗蒂的观点，认为语言随着生活、文化的进步而发生变化，会变得越来越丰富，所以，使用的语言应是意大利语，而不是佛罗伦萨方言，因为14世纪以后，意大利语言继承传统，不断发展，变得更加丰富成熟，完全可能表达新思想、新生活和新风格。

蒙蒂派的代表人物有佩尔蒂卡里（Giulio Perticari，1779—1822），他是蒙蒂的女婿，发表著名的《关于修改和补充克鲁斯卡词汇的几点建议》（Proposta di alcune correzioni ed aggiunte al vocabolario di Crusca，1817—1826）共7卷。他反对纯洁派的学究气，也反对18世纪一些散文家滥用语言，他主张健康地有教养地使用语言，既不破坏传统，又能从内部革新语言，谨慎地机智地丰富语言。他还写了论著《论14世纪作家及其模仿者》（Degli scrittori del Trecento e de' loro imitatori，1818）和杂文《论但丁及其通俗语言著作的爱国心》（Dell'amore patrio di Dante e del suo libro intorno il Volgare Eloquio，1820），指出但丁在某种程度上也轻视托斯卡纳俗语，但不憎恨佛罗伦萨。作品的材料丰富，论据充分，令人信服，思想新颖，可算是新古典主义的论文佳作。

在谈论语言问题争论时，不应忘记高尚的民族感，它超越两派的对立观点。纯洁派呼唤意大利文化，寻根溯源，主张回到原来的原则；蒙蒂派强调意大利民族的语言统一，文化艺术统一。一方面，两派都或多或少强调文化和现代思想，蒙蒂派公开宣布接受欧洲文学和新思想的成就；纯洁派赞扬14世纪作家的魅力和纯朴。另一方面，双方都强调形式的古典化。切萨里、普奥蒂等纯洁派在14世纪的作品中寻找语言材料的纯洁与丰富，但在文体上，在句子结构上，在艺术上，仍喜欢遵循16世纪散文的模式；蒙蒂派接受18世纪的语言理论，强烈反对过分大胆地使用语言。根据上述不同的观点，就能看到19世纪初期，意大利文学有多种表现形式：有焦尔达尼、波塔、考莱塔的艺术散文，有蒙蒂及其追随者的诗歌（可以说是新古典主义的镜子）以及福斯科洛的作品。

散文家和文体学家焦尔达尼（Pietro Giordani，1774—1848），生于皮亚琴察，属于语言纯洁派，忠实于意大利文化传统，但其政治态度却是非常崇拜拿破仑，是拿破仑在意大利统治时期的忠实合作者。1807年写了《拿破仑颂》（Panegirico di Napoleone）。拿破仑失败，奥地利重新统治意大利后，他宣称自己是奥地利的敌人，因此不断受到打击和迫害，被监禁和流放，最后定居在佛罗伦萨，参加《文集》（Antologia）集团，他具有自由思想和爱国热情，尤其是忠于意大利的艺术和语言传统，如果他没写《拿破仑颂》吹捧法国统治者，他的形象会好一些。他是现代古典主义的鼓吹者，尤其研究文体，写了《写作艺术指导》（Istruzione per l'arte dello scrivere，1821），还有美学方面的文章《关于语言和图画艺术的真实》（Sul vero nelle arti della parola e del disegno，1837）。焦尔达尼是个善于思考的人，愿与人交往，尤其是与年轻人交往，对下层人和被压迫者有同情心，他写了《致一位意大利青年》（A un giovane Italiano）。他写了不少赞扬的文章，除了《拿破仑颂》外，还有《卡诺瓦颂》（Panegirico ad Antonio Canova）、《焦尔吉颂》（Elogio della Maria Giorgi）、《达尔·托佐颂》（Elogio di Pompeo Dal Toso）等。在文学领域，他可算是个反浪漫主义者，是他将斯塔尔夫人的名作《论激情对个人及民族幸福的影响》（欧洲浪漫主义的重要文献之一）译成意大利文，并立即在《意大利丛书》（Biblioteca italiana）杂志上对她进行批驳。他还发表了一些讲话、信札和碑文。他的文体严谨优雅，但不乏矫揉造作。他欣赏蒙蒂，讨厌福斯科洛。他与莱奥帕尔迪关系甚笃，对莱奥帕尔迪影响很大。他的文学批评注重词藻和外表形式。

意大利在受到外族统治的时期，人们更怀念和赞扬自己国家过去的功绩和荣耀，因而在新古典主义时期出现了不少历史题材的优秀散文。如文学家、医生、旅行家帕皮（Lazzaro Papi，1763—1834）的《关于东印度的信札》（Lettere sulle Indie orientali）、《评法国革命》（Commentarii della rivoluzione francese）。博塔（Carlo Botta，1766—1837）出生在都灵附近，是位职业医生，也是 19 世纪前期最多产的文学家、史学家。1786 年在都灵大学医科毕业，早年受法国革命思想的影响，积极投身政治，1794 年因给法国人提供情报而被捕，次年前往法国，以后一直为法国人服务，1815 年加入法国国籍，1796—1798 年参加法国军事远征队，在拿破仑远征意大利和科孚岛时任随军医师。他在法国倍受重用，在巴黎被选为议员，1808 年当选为法国下院副议长，后来担任南锡学院和鲁昂学院院长。主要作品有《美利坚合众国独立战争史》（Storia della guerra dell'indipendenza degli Stati Uniti d'America，1809）、《科孚岛自然和医学史》（Storia naturale e medica dell' isola di Corfù）。另外，他撰写《1789—1814 年意大利史》（Storia d'Italia dal 1789 al 1814），认为法国革命对意大利来说是一场混乱和退步。他还写了《1534—1789 年自圭恰尔迪尼史书以来的意大利史》（Storia d'Italia conti-nuata da quella del Guicciardini，dal 1534 al 1789），极力赞扬意大利传统，尤其崇尚威尼斯共和国，仇视教皇国。另外，他对意大利语也深有研究，属语言纯洁派，所以他的第一部史学作品曾受到克鲁斯卡学会的赞扬。他写作的理想远不像焦尔达尼那样明确和持之以恒，更具学究气和武断性。写作手法较粗糙，在形式和想像之间给人一种脱节的感觉。

那不勒斯作家考莱塔（Pietro Colletta，1775—1831）是一位手法细腻、讲究，思想时新的作家、史学家。曾是军官，为那不勒斯共和国战斗过，革命失败后被监禁，但被奇迹般地解救出来。后来的波拿巴国王和缪拉国王都很器重他，让他处理棘手的军事问题，镇压叛乱活动，他曾担任工兵主任。波旁王朝在那不勒斯复辟后，他被流放到的里雅斯特和布吕恩。后来他流亡到佛罗伦萨，结识了许多名人，写了著名的《1734—1825 年那不勒斯王国史》(Storia del Reame di Napoli dal 1734 al 1825)，共 10 卷，其中第 4 卷和第 5 卷描述那不勒斯共和国之后的血腥镇压情况，写的最为成功。他接受焦尔达尼、尼科利尼、莱奥帕尔迪等人的建议和指点，注意在文体上下功夫，所以文章写得简洁明快、深刻生动。如果说博塔的思想抽象空泛，那么考莱塔的思想则是具体热情，他写自己的故乡，写自己故乡的人民，写得自由流畅、生动感人。库欧科也写过关于那不勒斯王国的史书，但他俩的格调和形式都大相径庭，库欧科追求的是明了，研究的目的是判断，而考莱塔认为对过去事物的判断不过是激励和规劝未来行动的工具；以库欧科看来，智慧主宰一切，而考莱塔则认为激情运用智慧这个武器使自己的论点更具说服力。他们二人比较起来，库欧科更哲学些，考莱塔更雄辩些。

第二节　蒙蒂及蒙蒂派作家

19 世纪前期，最有影响的新古典主义诗人当推蒙蒂(Vincenzo Monti，1754—1828)，他早年在法恩扎神学院接受教育，后在费拉拉大学攻读法律和医学，在学习期间已显示出他的写诗才华，1775 年参加阿卡迪亚学会，模仿麦塔斯塔齐奥写短诗，模仿卡西阿尼写十四行诗。1778 年前往罗马，在蒂沃里附近发现古代雅典伟大的政治家伯里克利的胸像时，他创作了《伯里克利的傲慢》(Prosopopea di Pericle，1779)表示祝贺，该诗的最后高度赞扬教皇庇护六世。1781 年成为教皇侄子布拉斯基公爵的秘书，直到 1797 年。这段时间里他的文化修养有极大提高。他在教廷时期的作品充满了对教皇的颂扬之词。庇护六世教皇出访维也纳时，他写了《教皇朝圣》(Il pellegrino apostolico，1782)；气球第一次升天飞行时，他写了《致蒙戈费埃尔先生》(Al signore di Montgolfier，1784)称颂发明者；他读了歌德的《少年维特之烦恼》深受感动，写了《献给西吉斯蒙多·齐基的无韵诗》(Sciolti a Sigismondo Chigi)和《情思》(Pensieri d'amore，1783)；为庆贺布拉斯基的婚礼他写了《宇宙的美》(La bellezza dell'universo，1781)歌颂自然的创造力。当得知法国公使馆秘书巴士维尔在教皇统治下的罗马被杀时，用梦幻文学的形式，写了《巴士维尔之死》(Basvilliana，1793)，代表保皇派和天主教徒的感情，谴责法国革命的过火行为，告诫人们注意法国革命带来的危险。1797 年 3 月初，他受新思想的影响，逃离罗马，先到博洛尼亚，后来到米兰(当时是阿尔卑斯山南共和国首都)。拿破仑势如破竹的胜利改变了民众的思想，蒙蒂的思想也急剧转变，成为具有民主思想和雅各宾思想的诗人，极力抨击教廷，为征服者拿破仑大唱赞歌，直至否定自己以前的作品。这时他写《普罗米修斯》(Prometeo，1797)歌颂拿破仑的胜利，写《盲信》(Il fanatismo)、《迷信》(La superstizione)、《危险》(Il pericolo)三部曲攻击天主教反动分子和保皇派的外交阴谋，亵渎十字架，要求自由架。他甚至为米兰的斯卡拉剧院写了“康塔塔”(大合唱)庆祝处死法王路易十六的周年纪念(1797)，这差不多是公开收回他在 1793 年写《巴士维尔之死》中所表现出的观点。他在政治上如此摇摆不定，受到人们的蔑视。1799 年奥地利击败拿破仑部队又重新统治意大利，阿尔卑斯山南共和国灭亡，蒙蒂逃到巴黎。在这里，他总结自己的经历，研究群众的新思想，开始讨厌雅各宾派的独断独行，向往自由。这期间他翻译了伏尔泰的《奥尔良少女》(Pulcella d'Orléans)。马伦戈战役中拿破仑战胜奥地利部队，1801 年他又返回意大利，写了《争取解放意大利》(Per la liberazione d'Italia)，是他最优美的抒情诗之一。诗中表现出强烈的爱国热情，但又颂扬拿破仑。拿破仑因此发现了他，委任他为帕维亚大学教授(1802)，后被召到米兰，任文学美术局长，从这时起，他成为拿破仑制度的官方诗人，由一个普通市民变成宫廷侍臣。又写了不少抒情诗，有的庆贺里昂的群众集会(1802)，有的祝贺意大利女总督分娩(1807)；为祝贺拿破仑与玛丽娅·路易佳的婚礼，写了《克里特男女神之结合》(La Jerogamia di Creta，1810)；为祝贺罗马国王的诞生写了《阿尔维索波里的帕纳克利迪阿尔卑斯山》(Le Alpi panacridi in Alvisopoli，1811)。另外，他还创作一些历史事件的作品，如《塞尔瓦·奈拉的游吟诗人》(Bardo della Selva Nera)、《腓特烈二世之剑》(Spada di Federico Ⅱ，1806)歌颂拿破仑在德国的胜利，《政治新生》(Palingenesi politica，1809)纪念西班牙的战争。1815 年拿破仑战败，奥地利又占领意大利，蒙蒂的处境变得很惨，被解除了所有职务，取消了一切薪俸。惯于随风倒的蒙蒂转而为奥地利人歌功颂德，写《神秘的敬意》(Mistico omaggio，1815)、《正义女神的归来》(Ritorno d'Astrea，1816)等颂诗来讨好奥地利人，但奥地利政府对他的颂扬不感兴趣。他的晚年完全致力于语言问题的研究，参加新古典主义与浪漫主义的论战，宣传维护古典主义诗歌的传统，成为新古典主义的主要代表。他与女婿佩尔蒂卡里合作发表了著名的《关于修订克鲁斯卡词典的建议》(Proposta di alcune correzioni ed aggiunte al vocabolario della Crusca，1818)。1822 年他的女婿、学术上的战友佩尔蒂卡里逝世，使他倍受刺激，特别是死者的亲属和朋友又对遗孀(蒙蒂的女儿)进行诬蔑攻击，更使他痛苦万分，加上年老多病，1826 年瘫痪，仍坚持写作，1828 年 10 月 13 日在米兰逝世。

蒙蒂是一位伟大的诗人，莱奥帕尔迪将他与帕利尼相提并论，称他们是“诗人，更是判断细微的文学家”。他的创作特点是外向的、寻求好看好听的事物，这就要求有优美的描写和有趣和谐的情节，他这方面的才华为许多人所称颂。

蒙蒂主要创作抒情诗，青年时代写的《挽歌》(Elegie)和《情思》等充满了伤感失望的情调，这是受了《少年维特之烦恼》的影响。他的萨福体诗歌《一位孤独者对一位市民的邀请》(Invito di un solitario ad un cittadino）攻击法国的暴行。在法国资产阶级革命和拿破仑帝国期间所写的诗比较浮夸生硬，不甚成功。后来写的诗主要是颂扬拿破仑的。他成功的叙事诗是《巴士维尔之死》，巴士维尔是法国驻那不勒斯公使馆的秘书，到罗马去宣传法国革命思想，于1793年被人杀害，由于教皇的保护，死者的妻子和儿子幸免于难。蒙蒂是巴士维尔的朋友，赋诗哀悼，在诗中他以天主教徒的情感想像巴士维尔会被上帝宽恕，但必须在天使的引导下进行苦修、认识和批判法国革命的缺点和谬误。蒙蒂以此对法国革命进行抨击。这是一部3行连环韵体诗歌，类似但丁的《神曲》。

在罗马，他写了包括3歌的《普罗米修斯》，描写普罗米修斯游历人间，歌颂人类的光荣，这时的蒙蒂已转向支持法国，为拿破仑大唱赞歌。

在巴黎，他写的《马斯恺罗尼之死》也是吹捧拿破仑的诗文，形式是但丁式的3行连环韵体诗。内容是描写世人哀悼数学家、诗人马斯恺罗尼的逝世，死者升天，受到天上诸神的热烈欢迎，死者寻找自己在人间时的好友，遇到法国数学家波尔达，后来又认出诗人帕利尼，波尔达向马斯恺罗尼说明由于拿破仑的功绩，意大利已经得救、恢复了自由、和平与正义……

《塞尔瓦·奈拉的游吟诗人》是包括7首歌的历史故事诗，其中很多是以拿破仑喜爱的莪相诗体写成的。描写在乌尔玛投降前夜，受伤的法国士兵特力吉被一位游吟诗人及其女儿收留，在他养伤期间，向他们讲述自己的身世，讲他参加由拿破仑领导的第一次意法战争和远征埃及的经历，述说雾月政变，攻击法国革命和恐怖时期，谈他跟随拿破仑第二次来到意大利时，在家乡看到自己的家被毁，在废墟中发现自己的母亲，老人见到儿子后幸福地死去。诗中痛斥奥地利、俄国和英国，颂扬拿破仑，把“美丽的意大利”说成是“拿破仑的俾女”。这是蒙蒂的诗歌中最具阿谀奉承味的一篇。

蒙蒂还写了几个剧本。1787年在罗马上演他的《阿里斯托代莫》（Aristodemo），内容是麦西尼（希腊伯罗奔尼撒半岛的一古城）

国王阿里斯托代莫为了王国的利益杀死自己的女儿，然后自杀。剧中描写国王的心绪不宁、焦急发狂使人联想起阿尔菲耶里的悲剧《扫罗》。1800年他在巴黎完成了《盖约·格拉古》(Caio Gracco)，描写古罗马保民官格拉古爱护平民，却被平民抛弃，最后自杀身亡。这是一个激动人心的剧本，剧中格拉古向平民发表的演说慷慨激昂、感人肺腑。1804年米兰的斯卡拉剧院上演了他的《忒修斯》(Teseo)，描写忒修斯不在雅典时，国内发生叛乱，他归来后又给雅典带来了和平与自由。这是暗指拿破仑拯救了意大利。

蒙蒂的译作也很有名，前面提到他翻译了伏尔泰的《奥尔良少女》，另一部译作是《伊利昂记》(1810)，大部分是根据拉丁文本和切萨罗蒂的散文转译的，他以完美的无韵诗形式，溶入现代特点，再现了荷马史诗的英雄业绩。这部译作不完全忠实于原文，但至今仍是新古典主义时期的重要作品之一。

蒙蒂最伟大的散文作品是1818年出版的《关于修订克鲁斯卡词典的建议》，该文具有强烈的论战性，克鲁斯卡学会顽固坚持意大利语必须以托斯卡纳方言为主，而米兰的国家学院则主张吸收意大利半岛各地语言的优点来完善意大利语，蒙蒂支持国家学院的观点，反对克鲁斯卡学会，反对语言纯洁派，他认为由但丁在《论俗语》(De Vulgari eloquentia)中所确定的意大利语根本不是平民的语言，现在还号召人们使用几个世纪以前的语言，岂不荒唐可笑！这部散文的语言诙谐有力，令人信服。

蒙蒂的声望大，他作为诗人的声望甚至超过他实际的功绩。在他逝世前几年，莱奥帕尔迪在《杂录本》(Zibaldone)中对他的评价令人回味，他说：蒙蒂“确实是一位靠耳朵和想像写作的诗人，一点儿也不是靠心写作的诗人”，他的作品“拼凑了”从古典作品学来的思想和句子，在感情方面，他的情绪“是干巴巴的”，“一切属于灵魂、激情、友爱、冲动一类的东西他都缺乏”，最后的结论是，他“不是诗人，而是一位杰出的翻译家，如果说他从拉丁人和希腊人那里得到益处的话，如果说他从意大利人(比如但丁)那里得到益处的话，他就是一位精明细腻的旧文体和旧语言的革新者”。

不管怎样评价蒙蒂，他在意大利文学史中占有重要地位，这一点是谁也抹煞不了的。

新古典主义时期另一位著名诗人和散文家是平代蒙泰（Ippolito Pindemonte，1753—1828）。他出生在维罗纳市的一个贵族家庭，曾在摩德纳一所大学接受教育。他年青时就到处旅行，到过佛罗伦萨、罗马、那不勒斯、西西里、马耳他等地，旅行中结识了蒙蒂和阿尔菲耶里等著名作家，后来因病返回维罗纳，发表了《田园诗集》（Poesie campestri，1788）和《田园散文集》（Prose campestri，1794）。这些作品水平不低，但大都是模仿和抄袭蒲伯、柯林斯、格雷、博恩斯等英国诗人的作品。后来他又开始第二次旅行，到过萨沃依、瑞士、巴黎（在这里再次遇见阿尔菲耶里）、伦敦、柏林、维也纳等地。返回意大利后，发表了《诗体书信集》（Epistole in versi，1805），叙述他面对法国革命时的惊慌失措和对意大利传统的眷恋。他写的悲剧《阿米尼乌斯》（Arminio，1804 年上演），歌颂日尔曼民族英雄。另外，他还写了一些论述道德的书信和布道文。

平代蒙泰接受贝尔托拉、维托莱里、切萨罗蒂等人的教育，从他们那里学到前浪漫主义观点。他接受的贵族教育，长时期旅行以及大量阅读外国（尤其是英国）诗人的作品，使他善于想像、喜爱平静的自然景色，长于思考和凝思。《田园诗集》就是写他对大自然的感受，太阳落山时宁静、广阔的田野，平静的小屋，简陋的草房，简直是一幅风景画。在《田园散文集》中，又描写农村的景色；清晨时的鸟鸣伴随着干草的芳香，构成一种“怪诞的”和谐。他这种对大自然的崇拜正是浪漫派所喜欢的。

平代蒙泰的译作有《奥德修记》，1805 年开始翻译，1819 年完成，1822 年发表。与蒙蒂翻译的《伊利昂记》比较，他的译文更忠实于原文，但语言比较死板。

蒙蒂派的诗人兼翻译家有阿里奇（Cesare Arici，1782—1836），是一位八面玲珑的人物，在法国统治时得宠，在奥地利统治时也得势。1805年写了训世诗《橄揽树种植》(Coltivazione degli olivi),以后又写了《珊瑚》(Corallo,1810)、《放牧》(Pastorizia,1814)和《源泉》(Origini delle fonti,1833)。生前还留下来未完成的诗作《花》(I fiori)和《电》(L'elettricità)。他将维吉尔的全部作品译成11音节的无韵诗。蒙蒂和焦尔达尼欣赏阿里奇,但福斯科洛对他有褒有贬,说他的作品优美,写作自如,想像丰富,但又说他缺乏真正诗人应具备的"自然冲动"。

其他的作家还有帕南蒂(Filippo Pananti,1766—1837),一生游历了许多地方,有不少冒险经历,如他从英国返回意大利时,曾被海盗捕获过,但死里逃生。他擅长写诙谐英雄诗和讽刺诗,如《猫头鹰》(Civetta)和《圈套》(Paretaio)。他的主要作品是自传体的叙事诗(六言诗体)《剧院诗人》(Il poeta di teatro,1808),写他在伦敦担任意大利剧院诗人时的经历,其中有许多有趣的轶闻。这部诗作在格调上模仿帕塞罗尼的《西塞罗》,但他写的更自由潇洒,叙述半庄半谐、妙语连篇。另外,他还写了幽默幻想散文《阿尔及利亚游历报告》(Relazione di un viaggio in Algeria)和《讽刺短诗集》(Epigrammi)。

第三节　福斯科洛

19世纪初期,意大利文学已摆脱了过去的闭关自守状态,冲破狭隘的地区限制,开始与欧洲文化建立了广泛的、深刻的联系,从而能吸取欧洲其他国家的优秀经验和新思想,得以完善自己,发展自己。福斯科洛就是生活在这样一个时代里,他能接触到许多新思想、新技巧,能见识到前人见不到的事物,因而使他变得更充实,更丰富,视野更开阔。在国内,福斯科洛的思想当然也与同时代的蒙蒂、平代蒙泰等人有联系,就其文学流派来讲,他主要是受帕利尼和阿尔菲耶里的影响，尤其是受阿尔菲耶里的前期浪漫主义的影响更大，同时，他又将浪漫主义思想传给后来的莱奥帕尔迪，起了承上启下的桥梁作用。

福斯科洛(Ugo Foscolo，1776—1827)出生在希腊南面伊奥尼亚群岛中的占特岛，父亲是威尼斯人，母亲是希腊人。他原名叫尼科洛，但他喜欢用“乌戈”来签名，1797 年改此名。父亲是位医生，后移居到斯帕拉托，在这里，福斯科洛开始接受早期教育，父亲逝世后，于 1792 年回到威尼斯。他生来聪明伶俐，各方面都表现得早熟，很快就掌握了丰富的文化知识，知晓希腊和拉丁的古典作家，也熟悉意大利的古今思想家、哲学家和文学家的作品。很早就练习写作，模仿贝尔托拉、弗鲁戈尼、帕利尼等人写短诗和颂诗，受蒙蒂和英国诗人的影响写夜歌和挽歌。他崇拜阿尔菲耶里，依照他的风格写成了悲剧《食人者》(1793)，在威尼斯的圣·安杰洛剧院上演，获得极大成功，他因此而成名。由于受欧洲革命思想的影响，福斯科洛支持革命并积极参加争取祖国独立的活动，这引起威尼斯政府的怀疑，他于 1797 年逃到博洛尼亚，在那里创作了颂歌《致解放者波拿巴》(A Buonaparte liberatore)表达对拿破仑的期望，并自愿加入骑兵，得中尉军衔。威尼斯恢复民主制度后，他又返回威尼斯，担任市政府秘书，积极工作。1797 年 10 月 17 日，拿破仑军队战胜奥地利，签订了坎波福尔米奥条约。根据条约，拿破仑扩大了自己的势力，却把威尼斯等地划归奥地利，这使福斯科洛大失所望，遂对拿破仑产生怨恨，成为帕利尼“反对法国”思想的继承人。他来到米兰，结识了帕利尼，又与蒙蒂等人建立了友谊，积极从事新闻活动，主编《意大利箴言报》(Monitore italiano)，宣传意大利的尊严、支持意大利的独立，反对在意大利学校中取消讲授拉丁语。后来该杂志被取缔，他来到博洛尼亚，担任刑事法庭职员，与此同时，开始创作小说《雅科波·奥尔蒂斯的最后书简》(Ultime lettere d'Jacopo Ortis)叙述自己青年时代的经历。当奥地利和俄国联军入侵意大利时，他又投笔从戎，任国民卫队中尉，在罗马涅地区英勇作战。在一次战斗中，腿部受伤被俘，在法国将军雅克·麦克唐纳（1765—1840）的帮助下被释放，来到被围困的热那亚，参加了由法国将军马塞纳（1758—1817）指挥的热那亚保卫战。这时候，他既是战士，又是诗人，又发表颂扬拿破仑的诗文，但附上一封信谴责拿破仑将威尼斯划归奥地利，并告诫他不要被君主梦冲昏了头脑。热那亚陷落后，他回到米兰，在参谋部任职，经常去伦巴第、埃米利亚和托斯卡纳等地出差。在佛罗伦萨他爱上了伊萨贝拉·隆乔尼小姐，为了描写这段爱情，他继续写《雅科波·奥尔蒂斯的最后书简》，并于1802年完成。这部小说敌视拿破仑和法国人，所以其结果并不美妙，福斯科洛因此而自暴自弃，整天打牌挥霍、沉湎于酒色之中。他忘记了佛罗伦萨的隆乔尼小姐，又恋上了阿雷泽伯爵夫人，写《致康复的女友》（All'amica risanata）赞美她。1798—1803年他发表12首十四行诗和两首颂歌，这些作品在形式上仍受古希腊和罗马抒情诗的影响，但在内容上，无论是描写爱情和理想的美，还是歌颂维纳斯女神或尤利西斯，都激荡着为祖国不幸的命运而忧伤的情绪。在1804—1806年间，他在法国北部，领步兵上尉军衔，参加拿破仑反对英国的军事行动。在布洛涅，他忙里偷闲翻译了英国幽默小说家斯特恩（1713—1768）的作品《感伤旅行》（Viaggio sentimentale）、写了《有关迪迪莫·杰里科的消息》（Notizia intorno a Didimo Chierico），（迪迪莫·杰里科是福斯科洛在一些讽刺作品中所使用的笔名）书中阐述他的哲学、伦理和文学观点。以后他来到巴黎，遇见尚年轻的曼佐尼，回到威尼斯见到久别的母亲和亲朋好友。再次到了米兰，他不愿意继续戎马生涯，在卡法雷利将军的帮助下终于脱离军界，完全投身于文学生涯。他筹备出版了奥地利陆军元帅、著名军事理论家蒙特库科利（1609—1680）的作品，以唤起人们对古代名人的回忆。1807年4月在布雷西亚发表了《墓地哀思》（Sepolcri），这是一首抗议拿破仑审查刻墓碑内容而作的无韵律诗歌，诗中充分表达了他的爱国主义激情，福斯科洛以此建立起自己的文学声誉。1808年被聘为帕维亚大学教授，从此，他总算有了较安静的生活、有了自己的尊严和自由。1809 年 1 月他讲授《文学的起源与职能》(Dell'origine e dell'uffizio della letteratura)颇受欢迎，但好景不长，他的爱国精神和不屈服于法国的思想使他很快失去了这一职位，许多人对他进行攻击，甚至蒙蒂也因为他不曾赞扬《政治新生》而对他进行指责，福斯科洛奋起辩护反驳，创作了悲剧《阿亚切》(Aiace)，并于 1811 年 12 月在米兰斯卡拉剧院上演。他的对手们说该剧影射攻击拿破仑和当时的内政部长，尽管作者并无此意，此剧还是被禁演了。福斯科洛被迫离开米兰来到佛罗伦萨，对他来说，佛罗伦萨是唯一属于意大利的城市，在这里他也找到了自己真正爱慕的女人奎丽娜·莫切蒂(他在信中一直称她为"热情女子")。这期间他除了翻译出版斯特恩的诗作外，还写了第三部悲剧《里恰尔达》(Ricciarda)，着手写诗歌《美惠三女神》(Grazie)。来比锡战役后，拿破仑帝国垮台，他又来到米兰，参加由法国驻意大利总督博阿尔内(1781—1824)领导的军队为意大利的独立而战，他想看到意大利能有自己的国王。滑铁庐战役后，拿破仑大败，奥地利卷土重来又占领了米兰，意大利又一次处于外国君主的统治之下，这时他对意大利的命运感到失望，认为意大利没有精神和物质力量而使自己成为一个独立国家。奥地利新政府为了拉拢他，让他创办一个文学刊物为新政府服务，他表面上答应，实际上准备逃跑，就在要宣誓效忠新政府的前夜，他于 1815 年 3 月 31 日逃离米兰，到了苏黎士，重新出版《雅科波·奥尔蒂斯的最后书简》，发表圣经体的拉丁文讽刺诗来攻击那些吹捧拿破仑的堕落文人，尤其攻击蒙蒂。意大利的现实使他对意大利的复兴统一失去信心，于是写下《论意大利的奴隶状态》(Della servità dell'Italia，身后发表)。为躲避奥地利警察的追捕，他于 1816 年 9 月来到伦敦。这期间他的生活比较艰苦，靠教书和为一些杂志撰写评论文章来维持生计，他评论《神曲》、《十日谈》以及彼特拉克等人的作品，这些文章成为意大利现代评论的开端。1822 年他的私生女儿韦洛丽雅娜来看他，并给了他三千英镑，他不愿花费女儿的钱，决定用这笔钱为女儿盖一所别墅，但钱不够，结果又是债台高筑、困难重重。1824 年因无力还债，别墅被没收，这使他身体和精神上都受到极大打击。1827 年 9 月 10 日在贫困中逝世。1871 年意大利政府将其遗骨从英国迎回，隆重地安葬在佛罗伦萨的圣十字教堂。

福斯科洛的一生是浪漫坎坷的一生，有欢乐也有悲伤，有严肃的写作生活也有放荡不羁的消遣，还有食不果腹的苦难经历，这使他没有始终一贯的思想，他的观点总是随着环境和家庭的变化而变化，从这点上看，他与阿尔菲耶里有相似之处，但他比阿尔菲耶里的思想更多变、更复杂、更具矛盾性。

福斯科洛最著名的作品是脍炙人口的小说《雅科波·奥尔蒂斯的最后书简》，它反映了作者的文艺观点，也体现了当时意大利前期浪漫主义的文化特点。这是一部书信体的爱情小说，这种文学形式在 18 世纪很常用，卢梭的《新爱络绮思》(1761)、歌德的《少年维特之烦恼》(1774)等作品都采用这种形式，另外，它们的结构也很相似。

故事情节是这样的：青年学生雅科波·奥尔蒂斯是威尼斯人，希望自己的家乡能获得自由、独立、和平，但在坎波福尔米奥条约之后，威尼斯被拿破仑出卖给奥地利，他感到失望，逃到欧加内依山的一个小镇里隐居起来。他爱上了美丽的特雷莎，可姑娘的父亲却把女儿许配给了富家子弟埃多阿尔多，此人经常出外经商，这使雅科波经常有机会接近特雷莎，后来两人爱得如胶似漆，但雅科波知道自己不可能得到特雷莎，为了渐渐忘掉她，便出去旅行。在佛罗伦萨参观了圣十字教堂，里面安葬着许多意大利名人。到了米兰，年迈失意的帕利尼对他讲述了意大利的悲惨命运。为躲避警察的追捕，他又到了利古里亚大区，在万蒂米里亚他进到罗亚山谷，思索人类的命运和前途，游览了尼斯，又去拉文纳瞻仰了但丁墓，听到特雷莎正式结婚的消息，他赶回威尼斯，最后他告别了母亲，给特雷莎写了一封长信，第二天早上，人们发现他用匕首自杀身亡。

福斯科洛在这部小说里描述了炽热纯朴的爱情，也描写了对祖国的失望心情。在旅途中，雅科波目睹了奥地利统治者的罪恶行径。在博洛尼亚他看到两个偷木头的人被判处死刑；警察肆无忌惮地破坏通信秘密自由；受法国影响极深的意大利上层社会竟为阅读意大利书籍而感到羞耻，书中将雅科波写得有血有肉，简直成了帕利尼和阿尔菲耶里的继承人。这部小说虽然充满失望悲观的情调，但在意大利处于法国和奥地利强权统治下时，福斯科洛仍在书中肯定了意大利的民族意识，因此，这部作品不愧是一部表示信念的作品。雅科波自杀身亡反映了意大利民族复兴运动初期的青年对拿破仑幻想破灭后找不到出路的彷徨、失望和悲愤。青年时代的曼佐尼非常喜欢这部小说，并且把其中一些章节背下来，从中学习它的思想和文学风格。

这部小说也是作者自己青年时期的写照，思想由不成熟日趋成熟，书中所表现的信念，深深打动了积极参加意大利统一运动的马志尼等人。

福斯科洛的诗歌作品不多，主要是十四行诗和颂歌，其中有描写狂热爱情的，如《为使噪声消失》(Perché taccia il rumore)、《整天如此》(Cosi gli interi giorni)、《我受之无愧》(Meritamente però che io potei)、《颂歌中有你》(E tu nè carmi avrai)等；有描写沮丧失望、意欲自杀心情的，如《我不是从前的我》(Non son chi fui)；有的作品内容与《雅科波·奥尔蒂斯的最后书简》有关，如《致缪塞》(Alla Musa)描写他悲痛时刻的心情，叹息人类的命运，《乔瓦尼兄弟之死》(In morte del fratello Giovanni)写的是流亡生活，《致扎琴托》(A Zacinto)描写对远方祖国的怀念，《在晚上》(Alla sera)描写自杀那天晚上的活动。

两首颂歌是《致落马的露易佳·帕拉维奇尼》(A luigia Pallavicini caduta da cavallo)和《致康复的女友》(All'amica risanata)。前一首描写露易佳像男子一样勇敢地骑马，不慎摔下马来，她蔑视女友们的嫉妒和幸灾乐祸，恢复过来后，依然楚楚动人，富有魅力；第二首是赞美情人阿雷泽伯爵夫人的，这时他的激情虽不如从前，但诗中的描写更有诗意，将美丽的伯爵夫人神化，关于病愈的描述类似神话般的想像。

这些十四行诗和颂歌都是作者青年时期的作品，想像丰富、充满激情，但语言尚不成熟、准确，风格上也自觉不自觉地受到彼特拉克、帕利尼和阿尔菲耶里等人影响。

诗歌《墓地哀思》也是福斯科洛的不朽之作。1806 年 9 月，拿破仑将 1804 年法国圣克卢通过的关于建立公墓的法令推广到意大利来，根据这项法令，死人不能再葬在教堂或市内，只能葬在郊外建立的公墓内（今天看来这项法令是完全正确的，但在当时却不合时宜），另外，还设立专门委员会对碑文内容进行审查，内容必须符合实际，不得夸大其词、大肆吹嘘。福斯科洛对这些规定极为反感，认为一些具有自由思想的人逝世，由于某些人出于嫉妒利用这些规定从中作梗，只能默默无闻地死去、被人遗忘，这不公平。于是他写了这首无韵体诗。这首诗是写给平代蒙泰的，因为他俩的观点一致。这是一首根据某一具体问题而写的即兴诗，结构是谈话式的，既有逻辑性，也有辩论性。在引言中，作者引用了古罗马"十二铜表法"中"承认死者的权利"这一条法律，想用古代贤人的教诲来反对拿破仑政府这一破坏传统的法令，抒发对已故者的哀思，并说明死者的高尚品德将给生者以有益的启示，坟墓可以联系过去和现在，意大利只有在过去的基础上，才能创造明天的历史，长眠在圣十字教堂的先驱们都曾赞扬过光荣的意大利。坟墓是先人安息的场所，从某种意义上说，它也代表着意大利的复活，因为它能激励后人为祖国的独立统一而斗争。这是一首爱国主义诗歌，诗中没有提拿破仑的名字，却提到可恨的英国以及纳尔逊男爵（1758—1815，英国海军元帅），耐人回味，其目的不言自明。

《美惠三女神》写于 1812—1813 年，开始只想写一首，后来由于内容扩充，写成了三首。第一首的题目是维纳斯，以希腊为背景，描写美惠三女神在希腊诞生，颂扬维纳斯以及人类文明从史前时代以来的发展和进步。第二首的题目是维斯塔(Vesta，古罗马宗教所信奉的女灶神)，背景由希腊转到佛罗伦萨的贝娄斯瓜尔多别墅(福斯科洛曾在此居住过)，在祭坛前，作者召来了他喜爱的三位漂亮女人:佛罗伦萨的奈恩奇尼、象征音乐，博洛尼亚的马蒂内蒂、象征诗歌，米兰的比尼阿米、象征舞蹈。第三首的题目是帕拉狄昂(Pallode)，场景又移到阿特兰蒂德岛，写爱神以情欲的暴力来威胁美惠三女神，智慧女神帕拉狄昂以一块神秘的面纱(贞节)保护了她们，这块面纱使她们的纯洁美丽不受损害，却限制了其他人的感觉本能，面纱上面绣有各种形象来赞颂人类的美德。诗的最后是回忆米兰的比尼阿米夫人，她爱慕作者，曾想为他而自杀。福斯科洛生前没有完成这部诗作，是由后人整理出版的。诗中描写了美惠三女神给人间带来的幸福，也包含了作者对爱情的憧憬。表现了想像的美好世界与现实的污浊世界之间的对立。这部作品充分展示了福斯科洛的创作天才，证明他不但是诗人，更是一位艺术家。

福斯科洛在悲剧方面的成就也不小，除了《食人者》以外，还写了《阿亚切》，这是一个神话故事剧:古希腊的阿亚切和乌里斯争夺死去的阿喀琉斯的武器，在国内引起矛盾斗争，军队方面希望阿亚切得到，而阿伽门农和国王却愿意乌里斯得到，乌里斯为了达到目的，便污蔑阿亚切是叛徒，理由是他与敌人的一位公主结婚，阿亚切感到受辱而自杀，死前嘱咐自己的士兵要服从阿伽门农以维护团结。最后，乌里斯依仗计谋获得了这些武器。剧中的阿亚切优柔寡断、知而不言、心地善良，写得比较成功，而乌里斯和阿伽门农则写得简单粗糙。

福斯科洛的第三部悲剧是《里恰尔达》，描写里恰尔达与圭多相爱，但他们的父母却是誓不两立的仇敌，根本不同意这门亲事。里恰尔达的父亲做的更绝，为阻止他们成亲竟把自己的女儿杀死，然后自杀。圭多看到自己的心上人已死，悲痛至极，最后也自杀身亡。圭多的父亲见此情景，悲痛欲绝，终于觉悟，痛斥意大利人之间的不和以及由此而酿成的悲剧。这部悲剧反映出一定的爱国思想，教育人民应消除隔阂，和睦相处，这也是后来戏剧经常描写的主题之一。

福斯科洛在文学评论方面也很有造诣，写了许多评论文章，如《论〈神曲〉》(Discorso sul testo della Divina Commedia)、《论〈十日谈〉》(Discorso sul testo del Decameron)、《彼特拉克论文集》(Saggi sul Petrarca)、《论意大利的叙事传奇诗》(Sui poemi narrativi e romanzeschi italiani)、《意大利期刊文学》(Letteratura italiana periodica)、《论意大利的新戏剧学派》(Della nuova scuola drammatica in Italia)、《论意大利文学现状》(Sullo stato attuale della letteratura italiana)等。这些文章的出发点是18世纪后期的前浪漫主义美学观点、新古典主义情趣和历史、语法传统。对艺术创作的想像、真实与理想化的关系，艺术家应具备的才能，各种文艺形式的特点以及意大利文学的发展进程等问题，都作了精辟的论述。如在论述彼特拉克时，他提出了诗歌的基本要求之一是诗歌应产生于“自然与艺术之间……深入与明确之间……激情与思考之间的完美和谐”。在论述戏剧学派时，他拒绝艺术是模仿自然的传统观念，提倡作者的自由想像和创造性的独立思考。他指出“所有的想像艺术……都诞生于这样一种要求：使物体和人的感情变得更美、更多样化、更伟大。……我们生活的世界使我们劳累不堪，使我们痛苦，还有更坏的是使我们厌烦，然而，诗歌可以为我们创造出不同的物体和世界。如果不差一丝一毫地模仿已有的事物和世界，那就不成其为诗了，因为那样呈现在我们眼前的是冰冷的、痛苦的、单调的现实”。诗歌的任务是通过日常生活的千变万化，编织出能解除人们劳累和痛苦的“和谐统一”。他认为评论一部作品，不能就事论事，泛泛而谈，发些模棱两可的议论，而应该有准备、有根据地评论，要做到这一点，首先要了解作家这个人，了解他的历史及政治和伦理观点，还要知道他的思想发展过程及要达到的目的。就这点而言，福斯科洛关于现代文学评论的观点先于德·桑克蒂斯的观点。

第四节 德·桑克蒂斯

19 世纪意大利文学史研究领域取得了很大成就，德·桑克蒂斯创作的《意大利文学史》(Storia della letteratura italiana，1870)成为这一领域的不朽杰作，这是一部划时代的作品，它不仅仅是一部文学史，还阐明了意大利社会的发展过程，对了解意大利文学和文明来说，这是一部极其宝贵的史书著作。

在此之前出版的一些文学史只限于文献资料的收集和轶事掌故的表面叙述、支离破碎、不成体系，缺乏统一连贯的深刻分析。因此，满足不了人们对过去传统进行深入研究的需要。新的文学史研究认为文学不是抽象的形式问题，而是与社会政治、宗教、伦理道德紧密联系的人类事件。因此，评论它不能只限于评论文体、语言，还要进行哲学上的分析和研究。另外，对事件要进行广泛的、有机的观察，研究它们的发展规律，这正是浪漫主义所主张的"文学是社会的表现形式"，也就是说，是一个民族的生活及随着时间的推移它不断发展、直至成熟的主要文件。

意大利文学史研究中首先强调历史性。在 19 世纪初期，尤其是在福斯科洛身上表现得尤为突出。他们注意深入地搜集素材，强调发展的进程，力图全面地观察历史。通过热烈的讨论，如一些杂志《意大利丛书》、《调和者》和《文集》之间的讨论，或是焦贝尔蒂、马志尼、蒙塔尼、库塔奈奥、托马泽奥、坦卡等人之间的讨论，将我们的历史变成大家共同的财富，以利于我们对各种文学运动和名人巨匠的研究。

在意大利，历史观察的广阔性、深刻性，对事件的综合性以及反人文主义观点也是文学史研究的特点之一。除此之外，文学史研究还强调民族性和政治性，重视民族复兴运动中的爱国文学。意大利文学史是与意大利文明史完全联系在一起的。比如，塞坦布里尼

(Luigi Settembrini)创作的《意大利文学教程》(Lezioni della letteratura italiana)充满对祖国的爱，表现出不畏强暴，忠于自己的信仰和革命同志，愿为祖国献身的精神。《教程》真正的主人公是意大利人民，歌颂意大利人民为争取独立和统一而进行的可歌可泣的革命斗争。

塞坦布里尼(Luigi Settembrini，1813—1876)生于那不勒斯，是一位具有自由思想的爱国者，因长期参加反对波旁王朝的斗争而被监禁。基于这些经历，他写出了《双西西里人民的抗议》(Protesta del popolo delle due Sicilie，1847)和《回忆我的一生》(Ricordanze della mia vita，未完成，身后于1879年出版)。意大利统一后，还参加政治活动，但主要在那不勒斯大学教授意大利文学，《教程》就是在1866—1872年间写成的。

在文学史方面，成就最大的当然是德·桑克蒂斯(Francesco De Sanctis，1817—1883)，他生于阿维里诺省，青少年时代在那不勒斯求学，跟随语言纯洁派的普奥蒂学习，以后学习哲学，深受德国唯心主义的影响。1839年开设一所学校，宣传民族复兴运动。1848年曾带领自己的弟子积极参加那不勒斯武装起义，被波旁王朝囚禁(1850—1853)，以后流亡都灵，钻研古典文学，不久去瑞士，在苏黎士工学院教授意大利语言文学，以教书和写书维持生计。1860年返回那不勒斯。民族复兴运动后继续从事政治活动。曾任阿维里诺省临时省长，多次当选议员，1861—1862年担任意大利王国教育部长。1871—1877年担任那不勒斯大学比较文学教授。他精通文史，所作的文学评论独具特色，其中包含哲学知识，尤其是黑格尔美学。他写了一些关于意大利诗人的论文，如《批评文集》(Saggi critici，1866)，汇集了他在都灵和苏黎士时期的研究成果，《莱奥帕尔迪研究》(Studio sul leopardi，1885)、《论彼特拉克》(Saggio sul Petrarca，1869)、《论马佐尼》(Mazzoni，1872)、《批评文集新编》(Nuovi saggi critici，1873)等，把这些诗人和他们那一时代的社会联系起来，显示出他具有敏锐的感觉和准确无误的评判。

1871—1877 年间在那不勒斯大学授课的讲义，后来经克劳齐(Benedetto Croce)整理，结集为《19 世纪意大利文学》(Letteratura italiana del secolo XIX)，于 1897 年出版。

德·桑克蒂斯的主要论著是享誉世界的《意大利文学史》(Storia della letteratura italiana，1870—1871)。作品中充满了历史循环论、马佐尼的写实主义等思想以及反人文主义倾向。他受德国思想家，特别是黑格尔美学思想的影响很深，认为"有什么样的内容，就有什么样的形式"，强调生活和文化，人与诗人，作品内容与形式之间都存在着内在的、统一的联系。诗歌史与文明史以及社会史都是密切相关的。他认为文学是社会生活的反映，因此，意大利文学史实质上就是意大利历史。德·桑克蒂斯在自己的文学论著中，突破了当时流行的各种文艺评论流派的局限，把意大利文艺理论提高到一个新的高度。他反对文艺理论领域的学院主义和形式主义，主张艺术应遵循自己的特征、规律；诗人应当善于刻画人的特性和情感。他的作品内容丰富，论点新颖，令人信服，他对意大利文学史中各个重要文学现象、作家及其主要作品都作了详尽的研究和精辟的分析。他的这一成就也体现了意大利民族复兴运动的思想成果，对后来著名文艺理论家克劳齐和意大利评论界都产生了深远的影响。他的《意大利文学史》至今仍被认为是研究意大利文学的权威经典著作之一，极为宝贵。

第五节　浪漫主义

"浪漫主义"一词原指用罗曼语所写的故事，进而指欧洲中世纪那些情节离奇、富于幻想、易于激起读者感情的骑士传奇、英雄史诗以及后来的传奇小说和抒情诗等。欧洲文学史理论家用这一名词来称呼 18 世纪后半叶和 19 世纪上半叶盛行的文艺思潮和文艺流派。

文学艺术中有两大主要思潮：现实主义和浪漫主义。浪漫主义是文艺的基本创作方法之一，在反映客观现实上侧重从主观内心世界出发，抒发对理想世界的热烈追求。浪漫主义的创作倾向由来已久，早在人类的文学艺术还处在口头创作时期，就有一些作品不同程度地带有浪漫主义的因素和特色。但这时的浪漫主义既未形成思潮，更不是自觉为人们掌握的创作方法。从 18 世纪后半叶至 19 世纪上半叶浪漫主义作为一种主要文艺思潮盛行于欧洲并表现于文化和艺术的各个部门。

浪漫主义运动是法国资产阶级革命、欧洲民主运动和民族解放运动高涨时期的产物。它反映了资产阶级上升时期对个性解放的要求，在政治上是对封建君主和基督教会联合统治的反抗，在文艺上则是对法国新古典主义的反抗。启蒙运动在政治上为法国资产阶级革命作了思想准备，在文艺上也为欧洲各国的浪漫主义运动作了思想准备。但是，法国资产阶级革命胜利后所确立的资产阶级专政和资本主义社会秩序，却宣告了启蒙运动理想的破灭。恩格斯说："与启蒙学者的华美约言比起来，由'理性的胜利'建立起来的社会制度和政治制度竟是一幅令人极度失望的讽刺画。"席卷欧洲的浪漫主义运动，正是当时社会各阶层对法国资产阶级革命的后果以及启蒙主义思想家提出的"理性王国"普遍感到失望的一种反映。法国资产阶级革命以失败告终，欧洲封建君主复辟，在拿破仑失败后的"复辟时期"，反动统治极其残酷，人们的美好希望彻底破灭，社会上到处滋长着对现实的不满情绪。人们更清楚地认识到资产阶级启蒙思想的局限性，对资产阶级革命宣扬的"自由、平等、博爱"等原则再也不抱什么希望。这些思想表现在文学艺术上就形成了不满现实、追求理想的浪漫主义。

进一步分析，浪漫主义文学运动的兴起，也同这一时期流行的德国古典哲学（包括美学）和空想社会主义思潮具有密切的联系。德国古典哲学本身就是哲学领域里的浪漫主义运动，它奠定了文艺领域里的浪漫主义运动的理论基础。德国古典哲学的基调是唯心主义，它夸大主观的作用，强调主观能动性，强调人是自在自为的、绝对的、自由的。这些哲学观点都反映了近代资本主义社会中与日益发展的自由竞争相适应的个性解放、个人自由的要求。从而提高了人的尊严感，唤起了民族的觉醒，对浪漫主义文学产生了很大影响。同时在欧洲各国启蒙运动中传播甚广的空想社会主义思潮，使一些浪漫主义作家揭露私有制的罪恶，同情劳苦大众，幻想一个没有剥削、压迫的自由平等社会。这对浪漫主义运动也起了一些积极的影响。

浪漫主义这一概念，是歌德和席勒首先提出来的。席勒在《论素朴的与感伤的诗》(1796)一文中，从历史发展的观点，探讨了古典主义(“素朴的诗”)与浪漫主义(“感伤的诗”)的起源和区别，认为古典主义是“尽可能完美的对现实的摹仿”，而浪漫主义则是“把现实提升到理想，或者说，理想的表现”。在法国资产阶级革命的影响和推动下，浪漫主义逐渐形成了一次遍及欧洲的有纲领、有理论基础的文学运动。

浪漫主义最突出、最本质的特征是它的主观性，即偏重于表现主观思想，抒发强烈的个人感情。浪漫主义作家由于对现实的强烈不满，把精神生活看作是同卑俗的物质实践活动相对抗的唯一崇高价值，因而着重描写作家的个人主观世界，对景物的内心感受和反应。强调创作自由，把情感和想像提到首要的地位。

浪漫主义另一个重要特征是对大自然的歌颂和对城市文明的诅咒。浪漫主义作家厌恶资本主义物质文明和城市工业化，响应卢梭的“回归大自然”的口号，着力描写自然景物，抒发自己对大自然的感受，宣泄愤世疾俗的情感，寄托自己对自由的理想。浪漫主义作家对大自然的崇拜也和当时流行的泛神论有密切的联系。他们往往把大自然看作是一种无处不在的神，突出人与自然在感情上的共鸣。

浪漫主义作家善用热情奔放的语言，瑰丽的想像和夸张的手法来塑造形象。他们追求强烈的美丑对比和出奇制胜的艺术效果，强调从生活的瞬息万变、精神的焦燥不安和各种奇特的现象中揭示美。这样，大胆的幻想，异常的情节，鲜明夸张的人物形象，神话色彩以及奇特的异域情调和平凡的日常景象的交织、对照，在诗歌格律方面的舒展、自由、富有音乐性，就构成了浪漫主义文学常具的特征。

由于各国国情各异，各国的政治、经济发展不平衡和文化历史传统不同，浪漫主义文学运动在各国发展的情况也不尽相同。在德国，浪漫主义运动发展较早、较突出。以奥古斯特·施莱格尔（August Wilhelm Schlegel）和弗里德里希·施莱格尔（Friedrich von Schlegel）兄弟为代表的早期浪漫派提出了要求个性解放、强调创作自由、反对传统束缚的浪漫主义美学理论，主张打破各门艺术界限。以阿尔尼姆（Achim von Arnim）和布伦坦诺（Clemens Brentano）等为代表的中期浪漫主义者把着重力转向德国民间文学。以沙米索（Adelbert von Chamisso）为代表的后期浪漫派作家加强了对社会现实的讽刺、揭露，显示出与浪漫主义风格相结合的现实主义因素。

英国的浪漫主义运动兴起于18世纪末。英国第一代浪漫主义作家的主要代表是“湖畔派”诗人。他们致力于描写远离社会现实的题材，讴歌农村生活和自然风景，诅咒城市文明，缅怀封建的中古。在19世纪初期欧洲资产阶级民主运动和民族解放运动高涨的影响和推动下，第二代英国浪漫派诗人如雪莱（Percy B Shelly）和拜伦（Lord Byron）等都强烈要求摆脱封建教会势力，表现出争取自由和进步的民主倾向。在艺术上，他们极力革新诗歌，丰富和发展了诗歌的形式和格律，增强了诗歌形象的色彩和语言的音乐性。与此同时，司各特（Sir Walter Scott）在叙事文学方面做出了卓越贡献，把历史真实与大胆想像有机结合起来，开创了欧洲历史小说。

法国浪漫主义形成于1820年左右。由于它更直接、更深刻地经受了法国资产阶级革命的影响和革命后社会的思想激荡，所以表现出更鲜明的革新精神和政治色彩。早期的代表作家有夏多布里昂(François-Auguste-René Chateaubriand)和斯塔尔夫人(Madame de Staël)等,后者在自己的论著中猛烈攻击沙龙文学和古典主义规范,主张在文学批评中用历史比较的方法来代替古典主义文学法则。她要求文学扎根于本民族的土壤,“用我们自己的感情来感动我们自己”,从而奠定了法国浪漫主义的理论基础。雨果(Victor Hugo)响亮地提出“浪漫主义,归根结底是文学中的自由主义”的著名论点,引起了浪漫主义者与新古典主义者激烈论争。雨果作品的成功,标志着欧洲文坛上浪漫主义对新古典主义的胜利。

浪漫主义运动迅速传播到欧洲其它国家。意大利的曼佐尼、莱奥帕尔迪等成为意大利浪漫主义的代表人物。他们的创作取材于本国的历史和民间传说,讴歌爱国主义,维护民族尊严,热情抒发人民渴望祖国统一、独立、自由的理想,表现出强烈的爱国主义情绪和鲜明的民族色彩。

19 世纪初期,古典主义与浪漫主义发生激烈论战,主要集中在意大利北部,尤其是米兰。以佩利科(Silvio Pellico,1789—1854)为首的浪漫主义作家创办文学刊物《调和者》(Conciliatore,1818 年 9 月至 1819 年 10 月)宣传自己的文艺主张和思想。其他作家还有迪·布雷梅(Ludovico Di Breme,1780—1820),著有《论意大利某些评论的不公正》(Intorno all'ingiustizia di alcuni giudizi letterari Italiani,1816)、用法文写的《对一篇小文章的大评论》(Grand commentaire sur un petit article,1817)以及论述拜伦《异教徒》(Giaurro)的论文;保尔谢里(Pietro Borsieri,1786—1852)著有《一天历险记》(Avventure di un giorno)等;维斯孔蒂(Ermes Visconti,1784—1841)著有《关于浪漫主义诗歌的基本思想》(Idee elementari sulla poesia romantica)等;米兰诗人白尔谢(Giovanni Berchet,1783—1851)在 1816 年发表的《格利佐斯托莫半庄半谐的信》(Lettera semiseria di Grisostomo)可以说是意大利浪漫主义文学的一篇有力的檄文,他在信中对现代文学和古代文学作了精辟的分析,提出了诗歌必须大众化的主张，古典主义文人视这篇文章为洪水猛兽一般。他们宣传的浪漫主义思想后来反映在曼佐尼、莱奥帕尔迪的作品中。在政治上反对封建专制制度；在文艺上与古典主义相对立，主张打破传统形式，强调表现人物的特性。如果说古典主义注重理性的描写和典型化的表现，遵循传统的法则和严格的形式，那么，浪漫主义则偏重感情的传达和个性化的描写，喜欢热烈而奔放的性情抒发；在题材上喜欢描写大自然及对大自然的感受，描写特殊的性格、异常的事件，以及生活中的喜怒哀乐，经常用民谣和民间传说作为创作的素材和借鉴。大部分浪漫主义作家喜欢用诗歌的形式来创作。

浪漫派文学是意大利文学史上重要的一页，其优秀代表人物曼佐尼、莱奥帕尔迪等以自己的优秀作品为意大利在世界文坛上占了一席之地。

应该指出的是，意大利的浪漫主义思想远不如德国和法国那样深刻广泛，因为他们在宣传浪漫主义思想时都有一定的克制态度，对古典主义观点有“调和”情绪。他们知道自己的思想与 18 世纪文化传统还有千丝万缕的联系，在自己的作品中还经常提到维柯、格拉维纳、帕利尼以及《咖啡馆》派的名字，在自己的头脑中还保留以前传统的影响。维斯孔蒂与其他人稍不同，思想比较明确，语言也比较确切。《调和者》刊物主要宣传对旧文学进行改革，建立新的、现代的、热情活泼的平民文学，而不是完全摒弃古典主义文学。迪·布雷梅指出“我们可以把自己看作是但丁、彼特拉克、阿里奥斯托和塔索等伟大诗人的儿子”。

白尔谢 1816 年写的《格利佐斯托莫半庄半谐的信》可以说是意大利浪漫主义的宣言书。作者假托某个名叫格利佐斯托莫的文学翻译家给儿子写了一封半庄严半诙谐的信来介绍德国诗歌的成就，借以阐述浪漫主义诗歌的创作理论。他指出古典主义诗歌盲目随从古人、迷信权威，不过是“摹仿的摹仿”，是“死人的诗歌”。浪漫主义诗歌的传统可以追溯到古希腊和罗马，它“直接诉诸自然”、“诉诸人和人的心灵”，反映诗人和同时代人每日每时所感受的、使自己激动的事物，因而是“活人的诗歌”。白尔谢认为表现时代精神和社会生活是浪漫主义诗歌的主要特征，他还提出浪漫主义诗歌是“最激动人们心灵事物的镜子”的见解。白尔谢的这些观点代表了《调和者》派的观点。《调和者》派还主张应该了解和借鉴外国文学的经验、不能对外国文学的伟大成就充耳不闻、视而不见。他们还提出摒弃神话，古典主义者蒙蒂对此尤为反感，写了《宝训》为神话辩护。

意大利浪漫主义具有强烈的爱国思想，具有鲜明的意大利性。19 世纪初，意大利出现了以统一祖国为目标的思想文化运动——民族复兴运动，意大利浪漫主义文学与这一社会现实紧密地联系在一起，唤起意大利人民的民族觉悟，鼓励和支持政治斗争，终于使意大利从外国统治下解放出来，实现了意大利的统一与独立。

意大利民族复兴运动中，较有影响的人物是政治思想家、作家、宣传鼓动家和革命家马志尼(Giuseppe Mazzini，1805—1872)。在政治上，他是当之无愧的争取意大利统一和独立的英勇斗士。在文艺上，他首先响应欧洲浪漫主义。他生于热那亚，父亲是医生，14 岁进入热那亚大学，两年后见到一位爱国志士因起义而亡命国外，对他感触很深，他开始认识到：“意大利人不但能够，而且应该为祖国的自由而奋斗”。1827 年从大学法律系毕业后，成为“穷人的律师”。青年时代发表了一些关于文艺方面的论著文章，如《论但丁的爱国心》(Dell'amor patrio di Dante)、《论欧洲文学》(Di una letteratura europea)、《论小说和〈约婚夫妇〉》(Del romanzo in generale e anche dei Promessi sposi)、《论 19 世纪欧洲文学的几种倾向》(Saggio sopra alcune tendenze della letteratura europea nel secolo XIX)、《论历史戏剧》(Del dramma storico)，为进步刊物撰写文章，并希望成为戏剧家或历史小说家。由于热爱自由，积极从事政治活动，他加入了以推翻君主专制统治为宗旨的秘密团体“烧炭党”(Carboneria)。1830 年被人出卖而遭逮捕，关押在萨沃纳。1831 年获释后逃亡到马赛，一些意大利流亡者推戴他为领袖，他在这里发起青年爱国运动，创立爱国革命组织“青年意大利”(Giovine Italia)，其宗旨是将意大利各小邦从外国统治下解放出来，并将它们统一在自由独立的共和国内。马志尼坚信：“只有依靠群众的力量才能解放祖国”。“青年意大利”在热那亚和其他城市成立了地下支部，1833 年已拥有 6 万名党员，他们把马志尼主编的党刊《青年意大利》和其他革命小册子秘密运进意大利，进行革命宣传。1833 年“青年意大利”党发动起义失败，12 名党员被处决，马志尼被缺席判处死刑。几个月后，他为逃避法国警察的追捕而移居瑞士，继续从事革命活动，他打算招募 1000 名志愿兵攻打萨沃依，结果只有 200 人报名，未达到目的。此后，他提出更广泛的革命计划，建立“青年欧洲运动”。1837 年与几位意大利朋友移居伦敦，于是，英国成了他的第二故乡。开始时生活很艰苦，但他仍然为侨居伦敦的意大利儿童开设学校，还创办了《人民信使报》(Apostolato popolare)。1840 年他重建青年意大利运动，负责在意大利各地唤起民族的觉醒。1844 年马志尼与班迪耶拉兄弟来往密切。班迪耶拉兄弟计划在卡拉布里亚地区发动起义，不幸遭到失败。在两兄弟牺牲之后，马志尼对两个英国议员讲：他怀疑英国政府曾偷拆他的信件，将班迪耶拉兄弟的起义计划通知那不勒斯当局。这件事在英国议会中掀起轩然大波。结果英国政府不得不承认确有此事。1847 年马志尼创建“国际人民联盟”时，得到许多英国自由党人的支持。1848 年革命高涨时期，他回到意大利，在米兰受到群众的热烈欢迎。他在米兰创办《人民的意大利》(Italia del popolo)，进行宣传，动员群众。奥地利军队重占米兰后，他拿起武器，参加加里波第指挥的非正规部队。不久以后仍回英国。1849 年再次返回意大利，先到托斯卡纳，后来到罗马。他曾深信在帝国罗马和教皇罗马之后将是一个人民的罗马，如今他的梦想成为现实。这位伟大的爱国者受到人民的欢呼。并被推选为罗马共和国执政官之一，成为政府的实际首脑。他在宗教改革和社会改革方面表现出卓越的领导才能。由于罗马教皇吁请各天主教国家进行干预，法国军队在意大利登陆，共和国经过英勇抵抗终于覆亡。马志尼离开罗马，又回到伦敦。1851 年他又建立一个新组织“意大利之友社”。1858 年他在伦敦出版《思想与行动》杂志，这个杂志的名称反映出他的观点：思想只有付诸行动才有价值。这期间他曾返回意大利，组织了几次活动，均遭失败。当加里波第一度在南方建立政权时，他曾前往那不勒斯与其合作。1861 年成立统一的意大利王国后，因政见不同，他又回到伦敦。他曾与第一国际的成员接触，但因他的思想既不能接受马克思的共产主义，又不能接受巴枯宁的无政府主义，双方很快就停止了来往。1865 年墨西拿市选举他为国会议员，都被意大利政府否决，因为政府视他为危险的敌人。1870 他前往西西里领导共和党人起义，但在中途被捕，被囚禁在加埃塔，后获释。意大利虽然依照他的意愿成为一个统一的整体，但所实行的却是君主制而不是他所期望的共和制。他感慨万分地说：“我认为我是在唤醒意大利的灵魂，但我只看到面前的尸身。”他在生命的最后几年还创办了一份新报《人民罗马报》，并为意大利工人代表大会的召开出谋献策。1872 年 3 月 10 日在比萨逝世。

马志尼很早就接受欧洲浪漫主义思想，青年时期写了《拜伦与歌德》(Byron e Goethe)、《音乐哲学》(Filosofia della musica)、《论 19 世纪欧洲文学的某些倾向》(Saggio sopra alcune tendenze della letteratura europea nel secolo XIX)、《论历史剧》(Del dramma storico)，主要阐述艺术所具有的教育、文明和宗教作用，认为“艺术是教育的神圣职业”，是人类进步的工具。这些作品也反映了马志尼的宗教意识和善于雄辩的风格。出于政治目的，他还写了许多政治文章以唤起民众的觉醒，如《一位意大利人致萨沃依国王阿尔贝托的信》(Lettera di un italiano a Carlo Alberto di Savoia，1831)、《“青年意大利”党章》(Statuto della giovine Italia)、《论意大利统一》(Dell'unità italiana)。1848 年那不勒斯革命时，写了《致西西里人的信》(Lettera ai siciliani)，保卫罗马共和国时写了《致法国内阁的信》(Lettera al Ministero francese)。在《人的使命》(I doveri dell'uomo)一书中他阐述了自己许多观点。另外他写的《自传》(Note autobiografiche)在他逝世后出版，是了解这位革命者、政治思想家、作家和宣传鼓动家的最好材料。

另一位政治文人是乔贝蒂(Vincenzo Gioberti，1801—1852)，生于都灵，是都灵大学有名望的神学教授，1831 年任撒丁王宫司铎，后因涉及共和派政治阴谋而失宠，1833 年流亡到巴黎和布鲁塞尔任教师，同时著书立说，他是意大利哲学家中率先抨击笛卡儿著作的人。1847 年返回都灵，被选为众议院议长，后任教育部长，1848—1849 年任撒丁王国首相。1852 年客死在巴黎。

与马志尼相比，他的宣传鼓动显得陈旧过时，他的作品表面上似乎热情生动，实际上没有摆脱文人的框框，显得冷漠夸张。他的著作有《论意大利民族在道德和文明方面的优越》(Primato morale e civile degli italiani，1843)，颂扬意大利的过去和现在，概述了意大利文化和诗歌的历史，主张创立以教皇为首的意大利联邦。另一部重要政治著作《论重建意大利文明》(Il rinnovamento civile d'Italia，1851)分析了 1848—1849 年间的革命事件，提出必须在萨沃依王朝的领导下才能实现意大利统一。

其他政治文人比较重要的有巴尔博(Cesare Balbo，1789—1853)、达泽里奥(Massimo D'Azeglio，1798—1866)、卡塔内奥(Carlo Cattaneo，1801—1869)等人，他们代表了 19 世纪意大利文化的新声，以成熟的眼光分析过去、研究国家的现在和未来；反过去，浪漫主义思想也使他们开阔了眼界，使自己的步伐赶上欧洲文化发展的步伐。

除了前面提到的《调和者》刊物外，意大利浪漫主义者还创立了其他刊物来宣传和传播新文化思想，如卡塔内奥创办了《工艺》(Politecnico)；维约索(Giampiero Vieusseux)和卡波尼(Gino Capponi)于 1821 年在佛罗伦萨创办了《文选》(Antologia)。在米兰，巴塔里亚(Giacinto Battaglia)创办《欧洲杂志》(Rivista europea，1838)，坦卡(Carlo Tenca)创办《黄昏》(Crepuscolo，1851)。在都灵，有《意大利文选》(Antologia italiana,1846)和《现代杂志》(Rivista contemporanea,1853),在那不勒斯有《进步》(progresso,1832)。

浪漫主义文化在史学研究方面也产生了深刻影响,特别是在文献学文面,使它有了革新,人们进一步认识到文献作为工具的重要作用,促使资料研究和档案发现有了很大发展。这时,一些专门机构和专业杂志应运而生,比如,在都灵 1833 年成立了第一个"祖国历史委员会"(Deputazione della storia patria),1841 年创办了《意大利历史档案》(Archivio storico italiano)。浪漫主义史学研究着眼于国家利益,表现出强烈的爱国思想,他们摆脱了纯理论的抽象主义,重视人民的感情和愿望,注重社会的进步和发展。但是,19 世纪的史学作品,因受古典主义的影响,还带有某些古代风格的痕迹,尤其是在南方作家的作品中,如特洛亚(Carlo troya,1789—1858)的《论但丁讽喻的猎兔狗》(Del veltro allegorico di Dante)和《中世纪的意大利史》(Storia d'Italia nel medioevo)、托斯蒂(Luigi Tosti ,1811—1897)的《蒙特卡西诺大教堂史》(Storia della badia di Montecassino)和《卜尼法斯八世及其时代的历史》(Storia di Bonifacio Ⅷ e dei suoi tempi)以及阿马里(Michele Amari,1806—1889)的《西西里维斯普罗之战》(Guerra del Vespro Siciliano,1842)和《西西里穆斯林史》(Storia dei musulmani di Sicilia,1854—1872)等都是如此。阿马里是位爱国者,长期流亡巴黎,1859 年回国居住,曾任大学教授和部长,他专门研究阿拉伯人统治时期的西西里历史。

北方作家的思想比较温和,重视掌握材料。都灵的巴尔博,是一位有自由思想的贵族,立宪主义者,实行 1848 年宪章后,他任撒丁—彼埃蒙特王国第一任首相。他专心研究历史,作品有《意大利之希望》(Le speranze d'Italia,1844),书中论述意大利独立问题,他提倡爱国主义和自由主义,但反对革命。号召建立一个极端温和的意大利政党,不得人心,1848 年 3 月他就任首相,慑于席卷全国的民主浪潮,7 月便宣布辞职。后来任彼埃蒙特大区驻教廷的使节。他的其他作品还有《但丁传》(Vita di Dante,1839)和《意大利历史纲要》(Sommario della storia d'Italia,1846),他继承了阿尔菲耶里的伦理道德思想和彼埃蒙特新贵族的政治现实主义思想。在佛罗伦萨,卡波尼(Gino Capponi,1792—1876)是托斯卡纳地区自由派的领袖,积极参加政治活动,1848年曾任临时政府总理。他设在佛罗伦萨的文艺沙龙长期是欧洲主要自由主义思想家的聚会场所,还创办了《文选》刊物。主要作品有《隆高巴尔第人统治意大利的信札》(Lettere sulla dominazione dei longobardi in Italia)和《佛罗伦萨共和国史》(Storia della repubblica di Firenze)。

历史学家拉法里纳(Giuseppe la Farina,1815—1863)还是一位革命者,1835年获得法学学位,1838年开始在那不勒斯等地进行革命活动,1848年革命失败后,他流亡巴黎,直到1853年返回都灵,1857年创立"民族协会"(Società nazionale),1860年曾向加里波第提供军费,后被选入众议院,以后成为国务顾问。他宣称在作品中"不向社会名流和科学界名人……而向所有意大利人民"讲话,为此,写了《讲给意大利人民的意大利史》(Storia d'Italia narrata al popolo italiano),另外,还写了《1815—1850年意大利史》(Storia d'Italia dal 1815 al 1850)。

政治文人卡塔内奥毕业于帕多瓦大学,知识渊博,首先在意大利鼓吹实证主义,晚年涉足政治,1848年米兰"五日暴动"时成为革命委员会领导人,1867年当选为意大利王国众议院议员,主张建立意大利联邦共和国。主要著作有《1848年米兰暴动》(Insurrezione di Milano del 1848)和《论米兰暴动及其以后的战争》(Dell'insurrezione di Milano e della successiva guerra)。

历史学家、政治学家费拉里(Giuseppe Ferrari,1811—1876)和卡塔内奥的观点相同,也主张建立意大利联邦共和国。他于1840年在巴黎获得文学博士学位。1859年回到意大利从事政治活动,拥护成立联邦,反对民族统一,曾在都灵大学、罗马大学和米兰大学任教,主要作品有《革命的哲学》(Filosofia della rivoluzione,1851)和《意大利革命史》(Storia della rivoluzione d'Italia,1858)。

米兰人坦卡是位积极的宣传者，在1848年“五日暴动”时，主编临时政府的机关刊物《三月廿二日》(Ventidue marzo)，后来创办《黄昏》，集中了意大利许多优秀文学家与政治家与其合作。

浪漫主义推动了意大利的史学研究，使它更接近实际、更联系实际，更好地为意大利民族复兴运动服务。

第六节　曼佐尼

在意大利乃至欧洲的浪漫主义文学中，亚历山德罗·曼佐尼都占着极其重要的地位。他不仅接受浪漫主义，宣传浪漫主义，以此进行文学创作，而且还发展浪漫主义，对浪漫主义文学的广泛传播做出了卓越的贡献。

亚历山德罗·曼佐尼(Alessandro Manzoni，1785.7.7—1873.5.22)，出生于米兰的一个贵族家庭，父亲是伯爵，母亲是著名启蒙主义作家、《罪与罚》的作者贝卡利亚的女儿。因而从小就受到启蒙思想的熏陶。他父亲比母亲年长26岁，感情长期不和，后来终于离异，母亲与因鲍纳蒂同居。这些家庭纠纷给曼佐尼幼小的心灵造成极大的创伤。他6岁以后，便住在教会学校接受教育，阅读了大量作品，接受唯理主义和革命思想，与母亲同居的因鲍纳蒂对他很好，他也把因鲍纳蒂视为父亲一样，两人感情很深。1805年3月，因鲍纳蒂逝世，母亲叫他去巴黎居住与其作伴。为了安慰伤心的母亲，他写了自由体诗《悼念卡尔洛·因鲍纳蒂》(In morte di Carlo Imbonati，1806年在巴黎出版)，成为他早年作品中的佳作。他在巴黎住了五年，这期间经常出入法国哲学家和生理学家卡巴尼斯(Pierre-Jean-Georges Cabanis，《人的肉体与道德之间的关系》一书的作者)等哲学家、思想家、文学家的沙龙，尤其与法国著名学者、作家福里埃尔(Claude Fauriel)建立了亲密的友谊，这使曼佐尼开阔了眼界，了解了社会，接受了启蒙主义特别是浪漫主义文学思想。与此同时，他还潜心研究法国作家，热心阅读启蒙主义者尤其是伏尔泰的作品。1807 年他父亲去世，回米兰奔丧。过了一年，他与日内瓦一银行家的女儿恩莉凯塔·布隆代尔结婚，婚后住在巴黎。布隆代尔原是个虔诚的加尔文教徒，后来在别人的劝说下改信天主教。在她的影响下，经与一些神父谈话后，曼佐尼经过长期思考也由怀疑宗教皈依天主教。这是他生活经历中一大重要事件，对他以后的思想发展和文艺创作都产生了深远影响。他认为宗教不是简单的遵守宗教礼仪，而是严格的道德准则。1810 年 7 月他们回到米兰定居，但大部分时间住在乡间别墅，集中精力写作，同时与志同道合的朋友保持密切联系。格罗西、白尔谢、波尔塔等人也经常光顾他家。1812 年他按着圣餐仪式计划写 12 首圣歌(Inni Sacri)，至 1815 年只完成 4 首，1822 年又加了一首共 5 首。从艺术角度看，第 5 首远远超过前 4 首。1816—1820 年完成历史悲剧《卡马尼奥拉伯爵》(Il conte di Carmagnola)，1820—1822 年又写出另一名剧《阿德尔齐》(Adelchi)。1821 年为支持彼埃蒙特革命写出《一八二一年三月》(Il marzo 1821)，1822 年为悼念拿破仑之死写了《五月五日》(Il cinque maggio)，同时还从事《约婚夫妇》(I promessi sposi)的创作，1827 年首次出版这部小说。与此同时，他还写了一些浪漫风格的论文和寓言。

曼佐尼出于对托斯卡纳语的崇拜和喜爱，几次前往佛罗伦萨学习语言，修改自己的作品。1827 年以后，因神经系统疾病加重，他不得不停止写作，专心致力于修改《约婚夫妇》，潜心研究语言问题，对在自己小说和悲剧中所描写的时代进行历史研究。曼佐尼的浪漫主义重视历史的作用，把历史看作是文明发展的重要因素。1833 年他妻子逝世，4 年后与特雷莎·苞丽结婚。他命运多舛，家庭不幸接踵而至，1841 年母亲逝世，1861 年特雷莎逝世，前妻布隆代尔生的 8 个子女先后死去 6 个。曼佐尼以宁静的乡间生活和虔诚的宗教信仰来对待这些打击，保持自己的心理平衡，虽声名大噪，仍深居简出，不公开露面。国王埃马努埃莱二世任命他为伦巴第学院主席，并给他丰厚的俸禄。他受人尊敬，1860 年被选为参议员，但他很少参加参议院会议，只去过一次，是去投票赞成定罗马为意大利首都。1872 年被推为罗马荣誉市民。1873 年 5 月 23 日因患中风在米兰去世，享年 88 岁。在他逝世一周年时，著名作曲家威尔第专门写了《追思曲》以资纪念。

曼佐尼算不上是一位多产作家，但创作生涯开始得较早。住在巴黎时经常与激进派人士交往，接受浪漫主义思想，也深受伏尔泰怀疑主义的思想影响。16 岁时模仿蒙蒂风格写出了反教权主义的抒情诗《自由的胜利》(Il trionfo della libertà，1801)，诗中回顾古代共和国和现代革命运动中的英雄，猛烈抨击宗教迷信，通过一位 1799 年那不勒斯革命的志士之口谴责那不勒斯王后的专横，歌颂革命胜利后而获得的自由。从艺术角度，这只能算一篇学生的习作，感情充沛，但技巧不高。后来模仿帕利尼和福斯科洛风格写了颂诗《在那五座山峰上》(Qual su le cinzie cime，1802—1803)和无韵体田园诗《阿达河》(Adda，1803)，诗中充满了神话色彩，想像米兰附近的阿达河邀请蒙蒂来此享受乡间的宁静。模仿阿尔菲耶里写了自画像性质的十四行诗。还按照帕利尼和戈齐的模式写了 4 首《布道诗》(Sermoni，1802—1804)，讽刺世风的堕落和暴发户的自负，也讽刺蹩脚诗人的无知，表明自己对道德的认真追求，认为人应该严谨、坚定，有明确的思想和高尚的道德。在生活中，他也在不断地调整自己、修正自己，在学习和思考中寻求自己生活的目的和方向。通过与在米兰的那不勒斯流亡者的友好交往(如洛莫纳科、特别是库欧科，由库欧科介绍又认识了维柯)，认识到意大利不统一、不独立，便不可能有一个自由的政府。1805 年他去巴黎陪伴母亲，为安慰伤心的母亲，满怀激情地写了《悼念卡尔洛·因鲍纳蒂》，赞扬因鲍纳蒂敢于抨击贵族的虚伪，保持朴素生活的美德，表达了对他的爱戴和崇敬。情真意切，感人至深，充分展示了年轻诗人的创作天赋。该诗的风格类似帕利尼和阿尔菲耶里，表现了朴实的曼佐尼道德的独到之处："倾听和思考，容易满足，盯着目标目不斜视，保持纯洁的手和头脑……；永远不做奴隶，与卑鄙者不停地斗，永不背叛神圣的真理，永不说鼓励恶习的话，永不说嘲弄美德的话。"曼佐尼在这些早期作品中，创作技巧日臻成熟，态度严肃认真，逐渐形成了自己独特的风格。后来写的《乌拉尼亚》(Urania，1809)赞美诗歌对人的益处和艺术魅力，这是他模仿古典主义风格写的最后一部作品。1809 年 9 月 6 日，他写信给福里埃尔说："再不应该这样写诗了，我以后写的诗也可能更坏，但决不是这一类的了。"

曼佐尼皈依天主教以后，思想和创作都发生了极大变化。从唯理主义和伏尔泰的自然神论转到了正统的天主教，放弃古典主义，逐渐接受浪漫主义。1810 年自巴黎到米兰后，深居简出，辛勤笔耕。只是在 1819—1820 年间去巴黎小住 10 个月以放松精神；在 1827 年和 1856 年，曾两次去托斯卡纳短期逗留去学习语言的运用。其他时间全部用来写作。1812—1815 年，先后写了 4 首宗教诗《圣歌》(Inni sacri)：《复活》(La Resurrezione，1812)、《玛利娅的名字》(Il nome di Maria，1812—1813)、《圣诞节》(Il Natale，1813)、《耶稣受难》(La Passione，1814—1815)。1822 年又写了《圣灵降临》(La Pentecoste)，这第 5 首是最佳之作。他原打算写 12 首圣歌，以纪念每年 12 次重大的宗教活动。但最后只完成上面 5 首。这些诗立意新颖，想像丰富，亲切感人，不同于以往干巴巴的宗教说教(如像但丁那样描写神学观点和教条)，而是着意描写宗教是社会和道德的工具，说明宗教能够给予人类以崇高的理想、正义和平等。诗中的天使不是光顾贵族家"有人守卫的大门"，而是来到"艰难世界"中牧人的茅舍前；男孩的祈祷和女孩的"痛苦眼泪"都能打动圣母玛利娅的善心。诗人把这种新式宗教写得朴实、可亲、可近，显示出诗人皈依宗教后的思想和感情变化。教徒们当然喜欢这些诗，就连爱好艺术和诗歌的非教徒们也欣赏这些诗。

曼佐尼由巴黎回到米兰时，意大利还处于奥地利和法国的统治下，封建君主实行分裂割据，意大利争取民族独立、统一和自由的民族复兴运动出现新的高潮。浪漫主义作家采用历史题材借古喻今，颂扬爱国精神，号召人民起来为争取祖国解放和统一而战斗。他的创作也体现了意大利浪漫主义的特征，同时，又把资产阶级民主思想同天主教宣扬的平等、博爱的教义融合在一起，企图以此来解决民族矛盾和社会矛盾。1815 年，那不勒斯国王穆拉从里米尼颁布公告，要求国民奋起反抗外国入侵者，为争取民族独立和自由而战。曼佐尼为此写下了富有说服力的《里米尼宣言》(Il proclama di Rimini)，号召一切爱国者联合起来，为意大利的复兴而斗争。

1821 年，意大利许多城市爆发了由烧炭党组织的起义，目的是争取民族解放，摆脱外国奴役，统一意大利，成立制宪政府。结果这些起义最后都失败了，许多革命志士被杀害、被监禁、被流放。在这些革命行动的激励下，他创作了政治颂诗《一八二一年三月》，颂扬人民革命，悼念牺牲的烈士。同时指出，革命应该有一个共同的意志，于是，他恳请彼埃蒙特国王答应领导意大利人民的革命行动。但这首诗中带有强烈的宗教色彩，认为人民的自由必须由神律来保护。

1812—1823 年，曼佐尼着手写《约婚夫妇》。这期间，他的写作技巧越来越成熟，内容和形式结合得巧妙完美。与《调和者》的朋友们保持友好联系，进一步接受浪漫主义学说。他的一些历史、哲学题材的作品也写于这个时期，《论天主教道德》(Osservazioni sulla morale cattorica，1819)、《论隆高巴尔第在意大利的历史的几个问题》(Discorso sopra alcuni punti della storia longobardica in Italia，1822)。

真正使曼佐尼蜚声诗坛，名扬意大利乃至整个欧洲的作品是抒情诗《五月五日》(Il cinque maggio，1822)。1821 年 5 月 5 日，拿破仑在圣赫勒拿岛死去，曼佐尼在米兰闻讯后异常激动，立即写就《五月五日》，由于匆忙，诗的技巧欠佳，但因心情激动，诗却写得异常动人。诗一开头就抓住了读者，诗中像过电影似的回顾拿破仑一生的经历，描述他的胜利和失败，既不歌颂也不咒骂，让历史去评说他的功过是非。诗中也流露出神秘的天命观。拜伦、贝朗瑞、雨果、拉马丁等都就拿破仑的死写过文章，但他们的成就都不及曼佐尼。歌德赏识《五月五日》并将它译成德文。曼佐尼自己也不曾想到这首急就而成的抒情诗会得到如此殊荣。

1816—1822 年，曼佐尼读过莎士比亚著作之后写了两部悲剧佳作：《卡马尼奥拉伯爵》(Il Conte di Carmagnola)和《阿德尔齐》(Adelchi)，它们都是以伦巴第地区的历史事件为素材，借古喻今。

《卡马尼奥拉伯爵》表现的是 1426 年米兰与威尼斯之间的战争历史，全剧分为 5 幕。主人公卡马尼奥拉伯爵原先是米兰军队的杰出将领，因与主子不和，转而为威尼斯共和国效力，指挥威尼斯军队在反对米兰公国的战斗中屡建战功，被晋升为统帅，后来战斗受挫，他又被威尼斯怀疑是米兰的奸细，被逮捕，最后被处死。作者在剧中歌颂伯爵，认为他是被诬告，是无辜的，是封建君主政治阴谋的牺牲品。看到卡马尼奥拉伯爵能使人想起歌德笔下的埃格蒙特、席勒笔下的华伦斯坦。剧中卡马尼奥拉伯爵在法庭上的辩护词及在临死前与妻女诀别的场面都写得感人肺腑，催人泪下。但综观全剧，情节还是比较简单，手法也不精彩。这部悲剧不是按“三一律”写的，曼佐尼在序言中指出“三一律”只是专横武断的依据，没有“三一律”，不会破坏人的想像。曼佐尼在剧中加进了合唱，用来表达自己的思想，体现剧本的道德意义。他批评意大利人之间的战争，指出封建君主的内讧是意大利民族蒙受灾难的根源，是意大利解放和复兴的最大障碍。

悲剧《阿德尔齐》是献给自己爱妻的。取材于 772—774 年法兰克王查理大帝与伦哥巴第王德吉德里奥之间的战争。伦哥巴第人是日尔曼血统的民族，公元 6 世纪南下入侵意大利，伦巴第地区便由此而得名。伦哥巴第王与教皇为争夺地盘爆发战争，教皇失利，便请求法兰克王查理大帝帮助收复失地。查理大帝娶了德吉德里奥的女儿埃曼加尔达为妻，后又抛弃了她。阿德尔齐是德吉德里奥国王的儿子，认为自己进行的战争是非正义的，但应该服从父命，只得参加战斗，他英勇善战，屡建战功，后来因有人叛变，最后失败，英勇就义。埃曼加尔达被查理大帝抛弃后死在布雷西亚的一所修道院里，成为这一历史事件的牺牲品。

这部悲剧描写意大利人民遭受战争的苦难，他们痛恨入侵者伦哥巴第人，欢呼法兰克人的胜利，没想到战胜者法兰克人却成了他们新的统治者，被奴役的境况依然如故。曼佐尼以此来教育人民自由不能靠别国来赐给，只能靠自己的斗争来争取。这在当时具有深刻的现实意义。

这部作品写得极为成功，曼佐尼以娴熟的技巧展示了一个真实的历史事件，剧中人物性格鲜明，细腻感人。一方面写当权者为了自己对权力、统治和报复的要求不惜做各种恶事：战争、流血、残酷、叛变；另一方面写被他们奴役的弱者、善良的平民百姓不得不为统治者的欲望而做出极大的牺牲，写人的善良、宽容、纯洁和伟大。强烈的对比，更打动了观众的心。看得出来，作品中流露出明显的天主教思想。悲剧中有两首合唱曲，尤其是埃曼加尔达之死合唱曲，感人至极，可称是完美的抒情诗。

人们提到曼佐尼，必然想起他的历史小说《约婚夫妇》(I promessi sposi，1821—1823)，这是意大利最重要的浪漫主义作品，是历史小说的典范。这部小说有个副标题《曼佐尼发现并重写的17世纪的米兰历史》(Storia milanese del secolo XVII scoperta e rifatta da A Manzoni)，它是文艺作品，但又不完全是虚构的，因为书中的人物都生活在真实的历史环境之中。

曼佐尼于1821年开始写这部小说，1823年完成初稿，觉得不满意，又重写，并多次增减修改，直到1827年最后完成。这年年底，他又带全家去佛罗伦萨再次修改这部小说，如他自己说的“在阿尔诺河中涮洗碎布”，从头至尾，逐字逐段修改润色，于1840年出版最后一稿，我们现在读的《约婚夫妇》多是这一年的版本。

故事发生在1628—1630年的伦巴第地区，当时处在西班牙的统治之下。米兰北部科莫湖畔一个小城的两个年青人准备结婚，男的叫朗佐，是个缫丝工人，女的叫露琪娅，是个普通人家的女儿。当地有钱有势的劣绅堂·罗德里戈企图占有露琪娅，便想方设法阻止他们成婚，他威逼心地善良但胆小怕事的教区神父堂·阿布翁迪奥不要为这两个年青人主持结婚仪式。这对情人失望、痛苦。笃信上帝的露琪娅恳求乐于助人的克里斯多夫神父帮助自己。结果克里斯多夫神父不但没帮成忙，反而自己也被调往他乡。有反抗精神的朗佐，在朋友的帮助下，计划夜间潜入堂·阿布翁迪奥神父家请他主持结婚仪式，结果计划也失败，为躲避堂·罗德里戈的迫害，两位年轻人被迫逃离家乡。露琪娅逃进蒙扎的一座修道院，她哪里知道该修道院的院长也是个阴险的坏女人，堂·罗德里戈始终不放过姑娘，最后找到她的藏身处，指使一个心狠手毒的家伙（书中称“匿名人”）抢走了露琪娅，扣押在一个别野中，可怜的姑娘悲痛欲绝，便祈求上帝帮助脱离虎口，并对天发誓自己终生不嫁。“匿名人”为姑娘的虔诚和决心所感动，在宗教的感召下放走了露琪娅，她被安置在米兰，处在米兰大主教博罗麦奥枢机主教的保护之下。朗佐逃离家乡后历经磨难最后也来到米兰，西班牙统治下的米兰，天灾人祸，民不聊生，人民纷纷起来反抗压迫争取生存，朗佐也被卷入这一斗争浪潮之中，发表演说，宣传群众，结果被捕入狱。后来他越狱逃跑，米兰的西班牙当局以叛逆罪判他重刑，他逃到阿达河东岸的贝尔加莫市（当时属威尼斯共和国的领土）以逃避西班牙当局的追捕。这时期法国与西班牙为争夺曼托瓦公国的继承权爆发战争，招来了德国雇佣兵入侵伦巴第地区，德国兵不仅烧杀抢掠，作恶多端，还带来了可怕的瘟疫，夺走了千万人的生命，千村薜荔人遗矢，万户萧疏鬼唱歌，瘟疫使得米兰政府瘫痪，其法律、判决也统统变得无人执行，这样，朗佐得以返回米兰继续寻找自己的心上人。在米兰一所传染病医院里，克里斯多夫神父为拯救病人而忙碌着，堂·罗德里戈这时已病入膏肓，危在旦夕。露琪娅也住在这所医院里治疗，很快病愈。克里斯多夫神父帮助她解除了在“匿名人”别墅所作终生不嫁的许诺，并使她与久别的情人朗佐相见，最后，瘟疫被治服了，堂·罗德里戈病死了，朗佐与露琪娅终于结为夫妻，有情人终成眷属。

《约婚夫妇》是一部杰出的历史小说。其中有真实的历史事件和人物，如战争、瘟疫、博罗麦奥枢机主教等，这体现了曼佐尼的艺术原则：寻找并尊重事实；但作为小说，又不能只限于这些，他塑造的许多性格鲜明的人物，给读者留下深刻的印象。故事情节曲折复杂，但发展自然，合乎情理，一切都好像在人们预料之中，所以这篇巨作易读、易懂。

曼佐尼以前创作的抒情诗和悲剧，都是以贵族、国王、名流等“大人物”为主人公，在《约婚夫妇》中则是以普通人家的子女朗佐和露琪娅为主人公。曼佐尼认为历史是人创造的，人包括“大人物”和“小人物”，两者缺一就不成其为历史，所以作者花费大量笔墨描写这些普通人的悲欢离合，赞扬他们的美德，体现了作品的人民性。

曼佐尼了解社会，了解人民，所以能深刻地描写社会生活，表达人民的心声，书中的人物使人感到可信、可亲，好像就生活在自己的周围。好人也有缺点，坏人也有优点，他不愿把好人写成完人，以致违背真实。作者不用很多笔墨详细描写某人的外表，如堂·阿布翁迪奥神父个子高还是矮，没有交代，但其心地善良又胆小怕事的性格却写得活灵活现、一目了然。正面人物和反面人物都是如此处理。书中对次要人物的描写笔墨不多，但也能给读者留下深刻的印象。

《约婚夫妇》的另一特点是充满了浓厚的宗教思想，宣扬谋事在人，成事在天，上帝是人类历史的主宰。露琪娅身处逆境，但依靠上帝的力量便能化险为夷；心狠手毒的“匿名人”在宗教的感召下也能放下屠刀，立地成佛；至于书中的克里斯多夫神父、博罗麦奥枢机主教、堂·阿布翁迪奥神父等更是使人摆脱灾难的救星；堂·

罗德里戈有钱有势、有人有力，但代表了邪恶势力，还是达不到目的。作者弘扬善良和正义，但不是以武力战胜武力，以奸诈战胜暴力，而是以耐心、忍让、虔诚来战胜邪恶，人们不可以反对上帝，也不可能反对上帝，只有上帝能够保护好人，只有上帝有权惩治坏人。这些都反映出作者思想的局限性。

这部小说中也不乏幽默讽刺之笔，这与他年轻时受到启蒙思想影响有关，他讽刺社会的弊端，但这种讽刺是善意的、人道的，寓教育和道德于幽默讽刺之中。曼佐尼的道德原则是要相信正义，正义是历史的证人。

前面提到《约婚夫妇》初版于1827年，最后出版于1840年，两种版本的最大区别就在于语言。在1840年的版本中，曼佐尼用生动的、口语化的佛罗伦萨词汇和语法改掉了1827年版本中的伦巴第方言，为此他耗费了大量的精力和时间。至于作品的增减和其他方面的修改是很少的。小说后来取得的伟大成就证明曼佐尼在语言方面的努力是正确的、成功的。

在语言问题上，曼佐尼不追求语言的华丽漂亮，而追求明了、简单和容易上口，剔除晦涩的、学究式的词语和使用面窄的方言，主张使用“所有人的语言”。曼佐尼在这方面的工作为意大利语的发展起了极其重要的作用。除此而外，他也和蒙蒂一样对语言问题进行了卓有成效的研究。他曾担任意大利王国语言统一委员会主席，认为一个民族必须有统一的语言。他提出应该以使用较广泛的某一地区的语言为基础（比如法语可以以巴黎方言为基础，意大利语可以以佛罗伦萨方言为基础），将它完善并加以推广，使其逐渐成为该民族的通用语。为此曼佐尼写了一些专著，如《论意大利语》(Sulla lingua italiana，1845）和《论语言的统一及其推广方法》(Dell'unità della lingua e dei mezzi per diffonderla，1868），这后一篇是他向布洛里奥部长呈交的一份报告，1869年又写了这份报告的附录。其他专著还有《关于〈论俗语〉》(Intorno al libro《De volgari eloquio》，1868）、《论词汇》(Intorno al vocabolario，1868）、《致卡萨诺瓦侯爵的信》(Lettera al marche di Casanova,1871)等。

曼佐尼是一位涉猎极广的作家,除了写诗、写剧本、写小说、研究语言外,还研究历史和美学。1817 年发表《论天主教道德》(Osservazioni sulla morale cattolica),批驳日内瓦历史学家西斯蒙迪在《意大利诸共和国历史》一书中将意大利的堕落归咎于天主教的观点。《关于伦哥巴第历史中几个问题的论述》(Discorso sopra alcuni punti della storia longobardica)内容是反对一些历史学家认为伦哥巴第人不仅要破坏意大利统一,而且还要消灭拉丁民族的错误观点,论述了压迫者与被压迫者之间的关系。1842 年他发表《耻辱柱历史》(Storia della colonna infame)作为《约婚夫妇》的附录,为17 世纪在米兰发生瘟疫时被判刑的不幸者恢复名誉。另外,他还写了《1789 年法国革命与 1859 年意大利革命之比较》(Saggio comparativo sulla rivoluzione francese del 1789 e la rivoluzione italiana del 1859,未完成,身后出版),认为 1859 年意大利革命反对旧政府是合法的、正义的,而 1789 年法国革命则是非法的、非正义的。这种论点显然是错误的。

在《论天主教道德》中,曼佐尼概括了天主教道德的特点,认为在许多方面,它是与温和的自由主义联系在一起的,谴责暴政、暴力和各民族间的仇恨。“福音书使我们明白:我们有博大的胸怀来爱所有人。”他提倡的宗教不是奴性的,而是勇敢的斗争的宗教,是能“教人蔑视用来奴役人的事物”和“使每人都有自由和尽义务所必须的坦诚思想”的宗教。

在他的历史著作中,曼佐尼也遵循这种观点,认为要做一个天主教徒,不能没有自由的理想。《关于伦哥巴第历史中几个问题的论述》除了简述教皇国保卫意大利人民、反抗伦哥巴第人压迫外,还研究压迫者与被压迫者之间的关系,思考一个缺乏法律、不能进行具体的历史行动的、分散的民族的命运。曼佐尼对被压迫者、受迫害者、下层人怀有极大的同情心。他可怜穷人和普通人,讽刺法律,“法律是富人们按照自己的好恶制定的”。他主张平等,认为生活“不是注定对许多人是一个负担，而对某些人是一种欢乐；生活对所有人都是一种职责，每个人都应该了解它的意义。”所以，在他的作品中既有天主教道德，又有人道主义精神。

曼佐尼是19世纪意大利浪漫主义文学的首要代表。在19世纪以前的意大利文学史中，不朽的作品是诗歌，如《神曲》、《疯狂的罗兰》、《解放了的耶路撒冷》等，伟大的人物是诗人，如但丁、彼特拉克·塔索、帕利尼等。真正能做为“代表”的小说，要说有的话，只有《约婚夫妇》。

综观曼佐尼在各个领域的成就，他完全称得上是意大利的小说之父、语言大师、剧坛泰斗、诗坛巨匠。

第七节　莱奥帕尔迪

诗人、学者、哲学家贾科莫·莱奥帕尔迪(Giacomo leopardi，1798—1837)以出色的学术和哲学著作以及优美的诗歌使自己当之无愧地成为意大利19世纪最伟大的作家之一。

莱奥帕尔迪出生于意大利中南部的一个偏僻落后的小镇雷卡那蒂，排行老大，父母亲都是没落贵族，父亲是位知识渊博的学者，但思想反动，行为保守；母亲性情怪僻，专横跋扈，父母与子女之间感情疏远。因此，他除了弟弟妹妹们的友爱之外，感受不到家庭的温暖。莱奥帕尔迪本人生性好强，聪明伶俐，从10岁就开始利用父亲的丰富藏书，刻苦自学，从而积累了广博的知识，通晓拉丁文、希腊文、希伯莱文以及英语、法语、西班牙语等现代语言。同时还进行哲学研究。17岁时，已经是位语言学者，写出了一些颇有价值的学术著作，如《天文学史》(Storia dell'astronomia，1813)，材料翔实；《印度美德》(Virtù indiana，1812)和《庞培在埃及》(Pompeo in Egitto，1812)是两部悲剧；还有《哲学对话》(Dialogo filosofico，1812)、《论讽刺短诗》(Discorso sopra l'epigramma)及一些阿那克里翁体诗、贝尔尼体诗，诙谐的信札、宗教内容的叙事诗、历史题材的十四行诗、布道诗和圣诗等诗歌作品。1815 年完成《论古人的大众化错误》(Saggio sopra gli errori popolari degli antichi)和《致解放皮切诺时的意大利人》(Agli Italiani in occasione della liberazione del Piceno)。1815—1816 年，他从主要进行学术研究转到了文学创作，还翻译了摩斯科斯的田园诗、荷马的《奥德修记》第一集、维吉尔的《埃涅阿斯记》的第二集以及相传是荷马作品的《蛙鼠之战》，还创作了《海神颂》(Inno a Nettuno)，假托译自新发现的希腊文抄本。他 10 岁至 17 岁这 7 年的书斋生活，"极端失望和发疯似的七年学习"(莱奥帕尔迪语)以及辛勤的创作活动，毁坏了他的身体，致使常年病不离身，非常痛苦。这七年的学习与创作使他逐渐"注意过去的事情"，从模仿蒙蒂、翻译古典名家的佳作，使他知识更扎实，思想更开阔，写作技法日臻完善。他的哲学观从美转向真实，从文学转向哲学，从想像诗转向感情诗。深受阿尔菲耶里、福斯科洛、歌德、夏多布里安等人的影响。1817 年初，他开始与爱国文学家焦尔达尼(Pietro Giordani)通信，诉说自己的理想和抱负，倾诉生活在穷乡僻壤的苦闷和烦恼，焦尔达尼发现了他的天才，经常给他指导，促进了他在艺术创作方面的发展与进步。

莱奥帕尔迪在偏僻落后的家乡得不到别人的理解，把他当作"假充博学者"，他也找不到可以交流的人，所以感到极度孤独。他知道在这个"洞穴""巢穴"的外面，有一个充满生活和辉煌的美丽世界，有一片"充满奇迹"的土地，他"热切地希望看到和认识"这个地方。莱奥帕尔迪内心蕴藏着丰富的感情，也渴望得到爱情，但因貌丑多病希望破灭，所以他急欲离开这个封闭的地方，到外面去求学，以实现自己的理想和抱负。但是，思想保守的父亲不理解自己的儿子，怕他出去与自由派人士交往，拒绝了他的要求。这时的莱奥帕尔迪苦闷忧郁，痛苦至极，甚至产生过自杀的念头。他写道："我对周围的一切都不感到惊奇……这时我如果疯了，我想我会坐在那儿，目瞪口呆，双手扶着膝盖，一动不动，不哭不笑……我不再有任何企望，甚至于死……这是烦恼第一次不仅压迫我，使我精疲力尽，而且像剧痛一样折磨我、撕裂我，……一切欲望都死去了……失望也无所谓了。”1819 年他曾计划逃离家乡，没有成功，又加上患眼疾使他 9 个月不能看书，因而感到世间一切虚无空幻，人生没有幸福可言，最后他抛弃了宗教和灵魂不灭的信仰，形成了他的唯物主义悲观哲学观点。这也是复辟时期欧洲文学中出现的悲观主义在意大利文学中的反映。

1822 年 11 月，他终于得到父亲的许可，离开家乡前往罗马，在舅舅安蒂奇侯爵家住了几个月。但在罗马看到的一切使他大失所望，他与罗马社会的接触使他相信幸福只是一场梦，快乐是幻想。罗马对他来说太大了，使他劳累使他迷路，他体会不到罗马古迹的宏伟庄严。他把罗马社会看作是“文学和风俗的粪堆”。只有在塔索墓前，他感动得流泪。由于教廷怀疑他的政治和宗教观点，他未能找到工作。普鲁士历史学家尼布尔(Niebhur，1776—1831)赏识他的才能，邀请他去德国，他拒绝了。1823 年 4 月返回雷卡那蒂，在家主要从事《道德小品集》(Operette morali)的创作。1825 年 7 月，他应邀去米兰“明星出版社”主编《西塞罗文集》。他到别的地方能找到幸福的幻想已破灭了，但他痛恨雷卡那蒂这个“野蛮的小镇”和“活人的坟墓”，最终还是离开了这个地方。1825 年 8—9 月在米兰，1825 年 10 月至次年 10 月在波洛尼亚，1827 年 4—6 月再次在波洛尼亚。以后又去佛罗伦萨和比萨，所需费用以他在“明星出版社”的工资和当家庭教师的收入来支付。在佛罗伦萨，通过焦尔达尼，他结识了《文选》杂志的朋友们和那不勒斯的流亡者，参加过自由派的集会，但不同意他们对国家前途的乐观主义态度。比萨虽小，但风景宜人，“集中了大都市和小城市的特点，集中了城市和乡村的特点，我从未见过这样的城市”，比萨给他留下了非常好的印象，心情很好。1828 年 4 月他在这儿写下了《民族复兴运动》(Risorgimento)和《致希尔维娅》(A Silvia)。同年 8 月，因健康状况恶化，不能坚持工作，断了生活来源，被迫又回到故乡。在家乡滞留了不到一年半，这段时间是他一生中最痛苦不堪的时期，“16 个月可怕的日日夜夜”。但是，这段时间又是他诗歌创作的黄金时代，他像流亡者似的与家人生活在一起，将自己关在宁静的房间里，埋头写诗，写下了《孤独的麻雀》(Il passero solitario)、《回忆》(Le ricordanze)、《暴风雨后的平静》(Le quiete dopo la tempesta)、《乡村的星期六》(Il sabato del villaggio)、《一个亚洲游牧人的夜歌》(Canto notturno di un pastore errante nell'Asia)等诗篇，都是他最具代表性的优美诗歌。在写诗的同时，还想方设法逃离这个“监牢”和“活人的坟墓”。1829 年冬天，有人推荐他去帕尔马大学教授矿物学和动物学，一方面因缺乏这方面学识，另一方面因薪水不高，他拒绝前往。1830 年 4 月，他接受托斯卡纳地区一些不具名的朋友们募集的救济金，终于永远离开了他所诅咒的雷卡那蒂。钱是考莱塔以“托斯卡纳朋友”的名义给他的〔其中肯定有卡波尼、维耶索(Giampiero Viesseux)〕，理由也很微妙：“如果您以后要还钱，这笔钱就是借给您的；如果没机会还，这钱就不要了；没人向您要，您也不知道该还给谁。没有任何法律强迫您。意大利的好运祝愿您恢复健康，写出好作品，我这个希望也不是逼迫您。”离开了贫穷落后的家乡，意味着他与孤独的过去决裂了，进入一个更广泛的世界，其中的关系更困难、更紧张，需要勇气和论战精神。他先在佛罗伦萨住了约 2 年，和那不勒斯青年安东尼奥·拉涅里结下了深厚的友谊。1831 年 2 月，烧炭党在摩德纳和波洛尼亚发动起义，推举他为波洛尼亚议会代表，他拒绝了，因为他不相信起义能够成功。同年 11 月，他发表了《歌集》(Canti)，上面印有他写给托斯卡纳朋友的著名题词：“我再不知道痛苦了……我知道自己的极大不幸，用不着向人倾诉。我失去了一切：我是一个受苦受累的躯体。”该诗发表后，他立即蜚声诗坛，使他跻身于欧洲诗人的前列。但他得到的稿酬不多，既不能还钱，也不能改变他的经济状况。1833 年 10 月，他与拉涅里一起在那不勒斯定居，希望这里的气候能有益于他的健康。1835—1836

年间他又出版了《歌集》和《道德小品集》。晚年，他仍与朋友通信，并继续写作。1837 年 6 月 14 日，因心脏积水病逝在那不勒斯。他最后一首诗《日落》(Il tramonto della Luna)是逝世前 2 小时完成的。1838 年，他的遗骨安葬在迈尔杰里纳，在维吉尔陵墓附近。

莱奥帕尔迪很早就开始写作，早期作品多数是翻译或是学术研究，真正的诗歌创作开始于 1816 年写的抒情诗《死的临近》(L'appressamen to della morte)，模仿但丁和彼特拉克，用 3 韵句写成，抒发当时自己觉得将不久于人世的思想情绪，充满强烈的绝望情调 。同年还写了《记忆》(Le rimembranze)是一首典型的抒情诗，也有对自然风光和乡村景色的描写。1817 年 4 月 4 日，他在给焦尔达尼的一封信中说："写诗的灵感来自于激情和大自然。"他这时的诗还只是粗糙的、资料式的浪漫主义；是抒情式的，还说不上是完全抒情的。1817 年创作了第一首有独创性的诗歌《初恋》(Il primo amore)，表达他对已婚的表亲杰特鲁德·卡西的没有表露出的爱情，以及她离开后他所感到的失落心情。这件事使他仅有的一点乐观情绪也丧失殆尽。这时莱奥帕尔迪的文艺观点还是反浪漫主义的，并撰写《致〈意大利丛书〉撰稿者们的一封信》(Lettera ai compilatori dilla Biblioteca italiana，未公开发表)反驳法国斯塔尔夫人关于浪漫主义的理论；撰写《一个意大利人关于浪漫诗的讲话》(Discorso di un italiano sopra la poesia romantica，1818，也未公开发表)反对布莱梅及其对拜伦的评价。

1818 年 9 月，焦尔达尼来雷卡那蒂看望病中的莱奥帕尔迪，使他的内心痛苦有所减轻，在这位爱国文学家的影响下，他的思想也发生了根本性变化，从只注意自己的小圈子转向注意国家命运的大主题。焦尔达尼离去后，他写了 2 首著名的政治抒情诗：《致意大利》(All'Italia)和《但丁纪念碑》(Sopra il monumento di Dante)。第一首歌颂祖国往日的辉煌，谴责现在的意大利人不为自己祖国的自由而斗争，而为外国人作战。并假借古希腊诗人西摩尼德斯之口，叙述斯巴达克健儿抗击波斯侵略，在温泉关为国捐躯的壮烈场面，影射意大利人的卑怯。第二首描写意大利在法国统治下所受的摧残，以及意大利人随拿破仑远征俄国葬身冰天雪地的惨状，呼吁同时代的同胞不要为侵略战争流血，并以爱国诗人但丁的崇高形象激励人们继承光荣的历史传统，为拯救祖国而奋斗。这 2 首政治诗洋溢着崇高的爱国情操，雄浑悲壮、具有巨大的感染力，是彼特拉克以后意大利最优秀的政治抒情诗，成为民族复兴运动时期自由战士心中的火种。

在 1819—1821 年间，他写了一些田园诗：《无限》(L'nifinito)、《节日的晚上》(La sera del dì di festa)等。小巧玲珑的《无限》在寥寥 15 行诗中，以高度概括的手笔，写出诗人独自坐在小山上，思考宇宙的无穷和永恒，心凝神释，与万物冥合的意境。《节日的晚上》写诗人在寂静的月夜，想到自己爱情上的不幸，感到人世一切无常，伟大的罗马帝国已成陈迹，内心充满悲怆情绪的情景。诗中以小山和篱笆以及月光下的屋顶和菜园这些平常的景物，引起诗人所要表达的思想感情，这是他的田园诗共有的艺术特点。

这个时期，在他写的哲理抒情诗中，有的还贯穿着追求民族独立和自由的精神。在《致安杰罗·玛伊》(Ad Angelo Mai，1819)里，赞美博学的玛伊红衣主教在梵蒂冈发现了西塞罗的《论共和国》抄本，要求把古罗马和文艺复兴时期的著作和成就作为光复祖国的精神武器。《在宝丽娜妹的婚礼上》(Nelle nozze della sorella Paolina，1821)呼吁意大利妇女恪尽鼓舞丈夫、养育健壮后代的责任，不辜负祖国的愿望。《致球赛胜利者》(A un vincitore nel pallone，1821)号召青年锻炼体魄，拯救祖国。在一些哲理抒情诗中也充满颓废绝望的情调。例如，《小布鲁图斯》(Il Bruto minore，1821)叙述杀死恺撒的古罗马政治家布鲁图斯兵败自杀，哀叹美德虚幻无用，宗教是欺骗，命运的力量不可抗拒。《致春天或古代寓言》(Alla Primavera o delle favole antiche，1821)说明对古人来说，世界充满安慰人指导人的生物，现在世界却是空幻可怕。《萨福的最后之歌》(L'Ultimo canto di Saffo，1822)写古希腊女诗人由于生来貌丑，因得不到爱情和幸福而绝望自杀。这些都是作者自身思想面貌的真实写照。

1828年4月，莱奥帕尔迪在比萨写出优秀的田园诗《致席尔维娅》(A Silvia)，怀念他所爱慕的，十年前因肺病死去的少女席尔维娅(他父亲马车夫的女儿)，以她来象征已消逝的青春和希望。诗中写道"席尔维娅，你闪着快乐迷人的眼睛，快活而又多思……每当你在房中作活时，你那连续不断的歌声总是回荡在闺房和周围的道路上……"。席尔维娅在作者笔下成为意大利抒情诗中最动人的少女形象。《孤独的麻雀》(Il Passero solitario，1829)写一只在春天独自鸣叫飞翔的麻雀，以它来比拟自己孤寂地度过青春。《回忆》(Le ricordanze，1829)咏叹青年是"枯寂人生的唯一花朵"，叹息自己在"鄙野的家乡小城镇"里虚度了这个美好的时代，回忆自己爱慕的少女奈丽娜，她的"一生如梦似地"流逝过去。《暴风雨后的平静》(La quiete dopo la tempesta，1829)描写雨过天晴，人人喜悦的情景。表明"人生的欢乐只是痛苦的间歇"。《乡村的星期六》(Il sabato del villaggio，1829)描写星期六晚上村里人都沉浸在各自的生活乐趣之中，因为明天将带来悲哀和厌倦，所以等待快乐比快乐更惬意。《一个亚洲游牧人的夜歌》(Canto notturno di un pastore errante nell'Asia，1830)通过孤独的游牧人对月亮和羊群发问的形式，为什么生？为什么死？为什么痛苦？说明人生只是走向死亡的历程，毫无幸福和意义可言。以上这些优美的田园诗的传神的笔触，勾画人物形象，描写自然景色，抒发思想情感，文笔凝炼朴素，格律自由多变，成为意大利诗歌中的佳作。

莱奥帕尔迪的晚期作品《翻案诗》(Palinodia，1834)讽刺当时正在形成的资本主义关系，揭露资本主义国家的种种罪恶，讥笑资本主义社会的表面繁荣。作者对科学技术发展和人类进步持怀疑态度。《月落》(Il tramonto della Luna，1837)哀叹青春一去不再来，大自然冷酷无情，给老人只留下年轻时的回忆。在抒情长诗《金雀花》(La ginestra，1836)里，明确提出"自然是人类的生母，就其意志来说，则是人类的继母"，人类如同维苏威火山上的金雀花，永远处于被自然毁灭的危险之中，号召人类消除争端，对共同的敌人——自然做斗争。这是诗人从悲观主义的哲学观点出发所得出的具有积极意义的结论。政治讽刺诗《蛙鼠之战历史志》(I paralipomeni della Batracomiomachia，1837)作者假说这是荷马诗歌《蛙鼠之战》的续篇，以1820年那不勒斯革命为背景，主要嘲讽奥地利统治者和意大利自由派以及保守派，认为前者倒行逆施，后者软弱无能，两者都是意大利复兴的障碍。诗中用青蛙代表僧侣、保守派，用老鼠代表那不勒斯的自由派，用螃蟹代表奥地利人，作者运用象征性的诨名影射奥地利皇帝弗朗切斯科一世、那不勒斯国王斐迪南多四世和奥地利首相梅特涅，让他们也以动物的形象出现，从而加以无情的讽刺。

莱奥帕尔迪的哲学散文《道德小品集》(Operette morali)的大部分是1824年在家乡写成的，1827年在米兰出版，1834年再版时又加了两篇，一共26篇。文章大多数采取论说或对话形式，对话者几乎都是有象征意义的历史人物或虚构的人物，内容是阐明作者的悲观哲学观点，它可作为他诗歌思想内容的很好的诠释。文笔简单朴实，是标准的意大利古典散文。全篇可分为三组内容：第一组表达现代文明生活的呆板和空虚，缺少价值和想像；第二组充分体现莱奥帕尔迪的哲学思想，嘲弄使人成为世界主宰的观点，认为人类生死繁衍都取决于自然，充满幻想和紧张的生活能给人以宽慰，没有目的、空虚的生活所产生的烦恼则是最大的痛苦；第三组说明人间可能有的幸福在于放弃荣耀、冷静地观察事物的本质、不怕死亡、敢于冒险、以消除自己的烦恼。

莱奥帕尔迪一生留下不少书信，都收集在《书信集》(Lettere)中。他在1817—1832年间随时写了一些思想，写作《杂记》(Zibaldone)，于1898年在他诞辰100周年时正式出版。这两部书都是研究他的思想和作品的重要文献。

莱奥帕尔迪早期创作接受了阿卡迪亚派和蒙蒂的思想，年轻时翻译希腊文作品提高了写作技巧，后来，爱国文学家乔尔达尼对他的思想和创作都有很大影响。1816 年以后，他通过斯塔尔夫人等作家的作品接触到浪漫主义，后来与浪漫主义作家的交往使他逐渐接受这种新思想。1819 年以后放弃蒙蒂风格，广泛学习各家的特点，以充实提高自己。1826—1828 年他的艺术思想达到顶峰，创作活动主要集中在抒情诗，因为抒情诗能“自由朴实地表达人们感受的活生生的事物”，抒发想要外露的感情，因此，它没有固定的规律和法则。莱奥帕尔迪身体多病，生活坎坷、远大的抱负难以实现，使他郁闷痛苦，他要表达自己这些悲观情绪，所以推崇感伤诗歌，他觉得“感伤诗歌是唯一属于这个世纪的诗歌”。1830 年离开偏僻落后的家乡后，生活环境有所变化，人际关系也与前不同，思想趋于成熟，他的创作活动又转向理性、哲学、论战性诗歌，《蛙鼠之战历史志》就属此类。

在意大利文学史中，曼佐尼和莱奥帕尔迪被称为最后两位具有世界声誉的意大利作家。他们的作品与活动使浪漫主义在意大利站稳脚跟，并得到很大发展。由于他们的功绩也使意大利文学赶上了时代发展的步伐，适应了社会进步的要求。

第八节　其他浪漫主义作家

意大利浪漫主义文学有自己的特点：一是感伤主义，一是现实主义，两者是互相联系、互相影响的。比较有名的感伤主义作家有：

格罗西(Tommaso Grossi，1790—1852)，曼佐尼的挚友，操公证人职业。开始时以米兰方言创作诗歌，当波尔塔逝世时，他用米兰方言写了感人肺腑的六行诗以示悼念，受到人们的称赞。还用方言写了感伤小说《逃跑的女人》(La Fuggitiva，1816)，后来译成意大利文。1816 年他反对弗朗切斯科一世访问米兰，写了《杀害普里纳》(La Prineide)谴责意大利贵族拥护奥地利当局、杀害意大利王国大臣普里纳。还写了描写爱情悲剧的小说《伊尔德贡达》(Ildegonda，1820)。1825年他创作包括15首歌的英雄史诗《第一次十字军东征时的伦巴第人》(I Lombardi alla prima crociata)，他有些自负，想以此超过塔索的《被解放的耶路撒冷》，结果招来很多非议，实际上他的水平不高，这只不过是一部带有某些英雄事件的感伤作品而已。他模仿曼佐尼写了历史小说《马尔科·维斯康蒂》(Marco Visconti，1834)，描写14世纪发生在伦巴第地区的一个爱情故事，获得好评。其它作品还有诗体小说《乌尔利科与丽达》(Ulrico e Lida，1837)等。

普拉蒂(Giovanni Prati，1814—1884)是一位多产作家。出生于特兰蒂诺的坎波·马奏列镇，早年在帕多瓦学习法律，但对政治很有兴趣，是个亲萨沃依王朝分子。1841年写了伤感小说《埃德梅内加尔达》(Edmenegarda)描写一个悲伤的爱国故事，受到读者好评。他经常去都灵，并获得王室史学家的正式头衔。1865年王国首都由都灵迁往佛罗伦萨，他也来到该城，1870年首都又迁至罗马，他又来到罗马，并被任命为参议员。他写了许多抒情诗，如《抒情歌集》(Canti lirici，1843)、《人民歌集》(Canti per il popolo，1843)、《回忆与眼泪》(Memorie e lacrime，1844)等，也有不少是以爱国内容为题材，如1850年献给费迪南多二世的诗和1852年为纪念库尔塔内托战役而写的诗。还有叙事长诗《罗道夫》(Rodolfo，1853)、《撒旦与宽恕》(Satana e le grazie，1855)和《阿曼多》(Armando，1868)。有的抒情诗，如《男人》(Uomo)、《女人》(Donna)、《伊杰阿》(Igea)等用的是曼佐尼式的韵律，而《心灵》(Psiche，1876)、《伊西德》(Iside，1878)等是伤感忧郁的十四行诗，题材贴近日常生活。

政治活动家阿莱阿尔迪(Aleardo Aleardi，1812—1878)生长在奥地利统治下的维罗纳。被同时代人称为最好的浪漫诗人。他积极参加1848年革命和第二次独立战争，写过一系列反对奥地利人侵者的讽刺诗，如《意大利古代商业沿海城市》(Le antiche città italiane marinare e commercianti)。两次被奥地利政局监禁，最后被逐出国外。1866 年奥地利人被赶跑后，他返回维罗纳，参加意大利王国的政治活动，任参议员直至逝世，还曾任佛罗伦萨大学的美学教授。他写的诗数目不及普拉蒂，但感情更充沛，手法更成熟，语言更具音乐感，内容多是不幸的爱情、童年的回忆以及光荣的历史等，使他成名的诗是《致玛利娅的信》(Lettera a maria，1848)。其他的有《拉法埃洛和福娜丽娜》(Raffaello e la Fornarina，1855)、《契尔切洛山》(Monte Circello，1856)、《第一批历史》(Prime storie，1857)、《政治歌》(Canto politico，1862)、《歌集》(Canti，1864)等，他的诗受古典主义，特别是福斯科洛的影响。

在意大利民族复兴运动时期，还有一位著名的爱国作家、民主派代表人物古埃拉齐(Francesco Domenico Guerrazzi，1804—1873)，是 1848 年托斯卡纳革命的头面人物之一，佛罗伦萨大公逃走后，他领导托斯卡纳政府，旧政权复辟后，他逃到科西嘉岛。1860 年后又参加政治活动，反对保守党，拥护民主思想。他也是一位多产作家，主要作品有《本内文托战役》(Battaglia di Benevento，1828)、《佛罗伦萨被困记》(Assedio di Firenze，1836)、《贝阿特丽切·钦齐》(Beatrice Cenci)、自传体小说《帕斯夸莱·保里》(Pasquale Paoli)。这些小说与其说是文学作品，不如说是充满政治理想激情的战斗檄文，他的小说深受拜伦、雨果等浪漫主义作家的影响。他写的讽刺幽默作品，如《小蛇》(Serpecina，1829)、《驴》(Asino，1857)、《墙孔》(Buco nel muro，1862)、《死亡的世纪》(Secolo che muore，1885 年发表)等却受到法国作家勒萨和英国作家斯特恩的影响。他擅长描写怪异凶残的场面，表现悲观主义情调。他的语言非常讲究，注意文章的形式与节奏，不足之处是过分注意外表形式，文章显得冗长。

19 世纪意大利还出现了一些优秀的回忆录作品，这些作品更直接地体现了那一代人的悲怆哀婉、希望和失望，其中著名的是佩利科写的《我的狱中生活》(Mie prigioni，1832)。

佩利科，彼埃蒙特人，自幼受到资产阶级民主思想的教育，20

岁时移居米兰，同福斯科洛和蒙蒂等人相识，1815年发表悲剧《弗朗切斯卡·达·里米尼》(Francesca da Rimini)一举成名。1818年担任浪漫主义刊物《调和者》主编，宣传浪漫主义思想，不久加入秘密革命团体"烧炭党"。1820年被奥地利当局逮捕，先被判处死刑，后改判15年徒刑，1830年获释出狱，来到都灵，担任图书馆管理员，逐渐失去了政治激情，放弃革命行动。1832年发表回忆录《我的狱中生活》叙述他近10年的铁窗生活，揭露牢狱的黑暗和奥地利入侵者的残酷，但同时又忏悔自己参加革命斗争的罪过，宣传基督教徒的容忍思想，主张宽恕所有人，包括暴君和压迫者，鼓吹放弃任何革命行动，文中充满悲观厌世的情绪。细心的读者可以发现他的宗教思想是不断与自己斗争逐渐形成的。文章的手法细腻感人、感情真挚，闻名意大利国内外。

塞坦布里尼的回忆录也很有名，他因参加"青年意大利"党而被捕，出狱后又积极参加1848年那不勒斯的革命行动。革命失败后，于1849年被判处死刑，后改判终身监禁。1859年被流放到美洲，在途中，他奇迹般地逃到英国。1860年回到那不勒斯，在那不勒斯大学讲授意大利文学。他著有《忆我的一生》(Ricordanze della mia vita，1879年出版)，叙述他1849—1859年在狱中的痛苦遭遇和他不屈不挠的爱国思想，揭露波旁王朝的黑暗统治。他是一位大众化的"名人"，过着和普通人一样的普通生活，有普通人一样的思想感情，所以文体朴实无华，语言亲切上口，很受人欢迎。

达泽里奥的《我的回忆》(I miei ricordi，1867年出版)也是一部著名的自传。达泽里奥是意大利著名政治家、意大利民族复兴运动中重要人物之一、温和派领袖，也是一位很有才华的作家和画家。他出身贵族家庭，早年醉心于绘画(尤其是风景画)，后来活动于上层社会，参加1848年革命运动，1849年任首相，由于同当时的财政大臣加富尔(Camillo Benso di Cavour)发生意见分歧于1852年辞职，退出政治舞台。他爱好文学，写了历史小说《埃托雷·菲埃拉莫斯卡》(Ettore Fieramosca，1833)描写16世纪初13名意大利骑士与

13 名法国骑士在巴尔莱塔决斗的故事，流传很广。《论罗马涅的最后案件》(Degli ultimi casi di Romagna，1846)是抨击教皇的犀利文章。晚年写的《我的回忆》记叙了自己的经历，阐明自己对一些事物的看法和经验，他写道：人类真正的进步"不在于蒸汽机，而在于正义和真实的……不断增强的力量"，这可以说是一部教育性作品，向人民宣传革命思想，推动民族复兴运动的发展，争取民族独立与统一。他的第二部小说《尼科洛·德·拉皮》(Ncolò de' Lapi，1841)也是他成名的作品之一。第三部小说《伦巴第联盟》(Le lega lombarda)没有完成。为参加关于民族复兴运动的辩论，他写了《意大利国民舆论纲领的建议》(Proposta di un programma per l'opinione nazionale italiana，1847)。关于确定罗马为意大利王国首都，他写了《迫切的问题》(Questioni urgenti，1861)。

民族复兴运动时期的作家还有坎图(Cesare cantù，1804—1895)生于科莫湖附近，是一位天主教爱国者，思想比较保守，写的历史小说《玛格丽塔·普斯特拉》(Margherita Pusterla，1839)很有名。还有一些关于教学和历史的论著，如《世界史》(Storia Universale，1845)、《意大利文学史》(Storia della letteratura italiana，1865)。

鲁菲尼(Giovanni Ruffini，1807—1881)生于热那亚，原先是马志尼派，后来成为亲萨沃依王国分子，在巴黎和伦敦流亡多年，1874 年从伦敦归国。他在小说方面很有成就，如《洛伦佐·贝诺尼》(Lorenzo Benoni，1853)、《安东尼大夫》(Il dottor Antonio，1855)，描写爱国者为反抗压迫、争取自由权利而奋斗的故事，其中也有爱情描写，受到国内外读者的欢迎。这两部小说先用英文出版，尔后又用意大利文出版。

这时期还出现了一些歌颂民族英雄加里波第的作家，其中重要的是阿巴(Giuseppe Cesare Abba，1838—1910)，萨沃纳人，也是一位爱国者。青年时代参加争取意大利独立与统一的革命斗争，1860—1866 年，成为加里波第军队的战士，参加过"千人义勇军"的壮举。晚年过着教授的隐居生活。著作有《千人义勇军史》(Storia dei Mille)、《比科西奥传》(Vita di Nino Bixio)和《从夸尔托到沃尔图诺》(Da Quarto al Volturno,1880),这些作品都有深刻的教育意义。

第九节　其他浪漫主义诗人

除了曼佐尼和莱奥帕尔迪之外,意大利还有许多造诣很深的浪漫主义诗人。如果说曼佐尼和莱奥帕尔迪是两朵红花,那么,这些诗人都是非常不错的绿叶,共同装点着绚丽多彩的意大利诗坛。同时,他们又是政治作家。

米兰诗人白尔谢就是这样一枚绿叶。白尔谢(Giovanni Berchet,1783—1851)关心政治,在德国和奥地利统治意大利时期,担任政府职员和官方德语译员。1818 年,与佩利科等人共同创办文学刊物《调和者》,宣传浪漫主义思想。后来积极参加伦巴第大区反抗奥地利人侵者的秘密活动。1821 年亲自参加烧炭党组织的武装起义,事败后,被迫流亡到瑞士,又到法国、英国和德国,1845 年才返回意大利。1848 年参加米兰起义,失败后他到都灵和托斯卡纳地区。晚年住在都灵,曾任撒丁王国议会议员,政治上持温和态度。

白尔谢积极参加政治斗争,大部分诗作都是与各个时期的政治历史事件相联系的。主要作品有《帕尔加的逃亡者》(I profughi di Parga,1819—1820)。帕尔加是伊壁鲁斯地区的一个小城,原先由威尼斯人管辖,后来英国人将它让给土耳其人,由阿里帕夏统治,这样,许多市民为摆脱外族蹂躏纷纷逃亡。白尔谢在诗中描写一位逃亡者向英国人讲述英国将帕尔加让与土耳其的丑恶历史,情真意切,感人至深。1822—1824 年间,他以当代历史为题材创作几部《浪漫曲》(Romanze),如《克拉莉娜》(Clarina),描写 1821 年彼埃蒙特革命;《切尼焦的隐居人》(Il romito del Cenisio)描写作家佩利科身陷囹圄；《悔恨》(Il rimorso)描写一位意大利女子嫁给德国人后的内疚。1829年写了《幻想》(Fantasie)，通过一个逃亡者的幻想，描写伦巴第地区的一些历史事件。诗人在作品中控诉侵略者践踏意大利国土以及封建统治阶级卖国求荣的罪恶行径，抒发流亡爱国志士漂泊异乡的不幸和痛苦。1830年，摩德纳和波洛尼亚爆发起义，白尔谢为此写了《拿起武器》(All'armi)，号召人民武装起来，团结奋斗，争取祖国的解放与统一。这些诗歌洋溢着强烈的时代气息，节奏鲜明，悲壮有力，是意大利民族复兴运动时期浪漫主义诗歌的佳作。

白尔谢还积极宣传浪漫主义理论。1816年他写的《格利佐斯托莫半庄半谐的信》包括两部分内容：一是论战性的、一是建设性的。在论战部分他反对只继承那种只注重形式和语法的、过时的、学究式的文学，反对"检查字词"的文学评论，反对文学的地方主义；在建设性内容的部分中提出"平民"诗歌的观念，认为人天生就有对诗歌的爱好，"从亚当到做靴子的皮匠"无一例外，差别只是在不同的社会阶层，爱好的程度不同而已；在文盲(白尔谢称为"未开化者")和吹毛求疵的文人之间有着广大的平民阶层，他们从自己的兴趣和幻想出发去阅读作品，不懂什么严格的形式和抽象的戒律。认为作家应该走出象牙之塔，写出适合这些人特点的作品，创造生动活泼的现代文学。指出作家的灵感"受感于我们周围每天发生的活生生的事件，而不是受感于我们通过历史和书籍而得知的古代事件"，"如果诗歌是为表达生动的大自然，那么诗歌就应该像它所表现的对象那样生动具体，像支配人们行动的思想那样自由，像所要达到的目的那样热情"。应该造就与本世纪"同时代"的诗人，而不是过去世纪的诗人。综上所述，他一方面主张改革表现手法，应该使用方便简单、更直接、更通人性的语言；另一方面主张改革作品内容，应该描写能使广大平民感兴趣并给他们以教育的题材。作家首先是人，而后才是作家，作家应该能"改善人们的风俗习惯、教化人们的思想、满足人们的需要"。白尔谢的诗歌理论和创作实践推动了意大利浪漫主义的发展。

罗塞蒂(Gabriele Rossetti,1783—1854),生于阿布鲁齐,青年时代来到那不勒斯,操律师职业。波旁王朝复辟后流亡到马耳他和英国。他以1820—1840年间的革命事件创作了一些诗歌,著名的有《上帝与人》(Iddio e l'uomo)、《孤独的先知》(Il veggente in solitudine)和《福音琴》(L'arpa evangelica),说上帝必将惩罚意大利的统治者,第一个就是教皇。他受那不勒斯政治历史传统的影响,继承了对教会的仇恨思想,认为但丁的《神曲》主要是一部反天主教的诗作。

马梅利(Goffredo Mameli,1827—1849)是意大利国歌的词作者、爱国志士,出生在热那亚。受马志尼爱国思想的影响,学生时代就开始写爱国诗歌,1847年写成的诗歌《意大利弟兄们》(Fratelli d'Italia),后来被定为国歌。1848年志愿参军,对奥地利侵略者作战,1849年罗马共和国成立时,向马志尼赠呈了著名的爱国诗篇《罗马!共和国!来吧!》。在罗马共和国保卫战中英勇牺牲,年仅22岁。

波埃里奥(Alessandro Poerio,1802—1848)出生在那不勒斯的一个爱国律师家庭。1815年波旁王朝复辟后,随父亲流亡到国外,1818年回国。1821年参军对奥地利侵略者作战,战后又同家人流亡到国外,在德国旅行时结识了著名诗人歌德,受其影响开始写诗。1835年获准回到那不勒斯,1848年又志愿参军,再次对奥地利入侵者作战,保卫威尼斯,在战斗中负重伤死去。他的诗深受莱奥帕尔迪、曼佐尼和托马泽奥的影响,充满激情,得到很高评价。

在19世纪文学史上,在诗歌和语言方面都获得很大成就的是托马泽奥(Niccolò Tommaseo,1802—1874),他出生在达尔马提亚地区的滨海城市希贝尼克(现属南斯拉夫),父亲是商人。早年在斯巴拉托神学院学习,后进入帕多瓦大学学习法律,结识了意大利天主教哲学家罗斯米尼(Antonio Rosmini-Serbati,1797—1854),后来成为他精神生活的救助者和引路人,1820年到米兰,与曼佐尼建立了深厚友谊，这对他早期的文学创作产生了不小的影响。1827年迁居佛罗伦萨，积极参加文学刊物《文选》的编辑工作。后因发表反对奥地利和俄国的文章遭受迫害，被迫流亡到巴黎，游览了科西嘉岛，收集了不少民间诗歌，还写了小说《信仰与美》(Fede e bellezza)。1839 年返回意大利，定居威尼斯。又因反对奥地利政权而被捕入狱。1848 年爆发革命，威尼斯宣告独立，他获得自由，担任教育部长并积极参加威尼斯保卫战。1849 年威尼斯陷落，他流亡到伊奥尼亚海的科孚岛，后来双目失明仍坚持写作。1854 年到都灵，1859 年又到佛罗伦萨居住，直至逝世。

托马泽奥是一位经历坎坷、多才多艺的作家，兼备语言学家和诗人的才华。他编纂的《同义词词典》(Dizionario dei sinonimi，1830)和《意大利语词典》(Dizionario della lingua italiana，1858—1879)至今仍是人们常用的基本工具书。另外，他还写了有关美学和伦理道德的论文，如《美学词典》(Dizionario estetica，1840)、《美与文明》(Bellezza e civiltà，1857)和《灵感与艺术》(Ispirazione e arte，1858)。他的《评〈神曲〉》(Commento alla Divina Commedia，1837)和《罗斯米尼画像》(Ritratto di A. Rosmini，1855)显示了深刻的洞察力和娴熟的写作技巧。托马泽奥的诗歌追求文体细腻、语言优美、结构对称、韵律新颖，摆脱学院派的限制，充分抒发自己的感情。他的《诗集》中既有爱国诗和宗教诗，也有抒发对大自然和社会感受的诗，感情丰富，语言优雅，具有浪漫主义诗歌的特点。他的文采也体现在译作《希腊民歌》(Canti popolari greci e illirici)和他收集、翻译、出版的科西嘉岛和托斯卡纳民歌(Canti popolari toscani e corsi)中。

意大利浪漫主义的特点之一是现实主义，白尔谢和托马泽奥都在自己的作品中尽力体现这一特点。在伦巴第地区，波尔塔可算是现实主义的先驱。波尔塔(Carlo Porta，1775—1821)出生在米兰的一个资产阶级家庭，曾在金融机关当职员。他钻研人文主义，对浪漫主义也充满热情。在威尼斯短期居住后，1797 年又回到米兰，同白尔谢、格罗西、曼佐尼等文化界进步人士来往密切，深受他们的影响。他最初对改革运动和法国资产阶级革命寄与很大希望，但外族（法国和奥地利）统治的结果使他大失所望，转而反对拿破仑及后来的奥地利当局。他的作品反映了意大利（主要是伦巴第地区）的社会政治事件和为争取民族独立的斗争运动。他是个自由主义者，崇尚正义、平等和自由思想，讽刺特权阶级。在文学创作上他继承了帕利尼和《咖啡馆》的传统，追求内容生动新鲜、语言具体贴切，所以，他很容易接受浪漫主义文艺思想。另外，他还继承了方言文学的传统，1793 年他用米兰方言翻译了《神曲》的片断，后来又用米兰方言写了许多小说和诗歌，辛辣地讽刺反动僧侣界的腐败和骄矜，如《司铎的任命》（La nomina del cappellan）、《祈祷》（La preghiera）、《梦幻》（Ona vision）、《神甫之战》（La guerra di pret）等。波尔塔对平民和下层人士充满同情，《跛子马尔乔的哀歌》（Lament del Marchionn di gamb avert）描写跛子音乐家马尔乔在平民舞会上爱上了一位女子，这卑鄙的女子背叛他，最后抛弃了他，给他留下一个无辜的生命。《乔瓦尼·朋杰埃的不幸》（Desgzazi de Giovannin Bongee，1812）描写一个穷人维护正义经常被富人打耳光，作者以此来抨击社会的不公正。他的作品运用民间口语，朴实、清新，生活气息浓厚，形象生动。有人称波尔塔是米兰社会生活的摄影师，有力地表达了意大利民族复兴运动时期人民的感情和愿望。

朱斯蒂（Giuseppe Giusti，1809—1850）对波尔塔非常尊敬和崇拜，有人把他和波尔塔相提并论，他觉得自己不配，便谦虚地说："我能给他系鞋带就很不错了"。其实朱斯蒂的诗歌成就也很大。朱斯蒂是蒙苏马诺人，先在比萨攻读法律，后到米兰，成为曼佐尼的知交。积极参加 1848 年托斯卡纳地区的革命活动，曾任国民卫队少校和托斯卡纳地区的议员，反动大公复辟后，他便深居简出，1850 年因肺病死于佛罗伦萨。

朱斯蒂一生创作了大量抨击暴政、赞美自由和正义的爱国诗篇，对民族复兴运动作出了积极贡献。他的诗歌创作以浪漫主义为基础，注重塑造鲜明的形象，显示出现实主义倾向。作品风格继承了古典抒情诗的优雅，又吸取了民歌的轻快，具有简练有力、朴素清新、生动幽默的特点，诗歌韵律自由多变，易于上口，历来被人们喜爱和背诵。他的诗大都是讽刺性的，特别是政治讽刺诗，更为成功。《加冕礼》(La incoronazione)讽刺在米兰参加费迪南多一世加冕礼的公子哥们；《靴子》(Lo Stivale)，因意大利半岛形状像一只靴子故以此命名，叙述意大利历史，最终的结论是意大利必须统一和独立；《吉雷拉的祝酒词》(Il brindisi di Girella)讽刺吉雷拉(意为随风倒的人)见风使舵、反复无常，揭露和鞭挞反动政客投机钻营的无耻行径，表明作者对革命时期一些重大政治事件的鲜明态度。还有一些诗可称为社会讽刺诗，如《授衣仪式》(La vestizione)讽刺将荣誉授予不称职的人；《不动和自动》(Gl'Immobili e i Semoventi)说明古代的教育手段只能制作木乃伊，新的教育手段才能制造机器；《津吉里诺》(Gingilino)是一篇嘲笑官僚制度的杰作。八行体诗《圣·安布洛焦》(Sant'Ambrosio)是一首极为感人的政治抒情诗，描写一群奥地利士兵在米兰主教堂里作弥撒时与其他人一起高唱意大利作曲家威尔第的作品，这个动人的场面使诗人对他们的态度由敌视转变为同情和团结，表达出诗人的爱国主义和人道主义思想。朱斯蒂的作品还有散文《托斯卡纳谚语》(Proverbi toscani)和《书信集》(Epistolario)等。

意大利浪漫主义文学后来逐渐向现实主义文学过渡，这一阶段的主要代表是诗人贝利(Giuseppe Gioacchino Belli，1791—1863)。他出生于教皇统治下的罗马，幼年丧父，母亲改嫁，这使他较早地进入社会，由于多次变换职业，所以阅历丰富。一生从事文学活动，用罗马方言创作了许多十四行诗，表达了他对一些文学传统和学术思想以及天主教制度下社会不平等现象的反抗。他主张诗歌应反映现实，应成为历史的见证。主要作品是《现代罗马十四行诗集》(I sonetti romaneschi)，收有 2239 首用罗马方言写的十四行诗，主要写于 1830—1839 年间和 1843—1847 年间。这是一部思想性强、生活面广、观察细致、描写精确的杰作,是他留给后人的关于罗马平民语言和风俗习惯的一座"纪念碑"。在这些诗中作者生动地描写了19世纪初期教皇统治下的罗马生活,以讽刺的笔法揭露以教庭为中心的上层社会的腐败,如《保尔盖泽别墅》(Villa Boghese)、《纳沃纳广场》(Piazza Navona)、《齐托里奥山》(Monte Citorio)等;有的诗作者以哀伤的情调表现下层人民的贫困处境,如《贫穷的家庭》(La famiglia poverella)、《贫穷的母亲》(La madre poverella)、《多病的老妪》(La vecchiarella ammalata)、《可怜的妻子》(La povera moje)等。诗人以强烈鲜明的对比手法描写悬殊的贫富差别,表现了诗人对穷人的同情和怜悯,诗中描写了各具特色的人物形象,广泛地反映了当时罗马的生活画面,是罗马政治、经济、社会以及人们精神状态的生动写照。贝利说"人民是这个样子,我就这样描写,不是为了给人一个模式,而是给人一个忠于现实但却被人抛弃的图像"。应该指出,他描写忠于现实,但太局限于客观描写,缺乏伦巴第地区启蒙主义者那样的革命激情,缺乏理想的光彩,因而显得沉郁压抑。

涅沃(Ippolito Nievo,1831—1861)也是民族复兴运动时期的著名作家,出生在帕多瓦的一个具有民主思想的家庭,先后在帕维亚和帕多瓦学习法律,很早就接受了马志尼的革命思想,献身于民族解放斗争。1856年因发表一篇抨击奥地利入侵者的短篇小说而遭审讯,1859年参加加里波第部队,1860年跟随加里波第千人义勇军远征西西里,担任负责后勤的上校,西西里解放后,他受加里波第委托留在当地从事政权建设,1861年从西西里返回北方,在途中因海轮触礁而遇难。

涅沃的创作深受曼佐尼和马佐尼的影响,诗集《加里波第战士的爱》(Amori garibaldini)写他追随加里波第投身民族复兴运动的感受;诗剧《卡普阿人》(Capuani)和《斯巴达克斯》(Spartaco)借用历史题材表达民族复兴运动的理想,并对历史上革命斗争失败的原因进行探讨和分析。1859年发表两篇论著《威尼斯与意大利自由》

(Venezia e la libertà d'Italia)和《关于民族革命的片断》(Frammento sulla rivoluzione nazionale),指出意大利资产阶级脱离人民、脱离农民的严重局限性,认为实行土地改革、提高农民的社会和经济地位,才是完成民族复兴运动这一历史使命的关键。

涅沃还是一位杰出的小说家,其代表作是《一个意大利人的自白》(Confessioni di un italiano),1867 年发表。小说描写 80 岁的老翁卡尔洛·阿托维蒂叙述自己的经历,从法国资产阶级革命,到拿破仑帝国、封建君主复辟、1848 年革命运动、罗马共和国、一直到民族复兴运动初期,他参加了历次爱国运动,转战四面八方,经受种种折磨,以至双目失明,最后流亡到英国。全篇小说内容丰富、结构错综复杂、人物众多、场景多变,充分展示了 18 世纪末叶至 19 世纪初期意大利社会广阔的生活画面,成功地塑造了一个资产阶级革命志士的形象。书中另一个人物卡尔洛的恋人皮莎娜由一个自私、轻浮的女人后来成为他的忠实伴侣,献身革命,作者以此来象征意大利人民的觉醒,指出意大利民族复兴运动的希望。书中对人物、生活以及斗争场面的描写明快、自然、充溢着生气,整篇作品富有爱国主义激情。这部小说写于 1857 年 12 月至 1858 年 8 月,是涅沃青年时期的作品,不论是思想还是写作技巧尚不成熟,但具有青年人的特点:感情充沛、格调明快。涅沃从这个良好的开端,逐渐充实自己、丰富自己,终于使自己走向成熟、老练,成为年轻有为的著名作家。

米兰人罗瓦尼(Giuseppe Rovani,1818—1874)也是一位民族复兴运动时期的著名政治作家,曾任家庭教师和图书馆管理员,后来成为为自由和独立而战的英勇斗士。他参加过 1849 年罗马保卫战。他是卡塔内奥的朋友与合作者,擅长写历史小说,著作有《金色的利比亚》(La Libia d'oro,1868)、《尤利乌斯·恺撒的青年时代》(La giovinezza di Giulio Cesare,1872)、《朗贝托·马拉泰斯塔》(Lamberto Malatesta)、《曼弗雷多·帕拉维奇诺》(Manfredo Pallavicino)。但他最主要的成就是巨篇小说《百年》(Cento anni,1856—

1864)，时间跨度是1750年至1850年，按照曼佐尼的风格，记述100年的沧桑。当然，他的成就远不如曼佐尼，但有人把《百年》与涅沃的《一个意大利人的自白》相提并论，还是比较合适的。另外，罗瓦尼还是一位很有作为的批评家，有人称他为米兰文学家集团的代表，主要论著有《某些当代意大利名人认为的三种艺术》(Le tre arti, considerate in alcuni illustri italiani contemporanei, 1874)。

第十节 19世纪后半叶文学和浪荡文学派

19世纪70年代，意大利王国建立，定都都灵，从而完成了意大利的统一大业。从此，民族矛盾降为次要矛盾，而国内的阶级矛盾上升为主要矛盾，广大中小资产阶级、工人、农民同大资产阶级和大地主之间的矛盾日趋尖锐。上层资产阶级同封建地主阶级的妥协，使资产阶级革命具有不彻底性。反映民族复兴运动理想的浪漫主义文学日益失去现实意义而趋向衰落。一些新的文学流派适应新时代的要求，逐渐在意大利文坛上传播、发展。"浪荡文学派"和"真实主义"就是这个时代的产物。

浪荡文学派(Scapigliatura)一名取自于该派创始人之一阿里吉(Cletto Arrighi)的一本小说的题目《浪荡文学与二月六日》(La Scapigliatura e il 6 febbraio)，这是19世纪中叶意大利文学中出现的一个先锋派运动，活动中心在米兰。它受法国现代派诗人波德莱尔(Charles Baudelaire, 1821—1867)、美国诗人爱伦·坡(Allan Edgar Poe, 1809—1849)、德国诗人诺瓦利斯(Novalis, 1772—1801)、英国诗人柯尔律治(Samuel Taylor Coleridge, 1772—1834)等人以及象征派的影响，探求以带有病态和怪诞的因素和直接的现实主义描写和叙述的作品，取代意大利文学中古典的、阿卡迪亚的和道德的传统。因只考虑外表形式，不重视实际内容，空洞无物，软弱无力，所以其寿命不长，不久就为真实主义和现实主义所代替。

阿里吉是卡尔洛·里盖蒂(Carlo Righetti)的笔名，浪荡文学派的名字就取自于他一本小说的题目，他本人对该派并无太大的影响。他写小说和喜剧，但主要是为报刊杂志撰写稿件。曾任过议员，但晚年经济状况不佳。曾成功地导演过几部米兰方言喜剧。主要作品除小说《浪荡文学与二月六日》之外，还有受现实主义影响而创作的《纳娜在米兰》(Nanà a Milano，1880)、《黑手》(La mano nera，1883)、《幸福的恶棍》(La canaglia felice，1885)。

浪荡文学派的真正代表人物是前面提到的罗瓦尼。他的著作《百年》描写意大利(主要是伦巴第地区)1750—1850 年间的重大历史事件。他崇拜并学习曼佐尼，写的小说也记述历史，但严格地讲，他的小说称编年史更为恰当。其语言运用很讲究，生动活泼，通俗易懂，但也矫揉造作，给人以华而不实的感觉。思想奇异怪诞，颇能吸引人，因此，受到浪荡文学派的推崇，故有人将他视为该派的主要代表。

浪荡文学派作家有米兰的普拉加(Emilio Praga，1839—1875)，他出身于富裕家庭，常去欧洲旅行。后来经济状况恶化，他不得不以教书维持生活，但他的生活仍很独特，且没有规律，以致使他英年早逝。他写诗、绘画，主要诗作有《调色板》(Tavolozza，1862)、《半明半暗》(Penombre，1864)、《童话与传说》(Fiabe e leggende，1867)、《透明》(Trasparenze，1878)。他的诗热情奔放，但内容肤浅；语言通俗上口，但过于追求华丽，给人以浮夸的感觉。他的小说《长老会回忆录》(Memorie del presbiterio，1881)没有完成，后来由罗贝托·沙凯蒂(Roberto Sacchetti)完成。

帕多瓦的保伊托(Arrigo Boito，1842—1918)主要从事作曲与写诗，从米兰音乐学院毕业后，去巴黎深造，结识了大作曲家威尔第。1866 年爆发战争后，他参加加里波第义勇军。他创作歌剧《梅菲斯特魔鬼》(Mefistofele,1868)时,曾发表文章猛烈抨击意大利音乐及其音乐家,从而激怒了威尔第。该剧1868年在米兰上演时,褒贬两派严重对立,差点儿引起骚乱。第二部《尼禄》(Nerone,1901)没有完成,死后由托马西尼和托斯卡尼尼写完,1924年在米兰首次演出。1873年与威尔第和解,《梅菲斯特魔鬼》歌剧经修改后于1875年在波洛尼亚上演,后来成为歌剧曲目中的保留节目。他还为威尔第的歌剧《奥赛罗》(Otello,1887)和《福斯塔夫》(Falstaff,1893)撰写剧本。他的诗作有《诗书》(Libro dei versi,1877)、神话传说《熊王》(Re Orso)。

他的哥哥卡米洛·保伊托(Camillo Boito,1836—1914)生于罗马,是建筑师和艺术批评家,但也从事写作,作品都收集在《空洞的小故事集》(Storielle vane,1876)和《空洞的小故事新集》中。

除了诗人之外,浪荡文学派也有自己杰出的小说家和散文家。塔尔凯蒂(Igino Ugo Tarchetti,1841—1869)就是其中之一。曾参过军,后因猛烈批评军事制度,愤而离开军队,来到米兰当记者。因患伤寒病,28岁就去世了。他的作品先是在刊物上登载,后来才成书出版。主要作品有《艺术中的爱情》(Amore nell'arte,1869)、《异想天开的故事》(Racconti fantastici,1869)。诗歌都收在《迪斯耶克塔》(Disjecta,1879年出版)。他最好最重要的小说是《宝丽娜》(Paolina,1865—1867)、《一个高贵的疯狂》(Una nobile follia,1869)和《福士卡》(Fosca)。《福士卡》最后由法利纳(Salvatore Farina)于1869年完成。

卡尔洛·多西(Carlo Dossi,1849—1910)写了许多散文、自传以及讽刺性文章,他的原名是卡尔洛·阿尔贝托·皮扎尼·多西(Carlo Alberto Pisani Dossi),取头留尾当笔名。他出生在帕维亚附近一座小镇,极有写作天才,20岁左右发表相当不错的小说:《前天》(L'altrieri,1868)和《阿·皮扎尼的生活》(Vita di Alberto Pisani,1870),内容表现青少年心理的不成熟。后来成为外交官,曾担任克里斯皮首相的秘书。其他作品还有《快乐的野营》(La colonia felice)、《人类画像》(Ritratti umani)、《以 A 结尾的词》(La desinenza in A),这是些讽刺作品。《几滴墨水》(Gocce d'inchiostro)具有自传的性质。他的职业是外交官,创作只是第二工作。他的文体追求别致,语言丰富但罕见少用,其中夹杂一些新旧词语和方言。他去世后出版的杂录《蓝色照会》(Note azzurre)也是很有水平的作品。

坎托尼(Alberto Cantoni,1841—1904)与多西一样都拥护浪荡文学派,都很注意文体和艺术问题,但坎托尼更喜欢采用幽默讽刺来针对社会的弊端。作品有《幽默国王》,是一部怪诞的日记;《最尊重的人》,触及活生生的社会问题,描写农民群众的苦难生活。

严格地讲,法尔代拉(Giovanni Faldella,1846—1928)不完全是浪荡派小说家,他已介于浪荡派与新生的真实主义之间。他很早就从事文学和政治活动,与许多报纸合作过。当过众议员和参议员。他写的通讯文章语言很有特色。他观察细致、尖锐,用词尖刻、讽刺,但出于好心,对人热情。主要作品有《在维也纳,带着铅笔旅行》(A Vienna, gita col lapis, 1874)、《艺术病》(Il male dell'arte, 1874)、《小头像》(Figurine, 1875)、《没有见到教皇的罗马之游》(Un viaggio a Roma senza vedere il Papa, 1880);小说有《托塔·奈利娜》(Tota Nerina, 1887)、《火圣母和雪圣母》(Madonna di fuoco e Madonna di neve, 1888)。

在浪荡文学以及后来的真实主义等各种流派在意大利文坛盛行的时候,还有些作家仍艰难地坚持和维护古典主义传统,他们主要活动在威尼托地区。其中著名的有扎内拉(Giacomo Zanella, 1820—1888),他继承"格拉内莱斯基学会"的语言纯洁主义和平代蒙泰的新古典主义,作品触及与当代文化有关系的问题。《论化石贝壳》(Sopra una conchiglia fossile)描写地球和人类的历史;《密尔顿与伽里略》(Milton e Galileo)、《显微镜与望远镜》(Microscopio e telescopio)颂扬科学与信仰;《自私与仁慈》(Egoismo e carità)具有帕利尼诗的风格。

姜·马卡里(Giambattista Maccari, 1832—1868)和朱·马卡里

(Giuseppe Maccari，1840—1867)兄弟俩在罗马坚持古典主义，人称“罗马派”(Scuola romana)。

第十一节　卡尔杜齐

曼佐尼与莱奥帕尔迪之后，卡尔杜齐又成为意大利文学的一面旗帜。他主张恢复古典主义传统，推崇阿尔菲耶里和福斯科洛，但他不是简单的复旧，他继承古典主义传统，目的是更好地发展意大利文化。意大利经过长期斗争，终于完成祖国统一大业，面临的任务是建立新型的政治文化体系。卡尔杜齐的古典主义就是与这一历史使命联系在一起的，它不是消极的、僵死的、学院式的，而是积极的、富有生命力的，源于传统，又着意创新，从而丰富了意大利的文艺宝库。

卡尔杜齐的思想丰富、开朗、有生气，与当时的社会斗争生活紧密联系在一起，他热爱祖国的自由统一，崇拜宗教，也热爱祖国的文学艺术，他为美好的理想而歌唱，更为具体的现实生活而工作。在当时盛行浪荡派和真实主义散文小说的年代里，他又重振诗歌的威风，把诗歌当作表达人民心声、促进社会进步的一大工具。就像在18世纪阿卡迪亚派盛行时，帕利尼提出了自己的诗学思想。这时，卡尔杜齐成为现代诗歌的辩护士。他的文学思想对以后的意大利文学产生了深远的影响。

焦朱埃·卡尔杜齐(Giosuè Carducci，1835—1907)出生在韦西利亚的卡斯泰洛山谷。父亲是著名医生、秘密革命团体烧炭党的成员。1838年随父亲到马雷玛的保尔盖里居住，自幼跟父亲学习拉丁文，攻读古罗马和意大利古典文学，也阅读曼佐尼和白尔谢等人的作品，但他更喜欢荷马和维吉尔，这使崇拜曼佐尼的父亲感到失望。他阅读历史，对法国革命表现出极大的热情。1849年革命运动失败，他随父亲被迫离开保尔盖里来到佛罗伦萨。1853 年入比萨高等师范学院学习，这时他家境贫寒，使他养成倔强傲慢的性格。他发奋读书，不甘落后，1856 年以优异的成绩毕业。同时，与朋友们一起组织反对浪漫主义的文学团体《学究朋友》(Amici pedanti)，从事诗歌创作。同年 12 月，受聘在一所中学讲授修辞学。1857 年赢得阿雷佐中学的希腊文教师职位，但政府不予批准，只好在佛罗伦萨一面给人代课一面写作，生活颇为紧张困难。更大的困难又向他袭来，1857 年 11 月哥哥但丁·卡尔杜齐与父亲发生口角，突然死去，死因不详(有人说自杀)。1858 年 8 月父亲又逝世，他感到极度孤独与悲伤。这时年轻的卡尔杜齐还没有固定的职业，可是抚养母亲及弟弟的重担却落到他肩上，他靠当私人教员和编辑出版文章来维持生活。1859 年与相爱多年的表妹艾尔维拉(Elvira Meniccuci)结婚，独生子但丁 3 岁时夭折，又给卡尔杜齐一个大打击。1859 年 4 月托斯卡纳大区加入意大利王国，民族复兴运动的自由思想获得解放，卡尔杜齐得以去皮斯托伊亚一所中学教书。1860 年 11 月，教育部长邀他去波洛尼亚大学讲授意大利文学，11 月 27 日他讲了第一课。从此，他在这儿工作达 44 年之久。开始他的工作并不顺心，觉得自已的看法和诗歌同一些哲学要求格格不入。于是，他一方面深入学习研究古典主义，另一方面密切注意外国诗歌和小说的现状与发展趋势，以使自己能适新的环境与工作。

卡尔杜齐由于受到父亲自由思想的熏陶，青年时代就成为马志尼、加里波第的忠实信徒，写诗讴歌马志尼、加里波第为意大利民族解放事业而建立的功勋，并呼吁欧洲其他被奴役的民族联合起来，向共同的敌人哈布斯堡王朝进行英勇斗争。但他的某些诗篇也反映出对萨沃依王朝寄与不切实际的希望。1872 年卡尔杜齐加入第一国际意大利支部，但不久即退出，同资产阶级自由派接近，政治上趋于保守，站在君主立宪的立场上。1876 年被选为议员，1879 年被任命为公共教育高级理事会成员，1890 年意大利王国议会任命他为终身参议员，并给予国家俸禄。为此，他很有感触，他曾向一位大臣这样表示“我是什么人，为什么给我国家俸禄？我做了什么呢？我就是热爱祖国，热爱贫穷、伟大、美丽的意大利，有时我也为她气愤、不满，但我还是热爱她！这勿庸置疑！但是，我做的还不够！”充分表达了他对意大利的爱恋之情。1899 年 9 月患半身不遂，1904 年不得不离开执教 44 年的波洛尼亚大学。1906 年获得诺贝尔文学奖。1907 年 7 月 16 日在波洛尼亚逝世。

卡尔杜齐维护意大利文化传统，崇尚古典主义，反对浪漫主义。认为浪漫主义是一种外国理论，意大利的浪漫主义是屈从于外国人意志、反对祖国文化传统的思潮。1860 年在波洛尼亚大学文学讲坛讲第一课时，他就提出应改革意大利文学，实现意大利文学民族化。以后，他作为诗人和批评家又潜心研究法国一些历史学家和思想家，如：法国最早和最伟大的民族主义和浪漫主义历史学家之一米什莱(J. Michelet，1798—1874)、法国诗人、历史学家和政治哲学家基内(E. Quinet，1803—1875)、法国空想社会主义者路易·勃朗(Louis Blanc，1811—1882)、法国社会主义者蒲鲁东(Proudhon，1809—1865)等。同时深入学习雨果、海涅、席勒等人的作品。因此，他对浪漫主义并不陌生，可惜的是他并不了解浪漫主义的本质，在与浪漫主义的论战中，分析肯定不足，攻击有余，结果遭到不少人的非议。卡尔杜齐极力主张摆脱浪漫主义的影响，恢复古典主义传统，称自己是“古典主义的掌马官”。

卡尔杜齐从父亲那里最早受到爱国主义政治教育，后来又接受阿尔菲耶里的自由爱国思想。1859 年创作短诗《在萨沃依十字架前》(Alla croce di Savoia)，后来配上音乐在佛罗伦萨吟唱。其他诗《尤维尼利亚》(Juvenilia，1856—1860)和《莱维娅·格拉维娅》(Levia Gravia，1861—1871)都深受古希腊和意大利古典主义诗歌的影响，歌颂往日的荣耀，谴责异族侵略和封建专制，欢呼法国资产阶级革命，抒发渴求民族独立、自由、平等的强烈感情，鲜明地表达了意大利民族复兴运动的思想。1862 年，他宣布“脱离保皇民主派”，后来又说：“我找到了共和派”。

在当时政治斗争的影响下，卡尔杜齐创作了著名的长诗《撒旦颂》(Inno a Satana，1862)，歌颂撒旦大无畏的叛逆思想，严厉抨击教会扼杀自由、阻碍历史发展的罪恶，热情赞美人的理性对宗教的胜利和人世生活的快乐。

在《抑扬格诗和长短句抒情诗》(Giambi ed Epodi，1867—1869)中，批评王国初期政府的政策和教皇国的政策都太保守谨慎，以致影响并威胁国家的统一。该诗表达了他的雅各宾派以及自由派人士的战斗力。诗中的思想活跃，感情充沛，形式活泼，言词激烈，受贺拉斯、雨果、海涅、巴比埃等人的影响，具有攻击性、挑衅性和讽刺性。但在文体上，显得杂乱无条理。

1870 年意大利民族复兴运动宣告结束，卡尔杜齐在 70 年代写的诗歌中，向为意大利的独立、统一而献身的英雄表示敬意，对资产阶级政客窃取民族复兴运动的胜利果实、谋取私利的罪恶行径进行辛辣的讽刺。诗中也反映了社会贫富对立、人民继续遭受苦难的情景，同时也流露出对君主政体的幻想。从那以后，作者的激情逐渐淡薄，政治上趋向保守，成为君主保皇派。在由《讽刺诗和抒情诗》向《新诗抄》和《野蛮颂歌》过渡期间，创作了《间奏曲》(Intermezzo，1874—1886)，欣赏优美的希腊文化；《莱尼亚诺之歌》(Canzone di legnano)、《议会》(Il parlamento)歌颂米兰人民反对异族侵略的英勇斗争。这两首诗后来都收在《新诗集》中。《一切都会好》(Ça ira)描写 1792 年 9 月的革命事件。

卡尔杜齐后来的作品的思想内容发生极大变化，《新诗抄》(Rime nuove，1861—1887)、《野蛮颂歌》(Ode barbare，1887—1889)、《有韵的诗与有节奏的诗》(Rime e Ritmi，1887—1898)等大都避开现实生活，描写自然风光，追忆青春和爱情的欢乐，描绘个人细微的情感和生命的奥秘；艺术上袭用古希腊和罗马诗歌的韵律。尤其是在《野蛮颂歌》中，摆脱了旧的格律。他写道“我仇恨以前的诗”，要运用新的韵律，具体地说，就是扬抑抑(长短短)格六音步体、挽歌体对句、萨福诗体、阿尔加乌(古希腊诗人)诗体和阿斯克勒比阿德(希腊诗人)诗体。这些形式一出现,就引起诗坛上的激烈争论,有的说好,有的说坏,有的哀叹,有的感奋,反映截然不同。总的来看,这些作品追求艺术上的完美,注重抒情,语言空泛抽象,具有装饰性。就是一些论战性的作品,也失去了以往的威力,陷于一般的演说术。

卡尔杜齐认为人类生活在自然界中,人类创造的历史也存在于自然界中,所以,他观察自然,描写自然,如《圣·马蒂诺》(San Martino)、《阿尔卑斯山的中午》(Mezzogiorno alpino)都是纯粹描绘自然美景的。有些风光诗,如《晨祷》(Mattutino)和《晚祷》(Notturno),既写景,又抒发诗人对女友的情思,情景交融,引人入胜。《五月之夜》(Notte di maggio)是一首彼特拉克式六行诗,描写夜晚、星辰、月亮和青山,表达对家乡的怀念之情,诗句抑扬顿挫,和谐入耳。《牛》(Il bove)描写乡间生活,通俗易懂。《在圣·圭多礼拜堂前》(Davanti San Guido)是一首思乡诗,描写诗人乘火车时看到童年时住过的保尔盖里的圣·圭多礼拜堂前的林荫路,触景生情,回忆起童年生活,似乎感到家乡的一切都在呼唤他,甚至树木也对他说话。《古老的哭泣》(Pianto antico)悼念自己早逝的幼子,感情真挚亲切,至今仍是人们学习诗歌的范例之一。

卡尔杜齐对历史有自己独特的见解,认为历史是各民族生活的内在力量,是正义的调节力量,历史遵循自身的规律发展,不受非正义和专制的约束,却能给暴君及其后代以应有的报复,他称这为"历史的报复"。他写的《拿破仑·欧杰尼奥之死》(Per la morte di Napoleone Eugenio,1879)正是体现了这一思想。这是一首急就而成的诗篇,6 月 23 日上午 10 点开始写,24 日下午 1 点半完成,欧杰尼奥是拿破仑三世的独生子,1879 年在南非战死,时年 23 岁,诗人联想起拿破仑一世的独生子弗朗切斯科在 1832 年 21 岁时死去。欧杰尼奥诞生于 1856 年 3 月,当时拿破仑三世正在克里米亚与俄国人作战,他这一行径应受到惩罚,历史报复了他们,致使欧杰尼奥年轻时死在战场上。拿破仑一世发动了雾月政变(1799 年

11月9日)，拿破仑三世发动了1851年12月2日政变，变共和国为帝国，他们都侵犯了人们的自由和权利，以自己的意志代替国家的意志，以武力代替法律，他们应得到历史的报应，他们的儿子应接受历史对其父辈的惩罚，以恢复道德法律的平衡。

如前所述，卡尔杜齐热爱自己的祖国，对意大利充满爱恋之情，是一位杰出的民族诗人。以《罗马建城纪念日》(Per l'annuale della fondazione di Roma，1876)歌颂罗马的伟大。《为特兰托的但丁纪念碑而作》(Per il monumento di Dante a Trento，1896)重申意大利渴望有权恢复自己的自然国界。《致加里波第》(A G · Garibaldi，1880年11月3日)歌颂加里波第的丰功伟绩，他在诗的最后写道："光荣属于你——祖国之父，你勇猛的心灵像埃特纳火山的咆哮，像阿尔卑斯山的激情冲向野蛮人和暴君；你温柔的心灵像天空、大海和五月的微笑，似太阳般映在英雄的坟墓和大理石纪念碑上"。

卡尔杜齐除写诗外，还是造诣极深的散文作家。在《国家版本》(Edizione nazionale)一书中，共收集30篇文章。其中25篇是散文，主要是评论有关文学和历史的讲演稿，还有些是自传性散文和论战性散文，如《坦白与战斗》(Confessioni e battaglie)、《灰烬与火花》(Ceneri e Faville)、《小品与击剑》(Bozzetti e scherme)、《自传回忆》(Ricordi autobiografici)等。"坦白"实际是倾诉、抒情；"战斗"则是论战。卡尔杜齐性格太倔强，与人难以和睦相处，四面出击，树敌太多，有些论战的对手选择得也不合适，他不止一次地承认自己对曼佐尼和亚米契斯的攻击太多了。还有些散文是关于历史、政治等内容的，如《悼念加里波第》(Per la morte di G · Garibaldi，1882)、《为彼埃托雷的维吉尔纪念碑揭幕而作》(Per l'inaugurazione di un monumento a Virgilio in Pietole，1884)、《纪念波洛尼亚大学建校800周年》(Per l'ottavo centenario dello Studio di Bologna，1888)、《圣马力诺的永久自由》(La libertà perpetua di S · Marino，1894)、《为三色旗而作》(Per il Tricolore，1897)等。卡尔杜齐的散文简洁、庄重，词汇方面古与新、通俗与高雅同时并用，颇具特色，还带有诗歌的特点，注意句子结构的音乐性，便于读者想像。散文中追求诗的神韵，成为卡尔杜齐时代散文的一大特点。

卡尔杜齐还是一位出众的文艺评论家和理论家。主要涉及意大利文学史的各个时期，在研究评论的同时，经常出版一些有关的古典作品，其中有的是从未面世的珍本。主要作品有《历史和文学论述》(Discorsi storici e letterari)，论述维吉尔、彼特拉克、薄伽丘等人的作品；《诗歌考古学》(Archeologia poetica)论述彼特拉克、迪诺、弗雷斯科巴尔迪的诗歌以及13、14世纪意大利民间抒情诗；《文学研究》(Studi letterari)论述但丁的作品和14世纪的诗歌和音乐等；《18世纪的歌唱诗和抒情诗》(Melica e lirica del Settecento)、《论民族文学的发展》(Dello svolgimento della letteratura nazionale, 1868—1871)论述意大利文学从1000年至18世纪的发展情况；《关于对曼佐尼的某些评价》(A proposito di alcuni giudici su A·Manzoni, 1873)文中承认曼佐尼的伟大，把他当作神秘主义诗人，将他与莱奥帕尔迪相提并论。《帕利尼的次要作品》(Parini minore, 1880—1900)、《帕利尼的主要作品》(Parini maggiore, 1891—1905)论述帕利尼的生活环境、他的11音节诗句及其特点。自1890年以后的评论作品，不论在思想上，还是在艺术上，都没有新意。有人认为卡尔杜齐总的来讲不喜欢他那个时代的文学，因为他既不称赞邓南遮和帕斯科里，也不评论维尔加。

卡尔杜齐的文艺评论运用“历史法”，这与通常的“美学法”是对立的。卡尔杜齐也不同意德·桑克蒂斯的评论，认为他的看法太武断专横。卡尔杜齐的评论遵循两个原则，一是人文科学原则，强调形式和语言；一是浪漫主义原则，强调内容和历史脉络。

卡尔杜齐在意大利文学史上的影响是伟大的，他学识渊博、观察敏锐，思想和艺术自成一体，以孜孜不倦的劳动，鼓舞和培养了一代新人。

第十二节　其他作家

19 世纪后半叶的其他著名作家还有德·亚米契斯(Edmondo De Amicis,1846—1908),以《心(旧译〈爱的教育〉)》闻名遐迩。他极力推崇曼佐尼,可以说是曼佐尼最有资格的继承人,因而曾受到卡尔杜齐的抨击。他也是一位民族复兴运动时的爱国志士,离开学校后,到炮兵部队服役,参加解放意大利的战斗。退役后,担任军事刊物的记者,发表了不少特写、报导等文章,后来汇集成《军营生活》(La vita militare,1866)出版。后来又出版《短篇小说集》(Le novelle,1872),有些评论家认为这是他最优秀的作品。他曾周游世界各国,撰写了许多游记,其中著名的有《西班牙》(1872)、《荷兰》、《伦敦及游记》(1874)、《摩洛哥》(1876)、《君士坦丁堡》(1878—1879)、《巴黎游记》(1879)、《三个首都:都灵、佛罗伦萨、罗马》(Tre capitali:Torino,Firenze,Roma,1879)等。作者以新颖、明快的笔触,记叙各国的风土人情,同时贯穿了作者向意大利人民进行爱国主义教育的宗旨。

亚米契斯是一位博爱主义者,注重道德教育,为此创作了《朋友们》(Gli amici,1883)、《在海洋》(Sull'oceano,1889),特别是描写少年生活的特写集《心》(Cuore,旧译〈爱的教育〉,1886),以真挚、火热的心反映了中下层人民穷困的生活和淳厚、朴实、友爱的品德,同时提倡谅解、博爱的精神,以实现各阶级感情的融合,地位的平等。《心》已飞向全世界,被译成几十国文字。他接近社会主义运动后,把社会主义思想和博爱精神融为一体,写了《一个教师的小说》(Romanzo di un maestro,1890),从内容上看,这不像是一部长篇小说,更像一部民间学校问题的百科全书。短篇小说集《学校和家庭之间》(Tra scuola e casa,1892)提倡平民教育,企图以此来协调不同阶级之间的关系。他的另一部长篇小说《五月一日》(il Primo maggio)作于1889年，生前一直不愿公开发表，直到1980年才出版。它通过一个教授的坎坷遭遇，反映19世纪末知识分子对社会前途的探索和意大利社会主义运动的诞生。

在世界文学宝库中，与《心》齐名的儿童读物还有科洛迪的《木偶奇遇记》(Pinocchio，1883)。科洛迪(Carlo collodi)是作者的笔名，真名是卡尔洛·罗伦齐尼(Carlo Lorenzini，1826—1890)，是著名的儿童文学作家和新闻工作者，早年曾进过神学院，后来投身于民族复兴运动，多次参加反对奥地利侵略者、争取意大利独立统一的战斗，转而从事新闻工作，撰写社会新闻和戏剧评论，一度担任托斯卡纳大区政府的戏剧检查官。1861年意大利王国成立，他放弃新闻工作和军事宣传活动，开始为儿童写作，1876年发表《贾涅蒂诺漫游意大利》(Il viaggio per l'Italia di Giannettino)，1878年发表《民佐洛》(Minzolo)。1880年在《儿童日报》上连载他的新作《木偶奇遇记》(1883年出版单行本)立即获得成功。作者以现实主义手法描绘儿童，叙述获得生命的木偶匹诺基奥(一译匹诺曹)的种种离奇的经历，他的淘气、反抗的行为给他带来欢乐、希望和苦恼，表现木偶热爱正义、痛恨邪恶、天真纯洁的品质。另外，木偶匹诺基奥的恶作剧行为极易为青少年所模仿，值得我们注意。这部小说思想丰富，情节曲折有致，语言活泼幽默，寓教育于生动风趣的故事之中。《木偶奇遇记》出版后，译成许多国家的文字，并被搬上银幕，成为世界著名的儿童文学作品。科洛迪也以其创造的儿童木偶匹诺基奥而闻名于世。

另外，还有些作家(主要在伦巴第大区)虽然还受曼佐尼浪漫主义和巴尔扎克、左拉等法国作家的影响，但更注重当时的社会现实，具体地说，描写民族复兴运动的题材少了，描写当时社会经济冲突和人民的日常生活的题材逐渐多起来。从流派上讲，他们介于浪荡派与真实主义之间，逐渐走向现实主义道路。比如吉罗拉莫·罗维塔(Girolamo Rovetta，1851—1910)，他的小说有《他人的眼泪》(Le lacrime del prossimo)、《喧闹》(La baraonda)；剧本有《多利娜三部曲》(La trilogia di Dorina)、《不诚实的人》(I disonesti);中篇小说《小姐》(Signorina)等。他的艺术创作比较粗糙,作品的心理分析也不深刻,但善于观察现代生活,企图写出巴尔扎克人间喜剧式的作品,通过他的作品可以了解当时的资产阶级社会。

埃米里奥·德·马尔基(Emilio De Marchi,1851—1901),米兰人,1874 年大学毕业,1879 年在米兰文学科学院当文书,1886—1890 年任该院文体论教员,与此同时,还在市政部门和慈善救济部门任职。70 年代在青年刊物《新生活》(Vita nuova)上发表文章开始了文学创作。他关心社会问题和中下层人民的生活状况,受了福楼拜等人的影响,欣赏国内外的现实主义小说,反对仿古典主义和卡尔杜齐的文学思想,而是把以维尔加为代表的真实主义与曼佐尼的文学传统结合起来,总是称自己是伦巴第学派、帕利尼和曼佐尼的继承者,认为文学"不是懒汉的娱乐工具,而是要帮助人生活得更好",他作品中反映出的道德观、文体语言、乃至句法结构都依照《约婚夫妇》的模式。他书中的主人公都是失败者,最后结果不是屈服投降,就是服从、忍让。作品有中篇小说《两个哲学家》(I due filosofi)、《真花与纸花》(Fiori naturali e fiori di carta)等,还有《各种色调的历史》(Storie di ogni colore,1885)、《新各种色调的历史》(Nuove storie di ogni colore,1895)、《旧史》(Vecchie storie,1926 年出版);他的优秀长篇小说《德米特里奥·皮亚奈里》(1890)描写一个邮局职工债台高筑,又遭受上司的欺凌。歌颂他为了人格的尊严和纯洁的爱情而甘愿牺牲一切的可贵品格。其他作品如《教士的帽子》(Il cappello del prete,1888)、《理想主义者贾科莫》(Giacomo l'idealista,1897)表达了对冷酷的社会和官吏的谴责,对在痛苦中挣扎的中下层人民寄予深切的爱怜,文笔通俗、感情深沉,反映了人民群众对民族复兴运动的失望情绪。

德·马尔基的作品在 19 世纪末期的意大利小说史中占有重要的地位。除了《理想主义者贾科莫》一开始就以单行本出版外,其他作品都是先在期刊上连载,而后成单行本。

德·马尔基还著有文学评论《18世纪的文学和文学家》(Lettere e letterati nel sec,XVIII)、《文学》(La letteratura);社会教育作品《奖励与惩罚》(premi e castighi)、《致一位年轻先生的信》(Lettera ad un giovane signore)、《我们的孩子们》(I nostri figliuoli);儿童剧《今天在埃米里奥叔叔家演戏》(Oggi si recita in casa dello zio Emilio);有的小说也改编成剧本,如《不要玩火》(Col fuoco non si scherza)。德·马尔基还翻译了许多拉封登寓言。

阿尔弗雷多·奥里阿尼(Alfredo Oriani,1852—1909)生于法昂查,1876年发表第一部小说《无用的回忆录》(Memorie inutili)进入文坛,以后陆续发表了《在那边》(Al di là,1877)、《绊根草》(Gramigna,1879)、《否》(No,1881)、《四重唱》(Quartetto,1883)。所有这些作品都显得阴郁、激动,充满反社会的无政府主义思想,他描写一些思想混乱的人物,好像附合他们的不道德言行和虚无主义,实际上他的思想深处是反对和厌恶生活。他的小说中出现下流形象时,他就提出一个社会论断,展示人类最高理想。在《婚姻》(Matrimonio,1886)中,他支持婚姻的不可分离性,这是一封写给小仲马的长达444页的怪信。奥里阿尼在这些作品中的文体接受法国社会文学的影响,有雨果、巴尔扎克、左拉等小说家的影子,也有议会发言和集会演说的样子,像是大演说家的文体。有趣的是,卡尔杜齐的反抗精神使用撒旦的名字,奥里阿尼更大胆,使用犹大的名字,在犹大身上,他看到犹大用仇恨作为对弱者的保护。他这种抽象的反抗思想混淆了无政府主义和博爱原则。他厌恶生活,感到苦恼、孤独。奥里阿尼开始并不出名,只是到了晚年,评论界才开始注意到他,可以说是大器晚成。

1894年奥里阿尼发表《敌人》(Il nemico)和《嫉妒》(Gelosia),写的仍就是混乱、违法的题材,但思想日渐成熟。1899年写的《沃尔蒂切》(Voltice)描写一个自杀者的最后一天,此人以命运当儿戏,玷污自己的荣誉,招致精神错乱而自杀。《燔祭》(Olocausto,1902)描写一个下流的人市应当指出，在奥里阿尼的作品中，特别是在有关历史内容的作品中，也体现了严格的道德思想。例如《失败》(La disfatta，1896)写了一个高尚的人间悲剧事件。主人公是思想家德·尼蒂斯教授，在与人交往中，他不善于用自己的行为去迎合投机倒把和人情世故，不合拍的生活夺走了他的儿子和朋友，所以他感到痛苦孤独，但他没有自暴自弃，而是“像古代朝圣者手拄着拐杖走向耶稣圣墓那样，重新拿起鹅毛笔，走在上帝的足迹上”。

奥里阿尼还写了《单调》(Monotonia)等诗歌，《战无不胜者》(L'invincibile)等剧本，都不很成功。

奥里阿尼的真正力量体现在历史著作中，他接受了黑格尔唯心主义，并以此形成自己的历史观，在有关道德和政治问题的作品中反映了这种历史观。1889 年发表《一直到多加里》(Fino a Dogali)，认为在新的命运和非洲的使命中，应尊重意大利。1901 年他将自己的历史论述收在一个集子里，取名《黄昏的影子》(Ombre di occaso)。1908 年他创作了《理想的暴动》(La rivolta ideale)，论述了自己喜欢的内容：古今世界贵族政治的意义、现代工业的特点、社会阶级和政党、天主教的意义等，作者想以此作为当前斗争起源的一篇序言。实际上该篇可以作为《意大利政治斗争》(La lotta politica in Italia，1892)一书的续篇。

《意大利政治斗争》是奥里阿尼的杰作，叙述意大利直到民族复兴运动时期的历史，描述意大利如何由中世纪的城邦封建主义发展到祖国统一，他写道：“意大利经过 15 个世纪的极为复杂的历史发展，才达到自己的目的，建成一个国家。”“意大利革命的次数如此之多，以至于科学至今也难以确定到底有多少次；革命形式极为丰富，任何进步都不能阻止它；伟大人物层出不穷，永垂不朽。”书中充分表现了作者的民族意识，认为意大利优于其他民族。

这一时期还有一位很有影响的女作家，这就是马蒂尔德·塞拉奥(Matilde Serao，1856—1927)，她出生于希腊，父亲是那不勒斯人，母亲是希腊人。随家庭回到那不勒斯居住，在师范学院毕业后，曾当过电报局职员。1882 年迁居罗马，2 年后结婚，与丈夫一起创办杂志《罗马邮报》(Corriere di Roma)，后返回那不勒斯，又创办了《那不勒斯邮报》(Corriere di Napoli)及其他杂志。1891 年在丈夫创办的《晨报》(Mattino)任主编之一，1904 年与丈夫分居，自己创办了有影响的《日报》(Giorno)，并任主编，直到逝世。

塞拉奥在从事新闻工作的同时，写了 40 余部颇有影响的小说。第一部小说《乳白石》(Opale)发表于 1878 年，随后发表的有《写生》(Dal vero，1879)、《痛苦的心》(Cuore inferno，1881)等。她的创作体现了真实主义流派的特点，都是以那不勒斯为背景，描写劳动群众或小资产阶级人士的遭遇。她的中篇小说以她在电报局的生活为素材，描写下层人民，特别是妇女的悲苦生活、朴实的品德和真挚的爱情，以及她们在金钱关系和旧道德观念的迫害下成为牺牲品的可悲遭遇。她的长篇小说有《幻想》(Fantasia，1883)、《凯基娜的美德》(La virtù di Checchina，1884)、《那不勒斯深处》(Il ventre di Napoli，1884)、《征服罗马》(La conquista di Roma ，1885)、《女孩的故事》(Romanzo di fanciulla，1886)、《哨兵，注意！》(All'erta，sentinella！，1889)、《安乐乡》(Il paese di cuccagna，1892)等，这些作品或反映风靡一时的彩票热对人的戕害、或表现潦倒的画家等人的不幸身世、或描写失去欢乐的童年。比较深刻地揭露了风景秀丽并有“安乐乡”之称的那不勒斯的社会病态和阴暗面。她的创作显然也受了法国自然主义作家和俄国作家的影响。

塞拉奥还写了一些有关宗教题材的小说，如《在耶稣的国度里》(Nel paese di Gesù，1898)、《基督教修女焦瓦娜》(Suor Giovarna della Croce，1901)、《圣母与圣人》(La Madonna e i Santi，1902)等。

第十三节　真实主义与维尔加

19世纪末，意大利文坛上出现了一个新的文学流派——真实主义。它属于批判现实主义的范畴，又深受法国自然主义的影响。于法国资产阶级革命后兴起于欧洲，后来通过法国巴尔扎克，特别是左拉，以及反对崇拜偶像和被称为浪荡文学派的米兰集团，逐渐进入意大利。

1870年，意大利经过多年的政治和军事斗争，终于完成了统一大业，民族矛盾越来越处于次要地位，而国内的阶级矛盾日益上升到主要地位，广大中小资产阶级、农民同大资产阶级、大地主之间的矛盾日趋尖锐。人们从现实生活中看到革命不彻底，国家统一不稳固，原有的南北矛盾非但没有解决，反而更加突出，南北方差别更加扩大，南方人民仍生活在贫穷、落后、愚昧、封闭的景况之中，意大利文学要表现这一社会现实，出生在西西里岛的卡普安纳和维尔加就历史地成为南方中下层人民群众的代言人。在这种历史条件下，反映民族复兴运动理想的浪漫主义文学日益失去现实意义而趋向衰落，而法国泰纳的决定论和伽里略创建的实验科学在意大利流行开来，启发作家探求表现现实的新方法，在法国、英国和俄国，巴尔扎克、狄更斯和果戈里的作品树立了表现现实的楷模，于是在意大利文坛上现实主义潮流就应运而生，其中最重要的流派就是真实主义。

卡普安纳和维尔加成为真实主义的代表人物。法国作家左拉的自然主义理论对真实主义产生了直接影响。卡普安纳推崇左拉，在米兰报刊上借介绍自然主义来阐述自己的观点，并称之为"真实主义"。维尔加支持卡普安纳的观点，并以自己的创作活动来实践并发展这一观点，从而奠定了真实主义的地位。

真实主义的主要目标是客观地表现生活，通常是下层人民的生活。卡普安纳提出直接描写现实生活中的真事是真实主义的基本原则。他认为作家应当从生活中选取题材，像新闻报道那样描述真正发生的事实，像画家“写生”那样“研究真实”，使作品不仅在艺术上有美学价值，而且在科学上是真实的历史资料。创作的科学性在于作家必须依据已经发现的或自己观察到的社会和自然发展的客观规律，艺术地再现生活。为使作品具有强烈的真实感，要求一种客观的、忠实的文学表现形式，修辞不必考究，语言灵活生动，适合所表现的特殊环境。真实主义作家通常用平铺直叙的语言，明晰畅达的描写，以及现实主义的对话，客观地、科学地、准确地展现事实真相。真实主义作品尤其以下层人民作主人公，真实地描述和严肃地批判社会的阴暗面，因而受到广大群众读者的欢迎，成为当时意大利社会最需要的一种文学倾向。

真实主义的历史不长，持续了 30 几年，到 20 世纪 20 年代宣告结束。第二次世界大战以后，真实主义的创作思想和艺术手法又以一种突然活跃的新方式出现，即新现实主义。

乔瓦尼·维尔加的名字与真实主义连在一起，足见他对真实主义的产生、发展与普及的功劳之大。

维尔加(Giovanni Verga，1840—1922)，小说家和戏剧家。1840 年 9 月 2 日生于西西里岛卡塔尼亚市的一个贵族家庭，有房有地，经济条件富裕。祖父是秘密革命组织烧炭党成员。他在家乡度过了自己的童年和青年时期。11 岁时到阿巴特学校学习，启蒙老师安东尼奥·阿巴特是他家的远房亲戚，也是一位曾参加过 1848 年革命活动的爱国者和诗人，对小维尔加影响很大并鼓励他写作。维尔加一位远房表兄多米尼科·加斯托里纳早年离开贫穷闭塞的西西里，到彼埃蒙特大区最后成为小有名气的作家和诗人。在他们两人的影响下，维尔加在 16 岁时根据美国革命的故事写出自己第一部小说《爱情与祖国》(Amore e Patria，1856—1857)，这本书没有全部出版，只发表了其中的两章，书中明显地反映出他在阿巴特那里所接受的民族复兴思想和爱国思想。此书可算是维尔加文学生涯中的一部习作。1858 年他入卡塔尼亚大学学习法律，学习之余热心新闻工作，未毕业，于 1861 年干脆退学与朋友一起创办并领导了政治周刊《意大利人的罗马》(Roma degli Italiani)，宣传统一，反对地方主义思想。在大学学习期间，他还模仿大仲马创作自己第二部小说《山地的烧炭党人》(I carbonari della montagna, 1859—1861)，1862 年自费出版。小说分 4 册，描写烧炭党人反对拿破仑政府统治的故事。1863 年，又在佛罗伦萨的《新欧洲》(Nuova Europa)上连载了第三部小说《在泻湖上》(Sulle lagune)。他还协助创办了文学杂志《当代意大利》(L'Italia contemporanea)和《独立者》(Indipendente)，发表一系列具有爱国思想的文章，关心西西里局势，宣传革命思想。

维尔加向往外面的世界，迫切希望开阔自己的视野，感到有必要去直接感受欧洲浪漫主义在意大利的影响，1865 年他离开西西里前往佛罗伦萨，一直住到 1871 年。在这个世界闻名的文化之都，他摆脱了闭塞状态，大开眼界，进入文学圈并结识了许多名人和作家，特别是与文艺理论家和作家卡普安纳结下了亲密友谊，共同推动真实主义在意大利的普及与发展。1866 年发表小说《一个女罪人》(Una pecatrice)，1871 年发表小说《一只莺鸟的故事》(Storia di una capinera)，这是两部具有浪漫色彩的爱情小说。

1872 年他移居米兰，一直住到 1893 年。这时的米兰已取代佛罗伦萨成为意大利文艺中心，由于《一只莺鸟的故事》获得成功，维尔加很快又进入米兰文艺界，还成为马费伊伯爵夫人"沙龙"的座上客，与文学界新闻界的名人建立了深厚的友谊。1877 年卡普安纳也来到米兰，老朋友相见分外高兴，观点一致，共同确立了真实主义理论基础及其在意大利文坛上的地位。在米兰这段时间，维尔加受法国心理小说的影响，辛勤笔耕，先后又发表了多部小说：《夏娃》(Eva, 1873)、《真老虎》(Tigre reale, 1873)、《奈达》(Nedda, 1874)、《埃罗斯》(Eros, 1875)、《春天与别的故事》(Primavera e altri racconti, 1876)。维尔加充分发挥自己的创作才能，在短短几年中，写出了这么多成功的作品，确是难能可贵，他也成为19世纪末期欧洲小说家中的杰出人物。小说《奈达》描写一个贫苦姑娘的苦难身世。这是维尔加首部以西西里为背景的真实主义小说，标志着他开始走上真实主义的创作道路。他"重归"西西里，创作了短篇小说集《田野生活》(Vita dei campi，1880)、《马拉沃利亚一家》(i Malavoglia，1881)、《埃莱娜之夫》(Marito di Elena，1882)、《乡村故事》(Novelle rusticane，1883)、《在路上》(Per le vie，1883)。戏剧《乡村骑士》(Cavalleria rusticana)是由同名小说改写的剧本，1884年在都灵的卡利尼亚诺剧场演出，获得极大的成功。1890年著名歌剧作曲家马斯卡尼(Pietro Mascagni，1863—1945)又将它谱成歌剧上演，同样征服了观众。

维尔加继续创作，名声也越来越大。1887年，他将以前在杂志上连载的故事合订成册，以《流浪》(Vagabondaggio)发表。1889年发表的《堂·杰苏阿尔多师傅》(Mastro Don Gesualdo)与以前在《新文选》(Nuova Antologia)上连载的版本相比较有很大的改动。1897年发表《达尔切上尉的回忆》(Ricordi del capitano D'Arce)。1893年，根据一项判决，维尔加也成为马斯卡尼歌剧的共同作者，并获得14万3千里拉。有了这笔钱，加上对米兰环境已感到厌倦，维尔加于1894年又回到故乡卡塔尼亚。

维尔加在家乡长住一直到去世(其间有时去米兰和罗马小住)，年过半百，作品越来越少了，1894年发表故事集《堂·康代洛罗》(Don Candeloro e C. i)，1896年在都灵上演了他的剧本《母狼》(La Lupa)，1901年演出他的《猎狼》(Caccia al lupo)和《猎狐》(Caccia alla volpe)，1903年发表剧本《从你的到我的》(Dal tuo al mio)。后来又将它改成小说于1906年出版。描写一个矿工领袖为了获得矿主的产业而背叛罢工工人的故事。这是他的最后一部小说，以后感到力不从心，遂停止写作。1920年，人们隆重庆祝他80岁生日。同年，又被任命为参议员。1922年1月27日逝世。

维尔加早年创作的三部小说《爱情与祖国》、《山地的烧炭党人》和《在泻湖上》都取材于现代历史，比如《山地的烧炭党人》描写卡塔尼亚地区烧炭党人反抗那不勒斯政府的革命行动；《在泻湖上》叙述一个奥地利军官与威尼斯姑娘的爱情故事。他着重描述意大利人民反抗侵略，为争取自由和民族独立而进行的革命斗争，表达了当时高涨的民族复兴运动的精神。在艺术手法上，着重人物的心理描写，平铺直叙，不注意修辞技巧，语言贫乏，总的看来，文学上还不成熟。

维尔加真正的文学生涯应该说始于《一个女罪人》的问世。这本书 1865 年在卡塔尼亚出版，1866 年又在都灵出版，描写青年学生布鲁焦于 5 月末一个美好的夜晚，在卡塔尼亚市立公园散步时，被一位颇有姿色的女人所吸引，于是两人结识，手挽手结伴而行。西西里青年布鲁焦出身小地主，身居贫穷落后的卡塔尼亚，却向往外面的大世界。女主人公瓦尔德里属于上层社会，轻浮、拜金。他们的相爱在西西里这样的地方是不符合常规的。布鲁焦感叹"她不应该是西西里人"。瓦尔德里放弃自己的优裕生活与布鲁焦在一起，后来布鲁焦成为作家功成名就，最后离开了她。瓦尔德里孤身一人，逐渐堕落直至悲惨地死去。

有人说，这部小说大部分情节是维尔加的亲身经历，是一本"自传"。

1871 年发表的《一只莺鸟的故事》是维尔加第一部获得极大成功的小说。描写一个年轻的修女有意中人又不能相恋，极为悲伤积郁成疾，最后病死在修道院里。小说写爱情充满浪漫色彩，这在当时很流行，但综观全书，伤感气氛太浓厚。也有人说这是写作者自己与一位西西里姑娘的爱情故事。他年轻时，夏天经常去乡下度假，认识了一位将要离家入修道院的姑娘，通过与她的交往与谈话，了解了许多有关修道院生活的细节，他才得以写出这部小说。

维尔加到米兰后的第二年发表小说《夏娃》。描写一位画家与一个很有魅力的女人之间的爱情故事。女的是位歌舞演员，迷住了青年画家，为了向他证明自己的爱情，毅然放弃了自己的演艺生涯，两人在一起生活中困难重重，他感到厌倦了。女的看到此，明白他们之间的爱情已经结束，便离开了他，重操旧业，并爱上了另一个人。两人分手后，男的又燃起了对她的爱恋与嫉妒，他与情敌决斗并杀死了他。最后，他怀着对夏娃（女主人公）的美好回忆，感叹自己的失败，痛恨自己的无能，身染肺病，郁闷地死在父亲的家里。佛罗伦萨评论家费迪南多·马蒂尼称赞这本书是“意大利最近出版的作品中最美最好的一部小说”，因为“这是一本深刻的真实书籍”。

《真老虎》也是于1873年发表的。女主人公娜塔完全是按照音乐剧女主角的样式塑造的，集中了漂亮而又暴躁、热情而又冷酷一类女人的典型特点。这是一位俄国女伯爵，嫁给一位外交官，身着裘皮服装，满身珠光宝气，撩拨男人的欲望。她有情欲，又有冰冷，难于与人相爱。男主人公焦尔焦满身女子气，软弱无主见。他们之间的关系是互相吸引又互相排斥，在这种关系中，不管是好是坏，慷慨的一方总是女方。她能够冲动、能够奉献，能够接受因自己选择而造成的后果，而他在情欲之后，心事重重、瞻前顾后，屈服于各式各样的家庭和社会影响以及心理道德影响，直至感到疲倦与恐怖，在父母、家庭和婚姻中找一个避风港。

上述这些作品具有浓厚的浪漫主义气息，心理描写细致，但缺乏思想深度。书中的主人公大都是模仿法国浪漫主义传奇小说的主人公。

1874年出版的《奈达》是维尔加第一部以西西里为背景，描写农民、渔民等贫苦大众生活的真实主义作品。书中描写的环境依照真实主义原则真实、确切，人称这是一部“西西里书稿”，以此开创了维尔加现实主义（真实主义）的新纪元。他自己认为这是“一件时间不长的工作”，但却获得令人鼓舞的成功，所以他非常兴奋与激动，在给母亲的信中说“烤肉的烟又好看又香，但烤肉更好。我终于成为家里的生产者，不再是寄生虫了”（1874年7月2日信）。

短篇小说集《田野生活》（1880）和《乡村故事》（1883）也是作者

的代表作，描写西西里农村的生活现实，表达了作者对劳动人民的同情和对地主、官吏和新兴资产阶级的憎恨。作品充满了浓郁的地方色彩和乡土气息。

维尔加曾计划以《战败者》(Vinti)为标题创作5部长篇小说，结果只完成了2部，其中《马拉沃利亚一家》是他的主要代表作。他很早就动手写这部小说，1882年7月2日给卡普安纳写信说“我日以继夜地工作，工作到晚上7点1刻，然后再一直写到清晨4点。要问想到的是书还是我的健康？还是两者都有？在这种时候，我坦白地告诉你对我都无所谓，我觉得这本书能获得我期望的成功……”。小说描写渔民马拉沃利亚一家人的悲惨遭遇，深刻地反映了西西里渔民的苦难生活和渔村的贫穷落后状况，是西西里社会的真实写照。主人公安东尼·马拉沃利亚是一个忠厚、耿直的贫苦老渔民，希望靠一条旧渔船和儿孙们的辛勤劳动来摆脱贫困的命运、改变自己的生活，但是，命运与他作对，海上风暴毁掉了他赖以生存的渔船，儿子也葬身鱼腹，瘟疫又夺去了他儿媳的生命。一个孙子到城里当兵，又步入岐途，最后进了牢房，另一个孙子死在战场上，还有一个孙子离家出走，不知去向。老人自己在高利贷的盘剥下，倾家荡产，最后孤独地死去。全书充分展现了意大利统一初期西西里的社会生活。小说问世后，果然获得作者所期望的成功，受到各界的称赞，有人称它是继曼佐尼的《约婚夫妇》之后意大利出现的最伟大的小说。

维尔加另一篇主要代表作是《堂·杰苏阿尔多师傅》，1888年7月1日至12月16日在《新文选》刊物上连载，后经重大修改于1889年出书。书中的主人公不再是渔民，而是一位泥瓦匠杰苏阿尔多·莫塔，以自己的劳动，以自己的牺牲，以自己的意志和“劳动宗教”，终于摆脱了自己出身的工农世界，成为财主并有了一定的社会地位。但为了挤进上层社会，在一些人的劝说下，与一位破落贵族家的小姐卞卡·特拉奥结婚。卞卡尽管瞧不起杰苏阿尔多，但为改变没落家庭的命运和掩盖自己与表兄的不光彩事，才答应与他结婚。他以为这样的婚姻就意味着已经达到自己早已向往的社会地位，但很快他就发现，上层社会并不真正接受他，当地贵族和资产阶级经常排挤打击他。他自己也成为工农阶层攻击的对象，甚至女儿伊莎贝拉也反对他。他本能地维护自己辛苦一生所得来的“财物”，但最后不得不向现实屈服，放弃自己的“财物”，在远离自己奋斗的地方可怜地死去。小说通过杰苏阿尔多的发迹与衰败的经历，深刻地揭露了迅速发展的资本主义对广大劳动者造成的危害。

维尔加的作品忠实地反映了意大利统一之后，在资本主义新秩序和旧封建关系的双重压迫下，劳动人民仍处于愚昧落后的状态，过着贫困苦难的生活，从而暴露了19世纪末叶意大利的社会现实。

真实主义强调的“真实性”、“科学性”在维尔加的作品中都得到了充分的体现。首先，维尔加把注意力集中于当时阶级矛盾最尖锐、最突出、人民生活最贫困的落后地区，客观真实地描述了最贫穷、最落后、矛盾最集中的南方地区，因而，抓住了当时意大利社会的本质。其次，维尔加不是机械地进行客观记述，而是在记述的基础上，分析复杂的社会结构和经济关系是如何决定人们的命运、思想、道德和行动的。通过描写普通人物的遭遇来暴露社会阴暗面的真实情况。所以说，维尔加作品所达到的真实，不是表面的准确真实，而是透过表面而揭示了本质，因而也具有“科学性”。另外，维尔加在反映黑暗现实时，对邪恶势力进行无情谴责与批判，而对不幸的人们流露出深厚的同情与支持，爱憎极为分明。这些表明维尔加又超越了自然主义，成为批判现实主义作家，也就是人们说的维尔加现实主义。

维尔加的作品汲取了西西里民间语言的语汇和谚语，文辞淳朴、自然、生动、准确，书中的对话通俗易懂，使人感到亲切。人物性格鲜明，自然景色描写真实、简炼，具有浓郁的乡土气息和地方色彩。开拓了真实主义的朴实无华的新文风。

维尔加的作品还具有诗歌的神韵，感情真挚善良，充满了人情温暖。《乡村故事》中的《财物》(La roba)篇充分体现了这一特点，它和卡尔杜齐的散文一样，都可称为诗歌性散文。

维尔加通过自己的经历、观察与分析，看透了民族复兴运动后资产阶级为粉饰现实而制造的虚假繁荣，明白了资产阶级革命的不彻底性，因而对资产阶级革命感到失望，加上他又看不到解决社会矛盾的前景，所以，在作品中时常流露出悲观、哀伤的情调。

维尔加对家乡西西里岛的强烈感情深深感动了19世纪末的意大利文坛，因而掀起了一场不大不小的创作地方文学作品的运动，许多作家步维尔加的后尘，纷纷起来描写自己家乡的人和事，出现了蓬勃的乡土文学。前面提到的那不勒斯作家塞拉奥就是其中之一。

意大利真实主义的另一位代表人物是作家、文艺理论家路易吉·卡普安纳(Luigi Capuana，1840—1915)，出生于卡塔尼亚省的米内奥市一个富有的家庭，曾在专科学校学习，年轻时写过诗歌和诗剧。他的文艺观点深受法国福楼拜、左拉等人的影响。1864年离开贫穷落后的家乡，移居佛罗伦萨，曾任《民族报》(La nazione)戏剧评论员。以后又返回西西里参加政治活动，于1875年出任米内奥市市长。1877年去米兰，以后在米兰与同乡维尔加亲密交往，积极从事文学活动，并在罗马师范大学、卡塔尼亚大学教授美学和修辞学。

卡普安纳是意大利真实主义的理论家，著有《意大利文学研究》(1880)，主张文艺要真实地、客观地反映时代的历史和社会状况，反映“具体的生活”，作家应从当代的现实生活中选取题材，把眼光投向贫穷、落后的地区和下层社会，像新闻报道那样描述真正发生的故事，文艺作品应成为“人类文献”，不仅在艺术上有美学价值，而且在科学上也是真实的文献资料，作家必须依据已经发现的或是自己观察到的社会和自然发展的客观规律，艺术地再现生活。他认为为使作品具有真实感，修辞不必考究。这些主张奠定了真实主义的理论基础。他的文艺观点表达了民族复兴运动后进步文艺家对当时社会矛盾的日益尖锐、劳苦大众处境愈加恶化这一现实的关注。

卡普安纳的第一部长篇小说《姬娅琴塔》(Giacinta,1879)以西西里为背景,描写一个自幼受到社会歧视、凌辱而最终被逼走向叛逆的妇女的遭遇,对不公正的社会和封建礼教提出了控诉。在长篇小说《香气》(1891)和一些短篇小说中,表现人物在环境的影响下而产生的心理病态特征,流露出自然主义的倾向。长篇小说《洛卡维迪那侯爵》(Il marchese di Roccaverdina,1901)和短篇小说集《乡村妇女》(Paesane,1894)描绘19世纪末西西里社会、经济生活和人情世态,反映了意大利农村封建关系的崩溃,其中对人物的性格、心理也有细致的刻画。

卡普安纳也重视民间文学和儿童文学,搜集了许多民间文学,写了一部优美的童话集《从前有一次》(C'era una volta,1882)。

19世纪最后20年,在意大利文坛上影响较大的作家是福加扎罗(Antonio Fugazzaro,1842—1911)。他出生在维琴察的一个富裕的资产阶级家庭,青年时代曾参加过反抗奥地利侵略的斗争。1864年毕业于都灵大学法律系,先后到过瓦尔索达、帕多瓦、米兰等地,1870年返回故乡,接受了宗教思想,并开始文学创作。初期的作品如长篇叙事诗《米朗达》(Miranda,1874)、抒情诗集《瓦尔索达》(Valsolda,1876)等具有浪漫主义特点。1881年他发表了第一部小说《玛伦布拉》(Malombra),讲述女主人公玛丽娜患有精神障碍症,恍惚中出现了一个真实主义作家看不见的神秘世界,男主人公科拉多是个文化人,明白事理,但力不从心行动无能,屈服于女人的摆布。姑娘的疯癫成为邪恶的象征,腐蚀了男女主人公和整个世界,男人卑躬屈膝,女人为所欲为。姑娘以为男友是自己一位祖先的再生,最后杀死男友,自己消失在湖中。书中描写人物的内心世界和冲突,揭示了社会病和人的丑恶灵魂。作者在《达尼埃尔·科尔蒂斯》(Daniele Cortis,1885)、《诗人的丈夫》(Il marito del poeta,

1887)、《一个诗人的秘密》(Il mistero del poeta，1888)等书中也一再重复这种描写，探讨资产阶级在各个领域的表现。使福加扎罗真正成名的是小说《小小的古代世界》(Piccolo mondo antico，1895)描写一个信教的贵族青年因争取婚姻自由而与家庭发生冲突、遭遇不幸，但容忍和顺从愈合了他精神上的创伤。1901 年他发表了《小小的现代世界》(Piccolo mondo moderno)，表现外省的庸俗小资产阶级同狡猾贵族的思想冲突。

福加扎罗后来参加旨在改革天主教的现代主义运动，他的最后两部小说《圣人》(Il santo，1905)和《莱伊拉》(Leila，1911)的内容也与此运动有关，颇有战斗宣言的味道，所以被教会列入"禁书目录"中。

福加扎罗以一种唯心主义的、积极的、注重复杂的问题和感觉而不是简单的人与事的新观点反对真实主义，主张超然的信仰与达尔文的进化论妥协，引起人们的兴趣和注意。他几乎成了被人崇拜的偶像，他的作品成为畅销书，并被译成多种文字。福加扎罗成为垮越新旧世纪的著名作家。

人名索引

（以原文名顺序排列）